U0669325

我这一辈子
WO ZHE YI BEI ZI

阳光·离婚
YANG GUANG LI HUN

老舍 著

民主与建设出版社
·北京·

目 录
contents

我这一辈子

阳　光

离　婚

我这一辈子

一

我幼年读过书，虽然不多，可是足够读《七侠五义》与《三国志演义》什么的。我记得好几段《聊斋》，到如今还能说得很齐全动听，不但听的人都夸奖我的记性好，连我自己也觉得应该高兴。可是，我并念不懂《聊斋》的原文，那太深了；我所记得的几段，都是由小报上的"评讲聊斋"念来的——把原文变成白话，又添上些逗哏打趣，实在有个意思！

我的字写得也不坏。拿我的字和老年间衙门里的公文比一比，论个儿的匀适，墨色的光润，与行列的齐整，我实在相信我可以做个很好的"笔帖式"。自然我不敢高攀，说我有写奏折的本领，可是眼前的通常公文是准保能写到好处的。

凭我认字与写的本事，我本该去当差。当差虽不见得一定能增光耀祖，但是至少也比做别的事更体面些。况且呢，差事不管大小，多少总有个升腾。我看见不止一位了，官职很大，可是那笔字还不如我的好呢，连句整话都说不出来。这样的人既能做高官，我怎么不能呢？

可是，当我十五岁的时候，家里教我去学徒。五行八作，行行出状元，学手艺原不是什么低搭的事；不过比较当差稍差点劲儿罢了。学手艺，一辈子逃不出手艺人去，即使能大发财源，也高不过大官儿不是？可是我并没和家里闹别扭，就去学徒了；十五岁的人，自然没有多少主意。况且家里老人还说，学满了艺，能挣上钱，就给我说亲事。在当时，我想象着结婚必是件有趣的事。那么，吃上二三年的苦，而后大人似的去耍手艺挣钱，家里再有个小媳妇，大概也过得下去了。

我学的是裱糊匠。在那太平年月，裱糊匠是不愁没饭吃的。那时候，死一个人不像现在这么省事。这可并不是说，老年间的人要翻来覆去的死好几回，不干脆的一下子断了气。我是说，那时候死人，丧家要拼命的花钱，一点不惜力气与金钱的讲排场。就拿与冥衣铺有关系的事来说吧，就得花上老些个钱。人一断气，马上就得去糊"倒头车"——现在，连这个名词儿也许有好多人不晓得了。紧跟着便是"接三"，必定有些烧活：车轿骡马，墩箱灵人，引魂幡，灵花，等等。要是害月子病死的，还必须另糊一头牛和一个鸡罩。赶到"一七"念经，又得糊楼库，金山银山，尺头元宝，四季衣服，四季花草，古玩陈设，各样木器。及至出殡，纸亭纸架之外，还有许多烧活，至不济也得弄一对"童儿"举着。"五七"烧伞，六十天糊船桥。一个死人到六十天后才和我们裱糊匠脱离关系。一年之中，死那么十来个有钱的人，我们便有了吃喝。

裱糊匠并不专伺候死人，我们也伺候神仙。早年间的神仙不像如今晚儿的这样寒碜，就拿关老爷说吧，早年间每到六月二十四，人们必给他糊黄幡宝盖、马童马匹和七星大旗什么的。现在，几乎没有人再惦记着关公了！遇上闹"天花"，我们又得为娘娘们忙一阵。九位娘娘得糊九顶轿子，红马黄马各一匹，九份凤冠霞帔，还得预备痘哥哥痘姐姐们的袍带靴帽和各样执事。如今，医院都施种牛痘，娘娘们无事可作，裱糊匠也就陪着她们闲起来了。此外还有许许多多的"还愿"的事，都要糊点什么东西，可是也都随着破除迷信没人再提了。年头真是变了啊！

除了伺候神与鬼外，我们这行自然也为活人做些事。这叫作"白活"，就是给人家糊顶棚。早年间没有洋房，每遇到搬家、娶媳妇或别项喜事，总要把房间糊得四白落地，好显出焕然一新的气象。那大富之家，连春秋两季糊窗子也雇用我们。人是一天穷似一天了，搬家不一定糊棚顶，而那些有钱的呢，房子改为洋式的，棚顶抹灰，一劳永逸；窗子改成玻璃的，也用不着再糊上纸或纱。什么都是洋式好，耍手艺的可就没了饭吃。我们自己也不是不努力呀，洋车时兴，我们就照样糊洋车；汽车时兴，我们就糊汽车，我们知道改良。可是有几家死了人来糊一辆洋车或汽车呢？年头一旦大改良起来，我们的小改良全算白饶，水大漫不过鸭子去，有什么法儿呢！

二

上面交代过了：我若是始终仗着那份儿手艺吃饭，恐怕就早已饿死了。不过，这点本事虽不能永远有用，可是三年的学艺并非没有很大的好处，这点好处教我一辈子享用不尽。我可以撂下家伙，干别的营生去，这点好处可是老跟着我。就是我死后，有人谈到我的为人如何，他们也必须要记得我少年曾学过三年徒。

学徒的意思是一半学手艺，一半学规矩。在初到铺子去的时候，不论是谁也得害怕，铺中的规矩就是委屈。当徒弟的得晚睡早起，得听一切的指挥与使遣，得低三下四的伺候人，饥寒劳苦都得高高兴兴的受着，有眼泪往肚子里咽。像我学艺的所在，铺子也就是掌柜的家；受了师傅的，还得受师母的，夹板儿气！能挺过这么三年，顶倔强的人也得软了，顶软和的人也得硬了；我简直的可以这么说，一个学徒的脾性不是天生带来的，而是被板子打出来的，像打铁一样，要打什么东西便成什么东西。

在当时正挨打受气的那一会儿，我真想去寻死，那种气简直不是人所受得住的！但是，现在想起来，这种规矩与调教实在值金子。受过这种排练，天下便没有什么受不了的事啦。随便提一样吧，比方说教我去当兵，好哇，我可以做个蛮好的兵。军队的操演有时有会儿，而学徒们是除了睡觉没有任何休息时间的。我抓着工夫去出恭，一边蹲着一边就能打个盹儿，因为遇上赶夜活的时候，我一天一夜只能睡上三四点钟的觉。我能一口吞下去一顿饭，刚端起饭碗，不是师傅喊，就是师娘叫，要不然便是有照顾主儿来定活，我得恭而敬之的招待，并且细心听着师傅怎样论活讨价钱。不把饭整吞下去怎办呢？这种排练教我遇到什么苦处都能硬挺，外带着还是挺和气。读书的人，据我这粗人看，永远不会懂得这个。现在的洋学堂里开运动会，学生跑上两个圈就仿佛有了汗马功劳一般，喝！又是搀着，又是抱着，往大腿上拍火酒，还闹脾气，还坐汽车！这样的公子哥儿哪懂得什么叫作规矩，哪叫排练呢？话往回来说，我所受的苦处给我打下了做事任劳任怨的底子，我永远不肯闲着，做起活来永不晓得闹脾气，要别扭，我能和大兵们一样受苦，而大兵们不能像我这么和气。

再拿件实事来证明这个吧：在我学成出师以后，我和别的耍手艺的一样，为表明自己是凭本事挣钱的人，第一我先买了根烟袋，只要一闲着便捻上一袋吧唧着，仿佛很有身份，慢慢的，我又学了喝酒，时常弄两盅猫尿咂着嘴儿抿几口。嗜好就怕开了头，会了一样就不难学第二样，反正都是个玩意吧咧。这可也就出了毛病。我爱烟爱酒，原本不算什么稀奇的事，大家伙儿都差不多是这样。可是，我一来二去的学会了吃大烟。那个年月，鸦片烟不犯私，非常的便宜；我先是吸着玩，后来可就上了瘾。不久，我便觉出手紧来了，做事也不似先前那么上劲了。我并没等谁劝告我，不但戒了大烟，而且把旱烟袋也撅了，从此烟酒不动！我入了"理门"。入理门，烟酒都不准动；一旦破戒，必走背运。所以我不但戒了嗜好，而且入了理门；背运在那儿等着我，我怎肯再犯戒呢？这点心胸与硬气，如今想起来，还是由学徒得来的。多大的苦处我都能忍受。初一戒烟戒酒，看着别人吸，别人饮，多么难过呢！心里真像有一千条小虫爬挠那么痒痒触触的难过。但是我不能破戒，怕走背运。其实背运不背运的，都是日后的事，眼前的罪过可是不好受呀！硬挺，只有硬挺才能成功，怕走背运还在其次。我居然挺过来了，因为我学过徒，受过排练呀！

提到我的手艺来，我也觉得学徒三年的光阴并没白费了。凡是一门手艺，都得随时改良，方法是死的，运用可是活的。三十年前的瓦匠，讲究会磨砖对缝，做细工儿活；现在，他得会用洋灰和包镶人造石什么的。三十年前的木匠，讲究会雕花刻木，现在得会造洋式木器。我们这行也如此，不过比别的行业更活动。我们这行讲究看见什么就能糊什么。比方说，人家落了丧事，教我们糊一桌全席，我们就能糊出鸡鸭鱼肉来。赶上人家死了未出阁的姑娘，教我们糊一全份嫁妆，不管是四十八抬，还是三十二抬，我们便能由粉罐油瓶一直糊到衣橱穿衣镜。眼睛一看，手就能模仿下来，这是我们的本事。我们的本事不大，可是得有点聪明，一个心窟窿的人绝不会成个好裱糊匠。

这样，我们做活，一边工作也一边游戏，仿佛是。我们的成败全仗着怎么把各色的纸调动的合适，这是耍心路的事儿。以我自己说，我有点小聪明。在学徒时候所挨的打，很少是为学不上活来，而多半是因为我有聪明而好调皮不听话。我的聪明也许一点也显露不出来，假若我是去学打铁，或是拉大锯——老那么打，老那么拉，一点变动没有。幸而我学了裱糊匠，把基本的技能学会了以后，我便开始自出花样，怎么灵巧逼真我怎么做。有时候我白费了许多工夫与材料，而做不出我所想到的东西，可是这更教我加紧的去揣摸，去调动，非把它做成不可。这个，真是个好习惯。有聪明，而且知道用聪明，我必须感谢这三年的学徒，在这三年养成了我会用自己的聪明的习惯。诚然，我一辈子没做过大事，但是无论什么事，只要是平常人能做的，我一瞧就能明白个五六成。我会砌墙，栽树，修理钟表，看皮货的真假，合婚择日，知道五行八作的行话上诀窍……这些，我都没学过，只凭我的眼去看，我的手去试验。我有勤苦耐劳与多看多学的习惯，这个习惯是在冥衣铺学徒三年养成的。到如今我才明白过来——我已是快饿死的人了——假若我多读上几年书，只抱着书本死啃，像那些秀才与学堂毕业的人们那样，我也许一辈子就糊糊涂涂的下去，而什么也不晓得呢！裱糊的手艺没有给我带来官职和财产，可是它让我活得很有趣；穷，但是有趣，有点人味儿。

刚二十多岁，我就成为亲友中的重要人物了。不因为我有钱与身份，而是因为我办事细心，不辞劳苦。自从出了师，我每天在街口的茶馆里等着同行的来约请帮忙。我成了街面上的人，年轻，利落，懂得场面。有人来约，我便去做活；没人来约，我也闲不住：亲友家许许多多的事都托咐我给办，我甚至于刚结过婚便给别人家做媒了。

给别人帮忙就等于消遣。我需要一些消遣。为什么呢？前面我已说过：我们这行有两种活，烧活和白活。做烧活是有趣而干净的，白活可就不然了。糊顶棚自然得先把旧纸撕下来，这可真够受的，没做过的人万也想不到顶棚上会能有那么多尘土，而且是日积月累攒下来的，比什么土都干、细、钻鼻子，撕完三间屋子的棚，我们就都成了土鬼。及至扎好了秫秸，糊新纸的时候，新银花纸的面子是又臭又挂鼻子。尘土与纸面子就能教人得痨病——现在叫作肺病。我不喜欢这种活儿。可是，在街上等工作，有人来约就不能拒绝，有什么活得干什么活。应下这种活儿，我差不多老在下边裁纸递纸抹浆糊，为的是可以不必上"交手"，而且可以低着头干活儿，少吃点土。就是这样，我也得弄一身灰，我的鼻子也得像烟筒。作完这么几天活，我愿意做点别的，变换变换。那么，有亲友托我办点什么，我是很乐意帮忙的。

再说呢，做烧活吧，做白活吧，这种工作老与人们的喜事或丧事有关系。熟人们找我定活，也往往就手儿托我去讲别项的事，如婚丧事的搭棚，讲执事，雇厨子，定车马，等等。我在这些事儿中渐渐找出乐趣，晓得如何能捏住巧处，给亲友们既办得漂亮，又省些钱，不能窝窝囊囊的被人捉了"大头"。我在办这些事儿的时候，得到许多经验，明白了许多人情，久而久之，我成了个很精明的人，虽然还不到三十岁。

三

由前面所说过的去推测，谁也能看出来，我不能老靠着裱糊的手艺挣饭吃。像逛庙会忽然遇上雨似的，年头一变，大家就得往四散里跑。在我这一辈子里，我仿佛是走着下坡路，收不住脚。心里越盼着天下太平，身子越往下出溜。这次的变动，不使人缓气，一变好像就要变到底。这简直不是变动，而是一阵狂风，把人糊糊涂涂的刮得不知上哪里去了。在我小时候发财的行当与事情，许多许多都忽然走到绝处，永远不再见面，仿佛掉在了大海里头似的。裱糊这一行虽然到如今还阴死巴活的始终没完全断了气，可是大概也不会再有抬头的一日了。我老早的就看出这个来。在那太平的年月，假若我愿意的话，我满可以开个小铺，收两个徒弟，安安顿顿的混两顿饭吃。幸而我没那么办。一年得不到一笔大活，只仗着糊一辆车或两间屋子的顶棚什么的，怎能吃饭呢？睁开眼看看，这十几年了，可有过一笔体面的活？我得改行，我算是猜对了。

　　不过，这还不是我忽然改了行的唯一的原因。年头儿的改变不是个人所能抵抗的，胳臂扭不过大腿去，跟年头儿叫死劲简直是自己找别扭。可是，个人独有的事往往来得更厉害，它能马上教人疯了。去投河觅井都不算新奇，不用说把自己的行业放下，而去干些别的了。个人的事虽然很小，可是一加在个人身上便受不住；一个米粒很小，教蚂蚁去搬运便很费力气。个人的事也是如此。人活着是仗了一口气，多咱有点事儿，把这口气憋住，人就要抽风。人是多么小的玩意儿呢！

　　我的精明与和气给我带来背运。乍一听这句话仿佛是不合情理，可是千真万确，一点儿不假，假若这要不落在我自己身上，我也许不大相信天下会有这宗事。它竟自找到了我，在当时，我差不多真成了个疯子。隔了这么二三十年，现在想起那回事儿来，我满可以微微一笑，仿佛想起一个故事来似的。现在我明白了个人的好处不必一定就有利于自己。一个人好，大家都好，这点好处才有用，正是如鱼得水。一个人好，而大家并不都好，个人的好处也许就是让他倒霉的祸根。精明和气有什么用呢！现在，我悟过这点理儿来，想起那件事不过点点头，笑一笑罢了。在当时，我可真有点咽不下去那口气。那时候我还很年轻啊。

　　哪个年轻的人不爱漂亮呢？在我年轻的时候，给人家行人情或办点事，我的打扮与气派谁也不敢说我是个手艺人。在早年间，皮货很贵，而且不准乱穿。如今晚的人，今天得了马票或奖券，明天就可以穿上狐皮大衣，不管是个十五岁的孩子还是二十岁还没刮过脸的小伙子。早年间可不行，年纪身份决定个人的服装打扮。那年月，在马褂或坎肩上安上一条灰鼠领子就仿佛是很漂亮阔气。我老安着这么条领子，马褂与坎肩都是青大缎的——那时候的缎子也不怎么那样结实，一件马褂至少也可以穿上十来年。在给人家糊棚顶的时候，我是个土鬼；回到家中一梳洗打扮，我立刻变成个漂亮小伙子。我不喜欢那个土鬼，所以更爱这个漂亮的青年。我的辫子又黑又长，脑门剃得锃光青亮，穿上带灰鼠领子的缎子坎肩，我的确像个"人儿"！

一个漂亮小伙子所最怕的恐怕就是娶个丑八怪似的老婆吧。我早已有意无意的向老人们透了个口话：不娶倒没什么，要娶就得来个够样儿的。那时候，自然还不时兴自由婚，可是已有男女两造对相对看的办法。要结婚的话，我得自己去相看，不能马马虎虎就凭媒人的花言巧语。

二十岁那年，我结了婚，我的妻比我小一岁。把她放在哪里，她也得算个俏式利落的小媳妇；在订婚以前，我亲眼相看的呀。她美不美，我不敢说，我说她俏式利落，因为这四个字就是我择妻的标准；她要是不够这四个字的格儿，当初我决不会点头。在这四个字里很可以见出我自己是怎样的人来。那时候，我年轻，漂亮，做事麻利，所以我一定不能要个笨牛似的老婆。

这个婚姻不能说不是天配良缘。我俩都年轻，都利落，都个子不高，在亲友面前，我们像一对轻巧的陀螺似的，四面八方的转动，招得那年岁大些的人们眼中要笑出一朵花来。我俩竞争着去在大家面前显出个人的机警与口才，到处争强好胜，只为教人夸奖一声我们是一对最有出息的小夫妇。别人的夸奖增高了我俩彼此间的敬爱，颇有点英雄惜英雄、好汉爱好汉的劲儿。

我很快乐，说实话：我的老人没挣下什么财产，可是有一所儿房。我住着不用花租金的房子，院中有不少的树木，檐前挂着一对黄鸟。我呢，有手艺，有人缘，有个可心的年轻女人。不快乐不是自找别扭吗？

对于我的妻，我简直找不出什么毛病来。不错，有时候我觉得她有点太野，可是哪个利落的小媳妇不爽快呢？她爱说话，因为她会说；她不大躲避男人，因为这正是做媳妇所应享的利益，特别是刚出嫁而有些本事的小媳妇，她自然愿意把做姑娘时的腼腆收起一些，而大大方方的自居为"媳妇"。这点实在不能算作毛病。况且，她见了长辈又是那么亲热体贴，殷勤的伺候，那么她对年轻一点的人随便一些也正是理之当然；她是爽快大方，所以对于年老的正像对于年少的，都愿表示出亲热周到来。我没因为她爽快而责备她过。

她有了孕，做了母亲，她更好看了，也更大方了——我简直的不忍再用那个"野"字！世界上还有比怀孕的少妇更可怜，年轻的母亲更可爱的吗？看她坐在门坎上，露着点胸，给小娃娃奶吃，我只能更爱她，而想不起责备她太不规矩。

到了二十四岁，我已有一儿一女。对于生儿养女，做丈夫的有什么功劳呢！赶上高兴，男子把娃娃抱起来，耍巴一回，其余的苦处全是女人的。我不是个糊涂人，不必等谁告诉我才能明白这个。真的，生小孩，养育小孩，男人有时候想去帮忙也归无用；不过，一个懂得点人事的人，自然该使做妻的痛快一些，自由一些；欺侮孕妇或一个年轻的母亲，据我看，才真是混蛋呢！对于我的妻，自从有了小孩之后，我更放任了些；我认为这是当然的合理的。

再一说呢，夫妇是树，儿女是花；有了花的树才能显出根儿深。一切猜忌、不放心都应该减少，或者完全消灭；小孩子会把母亲拴得结结实实的。所以，即使我觉得她有点野——真不愿用这个臭字——我也不能不放心了，她是个母亲呀。

四

直到如今，我还是不能明白那到底是怎么一回事。

我所不能明白的事也就是当时教我差点儿疯了的事，我的妻跟人家跑了。

我再说一遍，到如今我还不能明白那到底是怎回事。我不是个固执的人，因为我久在街面上，懂得人情，知道怎样找出自己的长处与短处。但是，对于这件事，我把自己的短处都找遍了，也找不出应当受这种耻辱与惩罚的地方来。所以，我只能说我的聪明与和气给我带来祸患，因为我实在找不出别的道理来。

我有位师哥，这位师哥也就是我的仇人。街口上，人们都管他叫作黑子，我也就还这么叫他吧；不便道出他的真名实姓来，虽然他是我的仇人。"黑子"，由于他的脸不白，不但不白，而且黑得特别，所以才有这个外号。他的脸真像个早年间人们揉的铁球，黑，可是非常的亮；黑，可是光润；黑，可是油光水滑的可爱。当他喝下两盅酒，或发热的时候，脸上红起来，就好像落太阳时的一些黑云，黑里透出一些红光。至于他的五官，简直没有什么好看的地方，我比他漂亮多了。他的身量很高，可也不见得怎么魁梧，高大而懈懈松松的。他所以不至教人讨厌他，总而言之，都仗着那一张发亮的黑脸。

　　我跟他是很好的朋友。他既是我的师哥，又那么傻大黑粗的，即使我不喜爱他，我也不能无缘无故的怀疑他。我的那点聪明不是给我预备着去猜疑人的；反之，我知道我的眼睛里不容砂子，所以我因信任自己而信任别人。我以为我的朋友都不至于偷偷的对我掏坏招数。一旦我认定谁是个可交的人，我便真拿他当个朋友看待。对于我这个师哥，即使他有可猜疑的地方，我也得敬重他，招待他，因为无论怎样，他到底是我的师哥呀。同是一门儿学出来的手艺，又同在一个街口上混饭吃，有活没活，一天至少也得见几面；对这么熟的人，我怎能不拿他当作个好朋友呢？有活，我们一同去做活；没活，他总是到我家来吃饭喝茶，有时候也摸几把索儿胡玩——那时候"麻将"还不十分时兴。我和蔼，他也不客气，遇到什么就吃什么，遇到什么就喝什么，我一向不特别为他预备什么，他也永远不挑剔。他吃的很多，可是不懂得挑食。看他端着大碗，跟着我们吃热汤儿面什么的，真是个痛快的事。他吃得四脖子汗流，嘴里西啦胡噜的响，脸上越来越红，慢慢的成了个半红的大煤球似的；谁能说这样的人能存着什么坏心眼儿呢！

　　一来二去，我由大家的眼神看出来天下并不很太平。可是，我并没有怎么往心里搁这回事。假若我是个糊涂人，只有一个心眼，大概对这种事不会不听见风就是雨，马上闹个天昏地暗，也许立刻把事情弄个水落石出，也许是望风捕影而弄一鼻子灰。我的心眼多，决不肯这么糊涂瞎闹，我得平心静气的想一想。

　　先想我自己，想不出我有什么不对的地方来，即使我有许多毛病，反正至少我比师哥漂亮、聪明，更像个人儿。

再看师哥吧，他的长像、行为、财力，都不能教他为非作歹，他不是那种一见面就教女人动心的人。

最后，我详详细细的为我的年轻的妻子想一想：她跟了我已经四五年，我俩在一处不算不快乐。即使她的快乐是假装的，而愿意去跟个她真喜爱的人——这在早年间几乎是不能有的——大概黑子也绝不会是这个人吧？他跟我都是手艺人，他的身份一点不比我高。同样，他不比我阔，不比我漂亮，不比我年轻；那么，她贪图的是什么呢？想不出。就满打说她是受了他的引诱而迷了心，可是他用什么引诱她呢，是那张黑脸，那点本事，那身衣裳，腰里那几吊钱？笑话！哼，我要是有意的话吗，我倒满可以去引诱引诱女人；虽然钱不多，至少我有个样子。黑子有什么呢？再说，就是说她一时迷了心窍，分别不出好歹来，难道她就肯舍得那两个小孩吗？

我不能信大家的话，不能立时疏远了黑子，也不能傻子似的去盘问她。我全想过了，一点缝子没有，我只能慢慢的等着大家明白过来他们是多虑。即使他们不是凭空造谣，我也得慢慢的察看，不能无缘无故的把自己、把朋友、把妻子，都卷在黑土里边。有点聪明的人做事不能鲁莽。

可是，不久，黑子和我的妻子都不见了。直到如今，我没再见过他俩。为什么她肯这么办呢？我非见着她，由她自己吐出实话，我不会明白。我自己的思想永远不够对付这件事的。

我真盼望能再见她一面，专为明白明白这件事。到如今我还是在个葫芦里。

当时我怎样难过，用不着我自己细说。谁也能想到，一个年轻漂亮的人，守着两个没了妈的小孩，在家里是怎样的难过；一个聪明规矩的人，最亲爱的妻子跟师哥跑了，在街面上是怎么难堪。同情我的人，有话说不出，不认识我的人，听到这件事，总不会责备我的师哥，而一直的管我叫"王八"。在咱们这讲孝悌忠信的社会里，人们很喜欢有个王八，好教大家有放手指头的准头。我的口闭上，我的牙咬住，我心中只有他们俩的影儿和一片血。不用教我见着他们，见着就是一刀，别的无须乎再说了。

在当时，我只想拼上这条命，才觉得有点人味儿。现在，事情过去这么多年了。我可以细细的想这件事在我这一辈子里的作用了。

我的嘴并没闲着，到处我打听黑子的消息。没用，他俩真像石沉大海一般。打听不着确实的消息，慢慢的我的怒气消散了一些；说也奇怪，怒气一消，我反倒可怜我的妻子。黑子不过是个手艺人，而这种手艺只能在京津一带大城里找到饭吃，乡间是不需要讲究的烧活的。那么，假若他俩是逃到远处去，他拿什么养活她呢？哼，假若他肯偷好朋友的妻子，难道他就不会把她卖掉吗？这个恐惧时常在我心中绕来绕去。我真希望她忽然逃回来，告诉我她怎样上了当，受了苦处；假若她真跪在我的面前，我想我不会不收下她的，一个心爱的女人，永远是心爱的，不管她做了什么错事。她没有回来，没有消息，我恨她一会儿，又可怜她一会儿，胡思乱想，我有时候整夜的不能睡。

过了一年多，我的这种乱想又轻淡了许多。是的，我这一辈子也不能忘了她，可是我不再为她思索什么了。我承认了这是一段千真万确的事实，不必为它多费心思了。

我到底怎样了呢？这倒是我所要说的，因为这件我永远猜不透的事在我这一辈子里实在是件极大的事。这件事好像是在梦中丢失了我最亲爱的人，一睁眼，她真的跑得无影无踪了。这个梦没法儿明白，可是它的真确劲儿是谁也受不了的。做过这么个梦的人，就是没有成疯子，也得大大的改变；他是丢失了半个命呀！

五

最初，我连屋门也不肯出，我怕见那个又明又暖的太阳。

顶难堪的是头一次上街：抬着头大大方方的走吧，准有人说我天生来的不知羞耻。低着头走，便是自己招认了脊背发软。怎么着也不对。我可是问心无愧，没做过一点对不起人的事。

我破了戒，又吸烟喝酒了。什么背运不背运的，有什么再比丢了老婆更倒霉的呢？我不求人家可怜我，也犯不上成心对谁耍刺儿，我独自吸烟喝酒，把委屈放在心里好了。再没有比不测的祸患更能扫除了迷信的；以前，我对什么神仙都不敢得罪；现在，我什么也不信，连活佛也不信了。迷信，我咂摸出来，是盼望得点意外的好处；赶到遇上意外的难处，你就什么也不盼望，自然也不迷信了。我把财神和灶王的龛——我亲手糊的——都烧了。亲友中很有些人说我成了二毛子的。什么二毛子三毛子的，我再不给谁磕头。人若是不可靠，神仙就更没准儿了。

我并没变成忧郁的人。这种事本来是可以把人愁死的，可是我没往死牛犄角里钻。我原是个活泼的人，好吧，我要打算活下去，就得别丢了我的活泼劲儿。不错，意外的大祸往往能忽然把一个人的习惯与脾气改变了，可是我决定要保持住我的活泼。我吸烟，喝酒，不再信神佛，不过都是些使我活泼的方法。不管我是真乐还是假乐，我乐！在我学艺的时候，我就会这一招，经过这次的变动，我更必须这样了。现在，我已快饿死了，我还是笑着，连我自己也说不清这是真的还是假的笑，反正我笑，多咱死了多咱我并上嘴。从那件事发生了以后，直到如今，我始终还是个有用的人，热心的人，可是我心中有了个空儿。这个空儿是那件不幸的事给我留下的，像墙上中了枪弹，老有个小窟窿似的。我有用，我热心，我爱给人家帮忙，但是不幸而事情没办到好处，或者想不到的扎手，我不着急，也不动气，因为我心中有个空儿。这个空儿会教我在极热心的时候冷静，极欢喜的时候有点悲哀，我的笑常常和泪碰在一起，而分不清哪个是哪个。

这些，都是我心里头的变动，我自己要是不说——自然连我自己也说不大完全——大概别人无从猜到。在我的生活上，也有了变动，这是人人能看到的。我改了行，不再当裱糊匠，我没脸再上街口去等生意，同行的人，认识我的，也必认识黑子；他们只须多看我几眼，我就没法再咽下饭去。在那报纸还不大时兴的年月，人们的眼睛是比新闻还要厉害的。现在，离婚都可以上衙门去明说明讲，早年间男女的事儿可不能这么随便。我把同行中的朋友全放下了，连我的师傅师母都懒得去看，我仿佛是要由这个世界一脚跳到另一个世界去。这样，我觉得我才能独自把那桩事关在心里头。年头的改变教裱糊匠们的活路越来越狭，但是要不是那回事，我也不会改行改得这么快，这么干脆。放弃了手艺，没什么可惜；可是这么放弃了手艺，我也不会感谢"那"回事儿！不管怎说吧，我改了行，这是个显然的变动。

决定扔下手艺可不就是我准知道应该干什么去。我得去乱碰，像一只空船浮在水面上，浪头是它的指南针。在前面我已经说过，我认识字，还能抄抄写写，很够当个小差事的。再说呢，当差是个体面的事，我这丢了老婆的人若能当上差，不用说那必能把我的名誉恢复了一些。现在想起来，这个想法真有点可笑，在当时我可是诚心的相信这是最高明的办法。

"八"字还没有一撇儿，我觉得很高兴，仿佛我已经很有把握，既得到差事，又能恢复了名誉。我的头又抬得很高了。

哼！手艺是三年可以学成的；差事，也许要三十年才能得上吧！一个钉子跟着一个钉子，都预备着给我碰呢！我说我识字，哼！敢情有好些个能整本背书的人还挨饿呢。我说我会写字，敢情会写字的绝不算出奇呢。我把自己看得太高了。可是，我又亲眼看见，那做着很大的官儿的，一天到晚山珍海味的吃着，连自己的姓都不大认得。那么，是不是我的学问又太大了，而超过了做官所需要的呢？我这个聪明人也没法儿不显着糊涂了。

慢慢的，我明白过来。原来差事不是给本事预备着的，想做官第一得有人。这简直没了我的事，不管我有多么大的本事。我自己是个手艺人，所认识的也是手艺人；我爸爸呢，又是个白丁，虽然是很有本事与品行的白丁。我上哪里去找差事当呢？

事情要是逼着一个人走上哪条道儿，他就非去不可，就像火车一样，轨道已摆好，照着走就是了，一出花样准得翻车！我也是如此。决定扔下了手艺，而得不到个差事，我又不能老这么闲着。好啦，我的面前已摆好了铁轨，只准上前，不许退后。

我当了巡警。

巡警和洋车是大城里头给苦人们安好的两条火车道。大字不识而什么手艺也没有的，只好去拉车。拉车不用什么本钱，肯出汗就能吃窝窝头。识几个字而好体面的，有手艺而挣不上饭的，只好去当巡警；别的先不提，挑巡警用不着多大的人情，而且一挑上先有身制服穿着，六块钱拿着，好歹是个差事。除了这条道，我简直无路可走。我既没混到必须拉车去的地步，又没有做高官的舅舅或姐丈，巡警正好不高不低，只要我肯，就能穿上一身铜钮子的制服。当兵比当巡警有起色，即使熬不上军官，至少能有抢劫些东西的机会。可是，我不能去当兵，我家中还有俩没娘的小孩呀。当兵要野，当巡警要文明，换句话说，当兵有发邪财的机会，当巡警是穷而文明一辈子，穷得要命，文明得稀松！

　　以后这五六十年的经验，我敢说这么一句：真会办事的人，到时候才说话，爱张罗办事的人——像我自己——没话也找话说。我的嘴老不肯闲着，对什么事我都有一片说辞，对什么人我都想很恰当的给起个外号。我受了报应：第一件事，我丢了老婆，把我的嘴封起来一二年；第二件是我当了巡警。在我还没当上这个差事的时候，我管巡警们叫作"马路行走"，"避风阁大学士"和"臭脚巡"。这些无非都是说巡警们的差事只是站马路，无事忙，跑臭脚。哼！我自己当上"臭脚巡"了！生命简直就是自己和自己开玩笑，一点不假！我自己打了自己的嘴巴，可并不因为我做了什么缺德的事，至多也不过爱多说几句玩笑话罢了。在这里，我认识了生命的严肃，连句玩笑话都说不得的！好在，我心中有个空儿，我怎么叫别人"臭脚巡"，也照样叫自己。这在早年间叫作"抹稀泥"，现在的新名词应叫着什么，我还没能打听出来。

　　我没法不去当巡警，可是真觉得有点委屈。是呀，我没有什么出众的本事，但是论街面上的事，我敢说我比谁知道的也不少。巡警不是管街面上的事情吗？那么，请看看那些警官儿吧：有的连本地的话都说不上来，二加二是四还是五都得想半天。哼！他是官，我可是"招募警"；他的一双皮鞋够开我半年的饷！他什么经验与本事也没有，可是他做官。这样的官儿多了去啦！上哪儿讲理去呢？记得有位教官，头一天教我们操法的时候，忘了叫"立正"，而叫了"闸住"。用不着打听，这位大爷一定是拉洋车出身。有人情就行，今天你拉车，明天你姑父做了什么官儿，你就可以弄个教官当当；叫"闸住"也没关系，谁敢笑教官一声呢！这样的自然是不多，可是有这么一位教官，也就可以教人想到巡警的操法是怎么稀松二五眼了。内堂的功课自然绝不是这样教官所能担任的，因为至少得认识些个字才能"虎"得下来。我们的内堂的教官大概可以分为两种：一种是老人儿们，多数都有口鸦片烟瘾，他们要是能讲明白一样东西，就凭他们那点人情，大概早就做上大官儿了；唯其什么也讲不明白，所以才来做教官。另一种是年轻的小伙子们，讲的都是洋事，什么东洋巡警怎么样，什么法国违警律如何，仿佛我们都是洋鬼子。这种讲法有个好处，就是他们信口开河瞎扯，我们一边打盹一边听着，谁也不准知道东洋和法国是什么样儿，可不就随他的便说吧。我满可以编一套美国的事讲给大家听，可惜我不是教官罢了。这群年轻的小人们真懂外国事儿不懂，无从知道；反正我准知道他们一点中国事儿也不晓得。这两种教官的年纪上学问上都不同，可是他们有个相同的地方，就是他们都高不成低不就，所以对对付付的只能做教官。他们的人情真不小，可是本事太差，所以来教一群为六块洋钱而一声不敢出的巡警就最合适。

教官如此，别的警官也差不多是这样。想想：谁要是能去做一任知县或税局局长，谁肯来做警官呢？前面我已交代过了，当巡警是高不成低不就，不得已而为之。警官也是这样。这群人由上至下全是"狗熊耍扁担，混碗儿饭吃"。不过呢，巡警一天到晚在街面上，不论怎样抹稀泥，多少得能说会道，见机而作，把大事化小，小事化无；既不多给官面上惹麻烦，又让大家都过得去；真的吧假的吧，这总得算点本事。而做警官的呢，就连这点本事似乎也不必有。阎王好做，小鬼难当，诚然！

六

我再多说几句，或者就没人再说我太狂傲无知了。我说我觉得委屈，真是实话，请看吧：一月挣六块钱，这跟当仆人的一样，而没有仆人们那些"外找儿"；死挣六块钱，就凭这么个大人——腰板挺直，样子漂亮，年轻力壮，能说会道，还得识文断字！这一大堆资格，一共值六块钱！

六块钱饷粮，扣去三块半钱的伙食，还得扣去什么人情公议儿，净剩也就是两块上下钱吧。衣服自然是可以穿官发的，可是到休息的时候，谁肯还穿着制服回家呢；那么，不做不做也得有件大褂什么的。要是把钱做了大褂，一个月就算白混。再说，谁没有家呢？父母——噢，先别提父母吧！就说一夫一妻吧：至少得赁一间房，得有老婆的吃，喝，穿。就凭那两块大洋！谁也不许生病，不许生小孩，不许吸烟，不许吃点零碎东西；连这么着，月月还不够嚼谷！

我就不明白为什么肯有人把姑娘嫁给当巡警的，虽然我常给同事的做媒。当我一到女家提说的时候，人家总对我一撇嘴，虽不明说，但是意思很明显，"哼！当巡警的！"可是我不怕这一撇嘴，因为十回倒有九回是撇完嘴而点了头。难道是世界上的姑娘太多了吗？我不知道。

由哪面儿看，巡警都活该是鼓着腮帮子充胖子而教人哭不得笑不得的。穿起制服来，干净利落，又体面又威风，车马行人，打架吵嘴，都由他管着。他这是差事，可是他一月除了吃饭，净剩两块来钱。他自己也知道中气不足，可是不能不硬挺着腰板，到时候他得娶妻生子，还是仗着那两块来钱。提婚的时候，头一句是说："小人呀当差！"当差的底下还有什么呢？没人愿意细问，一问就糟到底。

是的，巡警们都知道自己怎样的委屈，可是风里雨里他得去巡街下夜，一点懒儿不敢偷，一偷懒就有被开除的危险；他委屈，可不敢抱怨，他劳苦，可不敢偷闲，他知道自己在这里混不出来什么，而不敢冒险搁下差事。这点差事扔了可惜，做着又没劲；这些人也就人儿似的先混过一天是一天，在没劲中要露出劲儿来，像打太极拳似的。

世上为什么应当有这种差事和为什么有这样多肯做这种差事的人？我想不出来。假若下辈子我再托生为人，而且忘了喝迷魂汤，还记得这一辈子的事，我必定要扯着脖子去喊：这玩意儿整个的是丢人，是欺骗，是杀人不流血！现在，我老了，快饿死了，连喊这么几句也顾不及了，我还得先为下顿的窝窝头着忙呀！

自然在我初当差的时候，我并没有一下子就把这些都看清楚了，谁也没有那么聪明。反之，一上手当差我倒觉出点高兴来：穿上整齐的制服，靴帽，的确我是漂亮精神，而且心里说：好吧歹吧，这是个差事；凭我的聪明与本事，不久我必有个升腾。我很留神看巡长巡官们制服上的铜星与金道，而想象着我将来也能那样。我一点也没想到那铜星与金道并不按着聪明与本事颁给人们呀。

新鲜劲儿刚一过去，我已经讨厌那身制服了。它不教任何人尊敬，而只能告诉人："臭脚巡"来了！拿制服的本身说，它也很讨厌：夏天它就像牛皮似的，把人闷得满身臭汗；冬天呢，它一点也不像牛皮了，而倒像是纸糊的，它不许谁在里边多穿一点衣服，只好任着狂风由胸口钻进来，由脊背钻出去，整打个穿堂！再看那双皮鞋，冬冷夏热，永远不教脚舒服一会儿；穿单袜的时候，它好像是两大篓子似的，脚指脚踵都在里边乱抓弄，而始终找不到鞋在哪里；到穿棉袜的时候，它们忽然变得很紧，不许棉袜与脚一齐伸进去。有多少人因包办制服皮鞋而发了财，我不知道，我只知道我的脚永远烂着，夏天闹湿气，冬天闹冻疮。自然，烂脚也得照常的去巡街站岗，要不然就别挣那六块洋钱！多么热，或多么冷，别人都可以找地方去躲一躲，连洋车夫都可以自由的歇半天，巡警得去巡街，得去站岗，热死冻死都活该，那六块现大洋买着你的命呢！

　　记得在哪儿看见过这么一句：食不饱，力不足。不管这句在原地方讲的是什么吧，反正拿来形容巡警是没有多大错儿的。最可怜又可笑的是我们既吃不饱，还得挺着劲儿，站在街上得像个样子！要饭的花子有时不饿也弯着腰，假充饿了三天三夜；反之，巡警却不饱也得鼓起肚皮，假装刚吃完三大碗鸡丝面似的。花子装饿倒有点道理，我可就是想不出巡警假装酒足饭饱有什么理由来，我只觉得这真可笑。

　　人们都不满意巡警的对付事，抹稀泥。哼！抹稀泥自有它的理由。不过，在细说这个道理之前，我愿先说件极可怕的事。有了这件可怕的事，我再反回头来细说那些理由，仿佛就更顺当，更生动。好！就这样办啦。

七

　　应当有月亮，可是教黑云给遮住了，处处都很黑。我正在个僻静的地方巡夜。我的鞋上钉着铁掌，那时候每个巡警又须带着一把东洋刀，四下里鸦雀无声，听着我自己的铁掌与佩刀的声响，我感到寂寞无聊，而且几乎有点害怕。眼前忽然跑过一只猫，或忽然听见一声鸟叫，都教我觉得不是味儿，勉强着挺起胸来，可是心中总空空虚虚的，仿佛将有些什么不幸的事情在前面等着我。不完全是害怕，又不完全气粗胆壮，就那么怪不得劲的，手心上出了点凉汗。平日，我很有点胆量，什么看守死尸，什么独自看管一所脏房，都算不了一回事。不知为什么这一晚上我这样胆虚，心里越要耻笑自己，便越觉得不定哪里藏着点危险。我不便放快了脚步，可是心中急切的希望快回去，回到那有灯光与朋友的地方去。

忽然，我听见一排枪！我立定了，胆子反倒壮起来一点。真正的危险似乎倒可以治好了胆虚，惊疑不定才是恐惧的根源。我听着，像夜行的马竖起耳朵那样。又一排枪，又一排枪！没声了，我等着，听着，静寂得难堪。像看见闪电而等着雷声那样，我的心跳得很快。啪，啪，啪，啪，四面八方都响起来了！

我的胆气又渐渐的往下低落了。一排枪，我壮起气来；枪声太多了，真遇到危险了；我是个人，人怕死；我忽然的跑起来，跑了几步，猛的又立住，听一听，枪声越来越密，看不见什么，四下漆黑，只有枪声，不知为什么，不知在哪里，黑暗里只有我一个人，听着远处的枪响。往哪里跑？到底是什么事？应当想一想，又顾不得想；胆大也没用，没有主意就不会有胆量。还是跑吧，糊涂的乱动，总比呆立哆嗦着强。我跑，狂跑，手紧紧的握住佩刀。像受了惊的猫狗，不必想也知道往家里跑。我已忘了我是巡警，我得先回家看看我那没娘的孩子去，要是死就死在一处！

要跑到家，我得穿过好几条大街。刚到了头一条大街，我就晓得不容易再跑了。街上黑黑忽忽的人影，跑得很快，随跑随着放枪。兵！我知道那是些辫子兵，而我才刚剪了发不多日子。我很后悔我没像别人那样把头发盘起来，而是连根儿烂真正剪去了辫子。假若我能马上放下辫子来，虽然这些兵们平素很讨厌巡警，可是因为我有辫子或者不至于把枪口冲着我来。在他们眼中，没有辫子便是二毛子，该杀。我没有了这么条宝贝！我不敢再动，只能藏在黑影里，看事行事。兵们在路上跑，一队跟着一队，枪声不停。我不晓得他们是干什么呢？待一会儿，兵们好像是都过去了，我往外探了探头，见外面没有什么动静，我就像一只夜鸟儿似的飞过了马路，到了街的另一边。在这极快的穿过马路的一会儿里，我的眼梢瞭着一点红光。十字街头起了火。我还藏在黑影里，不久，火光远远的照亮了一片；再探头往外看，我已可以影影绰绰的看到十字街口，所有四面把角的铺户已全烧起来，火影中那些兵们来回的奔跑，放着枪。我明白了，这是兵变。不久，火光更多了，一处接着一处，由光亮的距离我可以断定：凡是附近的十字口与丁字街全烧了起来。

　　说句该挨嘴巴的话，火是真好看！远处，漆黑的天上，忽然一白，紧跟着又黑了。忽然又一白，猛的冒起一个红团，有一块天像烧红的铁板，红得可怕。在红光里看见了多少股黑烟和火舌们高低不齐的往上冒，一会儿烟遮住了火苗，一会儿火苗冲破了黑烟。黑烟滚着，转着，千变万化的往上升，凝成一片，罩住下面的火光，像浓雾掩住了夕阳。待一会儿，火光明亮了一些，烟也改成灰白色儿，纯净，旺炽，火苗不多，而光亮结成一片，照明了半个天。那近处的，烟与火中带着种种的响声，烟往高处起，火往四下里奔；烟像些丑恶的黑龙，火像些乱长乱钻的红铁笋。烟裹着火，火裹着烟，卷起多高，忽然离散，黑烟里落下无数的火花，或者三五个极大的火团。火花火团落下，烟像痛快轻松了一些，翻滚着向上冒。火团下降，在半空中遇到下面的火柱，又狂喜的往上跳跃，炸出无数火花。火团远落，遇到可以燃烧的东西，整个的再点起一把新火，新烟掩住旧火，一时变为黑暗；新火冲出了黑烟，与旧火联成一气，处处是火舌、火柱、飞舞、吐动、摇摆、颠狂。忽然哗啦一声，一架房倒下去，火星、焦炭、尘土、白烟，一齐飞扬，火苗压在下面，一齐在底下往横里吐射，像千百条探头吐舌的火蛇。静寂，静寂，火蛇慢慢的，忍耐的，往上翻。绕到上边来，与高处的火接到一处，通明，纯亮，忽忽的响着，要把人的心全照亮了似的。

我看着，不，不但看着，我还闻着呢！在种种不同的味道里，我咂摸着：这是那个金匾黑字的绸缎庄，那是那个山西人开的油酒店。由这些味道，我认识了那些不同的火团，轻而高飞的一定是茶叶铺的，迟笨黑暗的一定是布店的。这些买卖都不是我的，可是我都认得，闻着它们火葬的气味，看着它们火团的起落，我说不上来心中怎样难过。

我看着，闻着，难过，我忘了自己的危险，我仿佛是个不懂事的小孩，只顾了看热闹，而忘了别的一切。我的牙打得很响，不是为自己害怕，而是对这奇惨的美丽动了心。

回家是没希望了。我不知道街上一共有多少兵，可是由各处的火光猜度起来，大概是热闹的街口都有他们。他们的目的是抢劫，可是顺着手儿已经烧了这么多铺户，焉知不就棍打腿的杀些人玩玩呢？我这剪了发的巡警在他们眼中还不和个臭虫一样，只须一搂枪机就完了，并不费多少事。

想到这个，我打算回到"区"里去，"区"离我不算远，只须再过一条街就行了。可是，连这个也太晚了。当枪声初起的时候，连贫带富，家家关了门；街上除了那些横行的兵们，简直成了个死城。及至火一起来，铺户里的人们开始在火影里奔走，胆大一些的立在街旁，看着自己的或别人的店铺燃烧，没人敢去救火，可也舍不得走开，只那么一声不出的看着火苗乱窜。胆小一些的呢，争着往胡同里藏躲，三五成群的藏在巷内，不时向街上探探头，没人出声，大家都哆嗦着。火越烧越旺了，枪声慢慢的稀少下来，胡同里的住户仿佛已猜到是怎么一回事，最先是有人开门向外望望，然后有人试着步往街上走。街上，只有火光人影，没有巡警，被兵们抢过的当铺与首饰店全大敞着门！这样的街市教人们害怕，同时也教人们胆大起来；一条没有巡警的街正像是没有老师的学房，多么老实的孩子也要闹哄闹哄。一家开门，家家开门，街上人多起来；铺户已有被抢过的了，跟着抢吧！平日，谁能想到那些良善守法的人民会去抢劫呢？哼！机会一到，人们立刻显露了原形。说声抢，壮实的小伙子们首先进了当铺，金店，钟表行。男人们回去一趟，第二趟出来已挽夹上女人和孩子们。被兵们抢过的铺子自然不必费事，进去随便拿就是了；可是紧跟着那些尚未被抢过的铺户的门也拦不住谁了。粮食店，茶叶铺，百货店，什么东西也是好的，门板一律砸开。

我一辈子只看见了这么一回大热闹：男女老幼喊着叫着，狂跑着，拥挤着，争吵着，砸门的砸门，喊叫的喊叫，咔嚓！门板倒下去，一窝蜂似的跑进去，乱挤乱抓，压倒在地的狂号，身体利落的往柜台上蹿，全红着眼，全拼着命，全奋勇前进，挤成一团，倒成一片，散走全街。背着，抱着，扛着，曳着，像一片战胜的蚂蚁，昂首疾走，去而复归，呼妻唤子，前呼后应。

苦人当然出来了，哼！那中等人家也不甘落后呀！

贵重的东西先搬完了，煤米柴炭是第二拨。有的整坛的搬着香油，有的独自扛着两口袋面，瓶子罐子碎了一街，米面洒满了便道，抢啊！抢啊！抢啊！谁都恨自己只长了一双手，谁都嫌自己的腿脚太慢；有的人会推着一坛子白糖，连人带坛在地上滚，像屎壳郎推着个大粪球。

强中自有强中手，人是到处会用脑子的！有人拿出切菜刀来了，立在巷口等着："放下！"刀晃了晃。口袋或衣服，放下了；安然的，不费力的，拿回家去。"放下！"不灵验，刀下去了，把面口袋砍破，下了一阵小雪，二人滚在一团。过路的急走，稍带着说了句："打什么，有的是东西！"两位明白过来，立起来向街头跑去。抢啊，抢啊！有的是东西！

我挤在了一群买卖人的中间，藏在黑影里。我并没说什么，他们似乎很明白我的困难，大家一声不出，而紧紧的把我包围住。不要说我还是个巡警，连他们买卖人也不敢抬起头来。他们无法去保护他们的财产与货物，谁敢出头抵抗谁就是不要命，兵们有枪，人民也有切菜刀呀！是的，他们低着头，好像倒怪羞惭似的。他们唯恐和抢劫的人们——也就是他们平日的照顾主儿——对了脸，羞恼成怒，在这没有王法的时候，杀几个买卖人总不算一回事呢！所以，他们也保护着我。想想看吧，这一带的居民大概不会不认识我吧！我三天两头的到这里来巡逻。平日，他们在墙根撒尿，我都要讨他们的厌，上前干涉；他们怎能不恨恶我呢！现在大家正在兴高采烈的白拿东西，要是遇见我，他们一人给我一砖头，我也就活不成了。即使他们不认识我，反正我是穿着制服，佩着东洋刀呀！在这个局面下，冒而咕咚的出来个巡警，够多么不合适呢！我满可以上前去道歉，说我不该这么冒失，他们能白白的饶了我吗？

街上忽然清静了一些，便道上的人纷纷往胡同里跑，马路当中走着七零八散的兵，都走得很慢；我摘下帽子，从一个学徒的肩上往外看了一眼，看见一位兵士，手里提着一串东西，像一串儿螃蟹似的。我能想到那是一串金银的镯子。他身上还有多少东西，不晓得，不过一定有许多硬货，因为他走得很慢。多么自然，多么可羡慕呢！自自然然的，提着一串镯子，在马路中心缓缓的走，有烧亮的铺户做着巨大的火把，给他们照亮了全城！

兵过去了，人们又由胡同里钻出来。东西已抢得差不多了，大家开始搬铺户的门板，有的去摘门上的匾额。我在报纸上常看见"彻底"这两个字，咱们的良民们打抢的时候才真正彻底呢！

这时候，铺户的人们才有出头喊叫的："救火呀！救火呀！别等着烧净了呀！"喊得教人一听见就要落泪！我身旁的人们开始活动。我怎么办呢？他们要是都去救火，剩下我这一个巡警，往哪儿跑呢？我拉住了一个屠户！他脱给了我那件满是猪油的大衫。把帽子夹在夹肢窝底下，一手握着佩刀，一手揪着大襟，我擦着墙根，逃回"区"里去。

八

我没去抢，人家所抢的又不是我的东西，这回事简直可以说和我不相干。可是，我看见了，也就明白了。明白了什么？我不会干脆的，恰当的，用一半句话说出来；我明白了点什么意思，这点意思教我几乎改变了点脾气。丢老婆是一件永远忘不了的事，现在它有了伴儿，我也永远忘不了这次的兵变。丢老婆是我自己的事，只须记在我的心里，用不着把家事国事天下事全拉扯上。这次的变乱是多少万人的事，只要我想一想，我便想到大家，想到全城，简直的我可以用这回事去断定许多的大事，就好像报纸上那样谈论这个问题那个问题似的。对了，我找到了一句漂亮的了。这件事教我看出一点意思，由这点意思我咂摸着许多问题。不管别人听得懂这句与否，我可真觉得它不坏。

我说过了：自从我的妻潜逃之后，我心中有了个空儿。经过这回兵变，那个空儿更大了一些，松松通通的能容下许多玩意儿。还接着说兵变的事吧！把它说完全了，你也就可以明白我心中的空儿为什么大起来了。

当我回到宿舍的时候，大家还全没睡呢。不睡是当然的，可是，大家一点也不显着着急或恐慌，吸烟的吸烟，喝茶的喝茶，就好像有红白事熬夜那样。我的狼狈的样子，不但没引起大家的同情，倒招得他们直笑。我本排着一肚子话要向大家说，一看这个样子也就不必再言语了。我想去睡，可是被排长给拦住了："别睡！待一会儿，天一亮，咱们全得出去弹压地面！"这该轮到我发笑了：街上烧抢到那个样子，并不见一个巡警，等到天亮再去弹压地面，岂不是天大的笑话！命令是命令，我只好等到天亮吧！

还没到天亮，我已经打听出来：原来高级警官们都预先知道兵变的事儿，可是不便于告诉下级警官和巡警们。这就是说，兵变是警察们管不了的事，要变就变吧；下级警官和巡警们呢，夜间糊糊涂涂的照常去巡逻站岗，是生是死随他们去！这个主意够多么活动而毒辣呢！再看巡警们呢，全和我自己一样，听见枪声就往回跑，谁也不傻。这样巡警正好对得起这样警官，自上而下全是瞎打混的当"差事"，一点不假！

虽然很要困，我可是急于想到街上去看看，夜间那一些情景还都在我的心里，我愿白天再去看一眼，好比较比较，教我心中这张画儿有头有尾。天亮得似乎很慢，也许是我心中太急。天到底慢慢的亮起来，我们排上队。我又要笑，有的人居然把盘起来的辫子梳好了放下来，巡长们也作为没看见。有的人在快要排队的时候，还细细刷了刷制服，用布擦亮了皮鞋！街上有那么大的损失，还有人顾得擦亮了鞋呢。我怎能不笑呢！

到了街上，我无论如何也笑不出了！从前，我没真明白过什么叫作"惨"，这回才真晓得了。天上还有几颗懒得下去的大星，云色在灰白中稍微带出些蓝，清凉，暗淡。到处是焦糊的气味，空中游动着一些白烟。铺户全敞着门，没有一个整窗子，大人和小徒弟都在门口，或坐或立，谁也不出声，也不动手收拾什么，像一群没有主儿的傻羊。火已经停止住延烧，可是已被烧残的地方还静静的冒着白烟，吐着细小而明亮的火苗。微风一吹，那烧焦的房柱忽然又亮起来，顺着风摆开一些小火旗。最初起火的几家已成了几个巨大的焦土堆，山墙没有倒，空空的围抱着几座冒烟的坟头。最后燃烧的地方还都立着，墙与前脸全没塌倒，可是门窗一律烧掉，成了些黑洞。有一只猫还在这样的一家门口坐着，被烟熏的连连打嚏，可是还不肯离开那里。

平日最热闹体面的街口变成了一片焦木头破瓦，成群的焦柱静静的立着，东西南北都是这样，懒懒的，无聊的，欲罢不能的冒些烟。地狱什么样？我不知道。大概这就差不多吧！我一低头，便想起往日街头上的景象，那些体面的铺户是多么华丽可爱。一抬头，眼前只剩了焦糊的那么一片。心中记得的景象与眼前看见的忽然碰到一处，碰出一些泪来。这就叫作"惨"吧？火场外有许多买卖人与学徒们呆呆的立着，手揣在袖里，对着残火发愣。遇见我们，他们只淡淡的看那么一眼，没有任何别的表示，仿佛他们已绝了望，用不着再动什么感情。

过了这一带火场，铺户全敞着门窗，没有一点动静，便道上马路上全是破碎的东西，比那火场更加凄惨。火场的样子教人一看便知道那是遭了火灾，这一片破碎静寂的铺户与东西使人莫名其妙，不晓得为什么繁华的街市会忽然变成绝大的垃圾堆。我就被派在这里站岗。我的责任是什么呢？不知道。我规规矩矩的立在那里，连动也不敢动，这破烂的街市仿佛有一股凉气，把我吸住。一些妇女和小孩子还在铺子外边拾取一些破东西，铺子的人不作声，我也不便去管；我觉得站在那里简直是多此一举。

太阳出来，街上显着更破了，像阳光下的叫化子那么丑陋。地上的每一个小物件都露出颜色与形状来，花哨的奇怪，杂乱得使人憋气。没有一个卖菜的，赶早市的，卖早点心的，没有一辆洋车，一匹马，整个的街上就是那么破破烂烂，冷冷清清，连刚出来的太阳都仿佛垂头丧气不大起劲，空空洞洞的悬在天上。一个邮差从我身旁走过去，低着头，身后扯着一条长影。我哆嗦了一下。

待了一会儿，段上的巡官下来了。他身后跟着一名巡警，两人都非常的精神在马路当中当当的走，好像得了什么喜事似的。巡官告诉我：注意街上的秩序，大令已经下来了！我行了礼，莫名其妙他说的是什么？那名巡警似乎看出来我的傻气，低声找补了一句：赶开那些拾东西的，大令下来了！我没心思去执行，可是不敢公然违抗命令，我走到铺户外边，向那些妇人孩子们摆了摆手，我说不出话来！

一边这样维持秩序，我一边往猪肉铺走，为是说一声，那件大褂等我给洗好了再送来。屠户在小肉铺门口坐着呢，我没想到这样的小铺也会遭抢，可是竟自成个空铺了。我说了句什么，屠户连头也没抬。我往铺子里望了望：大小肉墩子，肉钩子，钱筒子，油盘，凡是能拿走的吧，都被人家拿走了，只剩下了柜台和架肉案子的土台！

我又回到岗位，我的头痛得要裂。要是老教我看着这条街，我知道不久就会疯了。

大令真到了。十二名兵，一个长官，捧着就地正法的令牌，枪全上着刺刀。嗷！原来还是辫子兵啊！他们抢完烧完，再出来就地正法别人；什么玩意呢？我还得给令牌行礼呀！

行完礼，我急快往四下里看，看看还有没有捡拾零碎东西的人，好警告他们一声。连屠户的木墩都搬了走的人民，本来值不得同情；可是被辫子兵们杀掉，似乎又太冤枉。

说时迟，那时快，一个十四五岁的男孩子没有走脱。枪刺围住了他，他手中还攥住一块木板与一只旧鞋。拉倒了，大刀亮出来，孩子喊了声"妈！"血溅出去多远，身子还抽动，头已悬在电线杆子上！

我连吐口唾沫的力量都没有了，天地都在我眼前翻转。杀人，看见过，我不怕。我是不平！我是不平！请记住这句，这就是前面所说过的，"我看出一点意思"的那点意思。想想看，把整串的金银镯子提回营去，而后出来杀个拾了双破鞋的孩子，还说就地正"法"呢！天下要有这个"法"，我×"法"的亲娘祖奶奶！请原谅我的嘴这么野，但是这种事恐怕也不大文明吧？

事后，我听人家说，这次的兵变是有什么政治作用，所以打抢的兵在事后还出来弹压地面。连头带尾，一切都是预先想好了的。什么政治作用？咱不懂！咱只想再骂街。可是，就凭咱这么个"臭脚巡"，骂街又有什么用呢！

九

简直我不愿再提这回事了，不过为圆上场面，我总得把问题提出来，提出来放在这里，比我聪明的人有的是，让他们自己去细咂摸吧！

怎么会"政治作用"里有兵变？

若是有意教兵来抢，当初干吗要巡警？

巡警到底是干吗的？是只管在街上小便的，而不管抢铺子的吗？

安善良民要是会打抢，巡警干吗去专拿小偷？

人们到底愿意要巡警不愿意？不愿意吧！为什么刚要打架就喊巡警，而且月月往外拿"警捐"？愿意吧！为什么又喜欢巡警不管事：要抢的好去抢，被抢的也一声不言语？

好吧，我只提出这么几个"样子"来吧！问题还多得很呢！我既不能去解决，也就不便再瞎叨叨了。这几个"样子"就真够教我糊涂的了，怎想怎不对，怎摸不清哪里是哪里，一会儿它有头有尾，一会儿又没头没尾，我这点聪明不够想这么大的事的。

我只能说这么一句老话，这个人民，连官儿，兵丁，巡警，带安善的良民，都"不够本"！所以，我心中的空儿就更大了呀！在这群"不够本"的人们里活着，就是个对付劲儿，别讲究什么"真"事儿，我算是看明白了。

还有个好字眼儿，别忘下："汤儿事"。谁要是跟我一样，想不出什么好办法来，顶好用这个话，又现成，又恰当，而且可以不至把自己绕糊涂了。"汤儿事"，完了；如若还嫌稍微秃一点呢，再补上"真他妈的"，就挺合适。

十

不须再发什么议论，大概谁也能看清楚咱们国的人是怎回事了。由这个再谈到警察，稀松二五眼正是理之当然，一点也不出奇。就拿抓赌来说吧：早年间的赌局都是由顶有字号的人物做后台老板；不但官面上不能够抄拿，就是出了人命也没有什么了不得的；赌局里打死人是常有的事。赶到有了巡警之后，赌局还照旧开着，敢去抄吗？这谁也能明白，不必我说。可是，不抄吧，又太不像话，怎么办呢？有主意，捡着那老实的办几案，拿几个老头儿老太太，抄去几打儿纸牌，罚上十头八块的。巡警呢，算交上了差事；社会上呢，大小也有个风声，行了。拿这一件事比方十件事，警察自从一开头就是抹稀泥。它养着一群混饭吃的人，做些个混饭吃的事。社会上既不需要真正的巡警，巡警也犯不上为六块钱卖命。这很清楚。

这次兵变过后，我们的困难增多了老些。年轻的小伙子们，抢着了不少的东西，总算发了邪财。有的穿着两件马褂，有的十个手指头戴着十个戒指，都扬扬得意的在街上扭，斜眼看着巡警，鼻子里哽哽的哼白气。我只好低下头去，本来吗，那么大的阵式，我们巡警都一声没出，事后还能怨人家小看我们吗？赌局到处都是，白抢来的钱，输光了也不折本儿呀！我们不敢去抄，想抄也抄不过来，太多了。我们在墙儿外听见人家里面喊"人九"、"对子"，只作为没听见，轻轻的走过去。反正人们在院儿里头耍，不到街上来就行。哼！人们连这点面子也不给咱们留呀！那穿两件马褂的小伙子们偏要显出一点也不怕巡警——他们的祖父、爸爸，就没怕过巡警，也没见过巡警，他们为什么这辈子应当受巡警的气呢？单要来到街上赌一场。有骰子就能开宝，蹲在地上就玩起活来。有一对石球就能踢，两人也行，五个人也行，"一毛钱一脚，踢不踢？好啦！'倒回来！'"拍，球碰了球，一毛。耍儿真不小呢，一点钟里也过手好几块。这都在我们鼻子底下，我们管不管呢？管吧！一个人，只佩着连豆腐也切不齐的刀，而赌家老是一帮年轻的小伙子。明人不吃眼前亏，巡警得绕着道儿走过去，不管的为是。可是，不幸，遇见了稽察，"你难道瞎了眼，看不见他们聚赌？"回去，至轻是记一过。这份儿委屈上哪儿诉去呢？

这样的事还多得很呢！以我自己说，我要不是佩着那么把破刀，而是拿着把手枪，跟谁我也敢碰碰，六块钱的饷银自然合不着卖命，可是泥人也有个土性，架不住碰在气头儿上。可是，我摸不着手枪，枪在土匪和大兵手里呢。

明明看见了大兵坐了车不给钱，而且用皮带抽洋车夫，我不敢不笑着把他劝了走。他有枪，他敢放，打死个巡警算得了什么呢！有一年，在三等窑子里，大兵们打死了我们三位弟兄，我们连凶首也没要出来。三位弟兄白白的死了，没有一个抵偿的，连一个挨几十军棍的也没有！他们的枪随便放，我们赤手空拳，我们这是文明事儿呀！

总而言之吧，在这么个以蛮横不讲理为荣，以破坏秩序为增光耀祖的社会里，巡警简直是多余。明白了这个，再加上我们前面所说过的食不饱力不足那一套，大概谁也能明白个八九成了。我们不抹稀泥，怎么办呢？我——我是个巡警——并不求谁原谅，我只是愿意这么说出来，心明眼亮，好教大家心里有个谱儿。

爽性我把最泄气的也说了吧：

当过了一二年差事，我在弟兄们中间已经是个了不得的人物。遇见官事，长官们总教我去挡头一阵。弟兄们并不因此而忌妒我，因为对大家的私事我也不走在后边。这样，每逢出个排长的缺，大家总对我咕唧："这回一定是你补缺了！"仿佛他们非常希望要我这么个排长似的。虽然排长并没落在我身上，可是我的才干是大家知道的。

我的办事诀窍，就是从前面那一大堆话中抽出来的。比方说吧，有人来报被窃，巡长和我就去察看。糙糙的把门窗户院看一过儿，顺口搭音就把我们在哪儿有岗位，夜里有几趟巡逻，都说得详详细细，有滋有味，仿佛我们比谁都精细，都卖力气。然后，找门窗不甚严密的地方，话软而意思硬的开始反攻："这扇门可不大保险，得安把洋锁吧？告诉你，安锁要往下安，门槛那溜儿就很好，不容易教贼摸到。屋里养着条小狗也是办法，狗圈在屋里，不管是多么小，有动静就会汪汪，比院里放着三条大狗还有用。先生你看，我们多留点神，你自己也得注点意，两下一凑合，准保丢不了东西了。好吧，我们回去，多派几名下夜的就是了。先生歇着吧！"这一套，把我们的责任卸了，他就赶紧得安锁养小狗；遇见和气的主儿呢，还许给我们泡壶茶喝。这就是我的本事。怎么不负责任，而且不教人看出抹稀泥来，我就怎办。话要说得好听，甜嘴蜜舌的把责任全推到一边去，准保不招灾不惹祸。弟兄们都会这一套，可是他们的嘴与神气差着点劲儿。一句话有多少种说法，把神气弄对了地方，话就能说出去又拉回来，像有弹簧似的。这点，我比他们强，而且他们还是学不了去，这是天生来的才分！

赶到我独自下夜，遇见贼，你猜我怎么办？我呀！把佩刀攥在手里，省得有响声；他爬他的墙，我走我的路，各不相扰。好吗，真要教他记恨上我，藏在黑影儿里给我一砖，我受得了吗？那谁，傻王九，不是瞎了一只眼吗？他还不是为拿贼呢！有一天，他和董志和在街口上强迫给人们剪发，一人手里一把剪刀，见着带小辫的，拉过来就是一剪子。哼！教人家记上了。等傻王九走单了的时候，人家照准了他的眼就是一把石灰："让你剪我的发，×你妈妈的！"他的眼就那么瞎了一只。你说，这差事要不像我那么去当，还活着不活着呢？凡是巡警们以为该干涉的，人们都以为是"狗拿耗子多管闲事"，有什么法子呢？

我不能像傻王九似的，平白无故的丢去一只眼睛，我还留着眼睛看这个世界呢！轻手蹑脚的躲开贼，我的心里并没闲着，我想我那俩没娘的孩子，我算计这一个月的嚼谷。也许有人一五一十的算计，而用洋钱作单位吧？我呀，得一个铜子一个铜子的算。多几个铜子，我心里就宽绰；少几个，我就得发愁。还拿贼，谁不穷呢？穷到无路可走，谁也会去偷，肚子才不管什么叫作体面呢！

<h2 style="text-align:center">十一</h2>

这次兵变过后，又有一次大的变动：大清国改为中华民国了。改朝换代是不容易遇上的，我可是并没觉得这有什么意思。说真的，这百年不遇的事情，还不如兵变热闹呢。据说，一改民国，凡事就由人民主管了，可是我没看见。我还是巡警，饷银没有增加，天天出来进去还是那一套。原先我受别人的气，现在我还是受气；原先大官儿们的车夫仆人欺负我们，现在新官儿手底下的人也并不和气。"汤儿事"还是"汤儿事"，倒不因为改朝换代有什么改变。可也别说，街上剪发的人比从前多了一些，总得算作一点进步吧。牌九押宝慢慢的也少起来，贫富人家都玩"麻将"了，我们还是照样的不敢去抄赌，可是赌具不能不算改了良，文明了一些。

民国的民倒不怎样，民国的官和兵可了不得！像雨后的蘑菇似的，不知道哪儿来的这么些官和兵。官和兵本不当放在一块儿说，可是他们的确有些相像的地方。昨天还一脚黄土泥，今天做了官或当了兵，立刻就瞪眼；越糊涂，眼越瞪得大，好像是糊涂灯，糊涂得透亮儿。这群糊涂玩意儿听不懂哪叫好话，哪叫歹话，无论你说什么，他们总是横着来。他们糊涂得教人替他们难过，可是他们很得意。有时候他们教我都这么想了：我这辈大概做不了文官或是武官啦！因为我糊涂的不够程度！

几乎是个官儿就可以要几名巡警来给看门护院，我们成了一种保镖的，挣着公家的钱，可为私人做事。我便被派到宅门里去。从道理上说，为官员看守私宅简直不能算作差事；从实利上讲，巡警们可都愿意这么被派出来。我一被派出来，就拔升为"三等警"，"招募警"还没有被派出来的资格呢！我到这时候才算入了"等"。再说呢，宅门的事情清闲，除了站门，守夜，没有别的事可做；至少一年可以省出一双皮鞋来。事情少，而且外带着没有危险；宅里的老爷与太太若打起架来，用不着我们去劝，自然也就不会把我们打在底下而受点误伤。巡夜呢，不过是绕着宅子走两圈，准保遇不上贼；墙高狗厉害，小贼不能来，大贼不便于来——大贼找退职的官儿去偷，既有油水，又不至于引起官面严拿，他们不惹有势力的现任官。在这里，不但用不着去抄赌，我们反倒保护着老爷太太们打麻将。遇到宅里请客玩牌，我们就更清闲自在：宅门外放着一片车马，宅里到处亮如白昼，仆人来往如梭，两三桌麻将，四五盏烟灯，彻夜的闹哄，绝不会闹贼，我们就睡大觉，等天亮散局的时候，我们再出来站门行礼，给老爷们助威。要赶上宅里有红白事，我们就更合适：喜事唱戏，我们跟着白听戏，准保都是有名的角色，在戏园子里绝听不到这么齐全。丧事呢，虽然没戏可听，可是死人不能一半天就抬出去，至少也得停三四十天，念好几棚经；好了，我们就跟着吃吧；他们死人，咱们就吃犒劳。怕就怕死小孩，既不能开吊，又得听着大家嗷嗷的真哭。其次是怕小姐偷偷跑了，或姨太太有了什么大错而被休出去，我们捞不着吃喝看戏，还得替老爷太太们怪不得劲儿的！

教我特别高兴的，是当这路差事，出入也随便了许多，我可以常常回家看看孩子们。在"区"里或"段"上，请会儿浮假都好不容易，因为无论是在"内勤"或"外勤"，工作是刻板儿排好了的，不易调换更动。在宅门里，我站完门便没了我的事，只须对弟兄们说一声就可以走半天。这点好处常常教我害怕，怕再调回"区"里去；我的孩子们没有娘，还不多教他们看看父亲吗？

就是我不出去，也还有好处。我的身上既永远不疲乏，心里又没多少事儿，闲着干什么呢？我呀，宅上有的是报纸，闲着就打头到底的念。大报小报，新闻社论，明白吧不明白吧，我全念，老念。这个，帮助我不少，我多知道了许多的事，多识了许多的字。有许多字到如今我还念不出来，可是看惯了，我会猜出它们的意思来，就好像街面上常见着的人，虽然叫不上姓名来，可是彼此怪面善。除了报纸，我还满世界去借闲书看。不过，比较起来，还是念报纸的益处大，事情多，字眼儿杂，看着开心。唯其事多字多，所以才费劲，念到我不能明白的地方，我只好再拿起闲书来了。闲书老是那一套，看了上回，猜也会猜到下回是什么事，正因为它这样，所以才不必费力，看着玩玩就算了。报纸开心，闲书散心，这是我的一点经验。

在门儿里可也有坏处：吃饭就第一成了问题。在"区"里或"段"上，我们的伙食钱是由饷银里坐地儿扣，好歹不拘，天天到时候就有饭吃。派到宅门里来呢，一共三五个人，绝不能找厨子包办伙食，没有厨子肯包这么小的买卖的。宅里的厨房呢，又不许我们用；人家老爷们要巡警，因为知道可以白使唤几个穿制服的人，并不大管这群人有肚子没有。我们怎办呢？自己起灶，做不到，买一堆盆碗锅勺，知道哪时就又被调了走呢？再说，人家门头上要巡警原为体面好看，好，我们若是给人家弄得盆朝天碗朝地，刀勺乱响，成何体统呢？没法子，只好买着吃。

这可够别扭的。手里若是有钱，不用说，买着吃是顶自由了，爱吃什么就叫什么，弄两盅酒儿伍的，叫俩可口的菜，岂不是个乐子？请别忘了，我可是一月才共总进六块钱！吃的苦还不算什么，一顿一顿想主意可真教人难过，想着想着我就要落泪。我要省钱，还得变个样儿，不能老啃干馍馍辣饼子，像填鸭子似的。省钱与可口简直永远不能碰到一块，想想钱，我认命吧，还是弄几个干烧饼和一块老腌萝卜，对付一下吧；想到身子，似乎又不该如此。想，越想越难过，越不能决定，一直饿到太阳平西还没吃上午饭呢！

我家里还有孩子呢！我少吃一口，他们就可以多吃一口，谁不心疼孩子呢？吃着包饭，我无法少交钱；现在我可以自由的吃饭了，为什么不多给孩子们省出一点来呢？好吧，我有八个烧饼才够，就硬吃六个，多喝两碗开水，来个"水饱"！我怎能不落泪呢！

看看人家宅门里吧，老爷挣钱没数儿！是呀，只要一打听就能打听出来他拿多少薪俸，可是人家绝不指着那点固定的进项，就这么说吧，一月挣八百块的，若是干挣八百块，他怎能那么阔气呢？这里必定有文章。这个文章是这样的，你要是一月挣六块钱，你就死挣那个数儿，你兜儿里忽然多出一块钱来，都会有人斜眼看你，给你造些谣言。你要是能挣五百块，就绝不会死挣这个数儿，而且你的钱越多，人们越佩服你。这个文章似乎一点也不合理，可是它就是这么做出来的，你爱信不信！

报纸与宣讲所里常常提倡自由，事情要是等着提倡，当然是原来没有。我原没有自由，人家提倡了会子，自由还没来到我身上，可是我在宅门里看见它了。民国到底是有好处的，自己有自由没有吧，反正看见了也就得算开了眼。

你瞧，在大清国的时候，凡事都有个准谱儿：该穿蓝布大褂的就得穿蓝布大褂，有钱也不行。这个，大概就应叫作专制吧！一到民国来，宅门里可有了自由，只要有钱，你爱穿什么，吃什么，戴什么，都可以，没人敢管你。所以，为争自由，得拼命的去搂钱；搂钱也自由，因为民国没有御史。你要是没在大宅门待过，大概你还不信我的话呢，你去看看好了。现在的一个小官都比老年间的头品大员多享着点福：讲吃的，现在交通方便，山珍海味随便的吃，只要有钱。吃腻了这些还可以拿西餐洋酒换换口味，哪一朝的皇上大概也没吃过洋饭吧？讲穿的，讲戴的，讲看的听的、使的用的，都是如此，坐在屋里你可以享受全世界最好的东西。如今享福的人才真叫作享福，自然如今搂钱也比从前自由的多。别的我不敢说，我准知道宅门里的姨太太擦五十块钱一小盒的香粉，是由什么巴黎来的，巴黎在哪儿？我不知道，反正那里来的粉是很贵。我的邻居李四，把个胖小子卖了，才得到四十块钱，足见这香粉贵到什么地步了，一定是又细又香呀，一定！

好了，我不再说这个了，紧自贫嘴恶舌，倒好像我不赞成自由似的，那我哪敢呢！

我再从另一方面说几句，虽然还是话里套话，可是多少有点变化，好教人听着不俗气厌烦。刚才我说人家宅门里怎样自由，怎样阔气，谁可也别误会了人家做老爷的就整天的大把往外扔洋钱，老爷们才不这么傻呢！是呀，姨太太擦比一个小孩还贵的香粉，但是姨太太是姨太太，姨太太有姨太太的造化与本事。人家做老爷的给姨太太买那么贵的粉，正因为人家有地方可以抠出来。你就这么说吧，好比你做了老爷，我就能按着宅门的规矩告诉你许多诀窍：你的电灯，自来水，煤，电话，手纸，车马，天棚，家具，信封信纸，花草，都不用花钱；最后，你还可以白使唤几名巡警。这是规矩，你要不明白这个，你简直不配做老爷。告诉你一句到底的话吧，做老爷的要空着手儿来，满膛满馅的去，就好像刚惊蛰后的臭虫，来的时候是两张皮，一会儿就变成肚大腰圆，满兜儿血。这个比喻稍粗一点，意思可是不错。自由的搂钱，专制的省钱，两下里一合，你的姨太太就可以擦巴黎的香粉了。这句话也许说得太深奥了一些，随便吧！你爱懂不懂。

这可就该说到我自己了。按说，宅门里白使唤了咱们一年半载，到节了年了的，总该有个人心，给咱们哪怕是顿犒劳饭呢，也大小是个意思。哼！休想！人家做老爷的钱都留着给姨太太花呢，巡警算哪道货？等咱被调走的时候，求老爷给"区"里替我说句好话，咱都得感激不尽。

你看，命令下来，我被调到别处。我把铺盖卷打好，然后恭而敬之的去见宅上的老爷。看吧，人家那股子劲儿大了去啦！待理不理的，倒仿佛我偷了他点东西似的。我托咐了几句：求老爷顺便和"区"里说一声，我的差事当得不错。人家微微的一抬眼皮，连个屁都懒得放。我只好退出来了，人家连个拉铺盖的车钱也不给，我得自己把它扛了走。这就是他妈的差事，这就是他妈的人情！

十二

机关和宅门里的要人越来越多了。我们另成立了警卫队，一共有五百人，专做那义务保镖的事。为是显出我们真能保卫老爷们，我们每人有一杆洋枪和几排子弹。对于洋枪——这些洋枪——我一点也不感觉兴趣，它又沉，又老，又破，我摸不清这是由哪里找来的一些专为压人肩膀，而一点别的用处没有的玩意儿。我的子弹老在腰间围着，永远不准往枪里搁；到了什么大难临头，老爷们都逃走了的时候，我们才安上刺刀。

这可并非是说，我可以完全不管那枝破家伙。它虽然是那么破，我可得给它支使着。枪身里外，连刺刀都得天天擦，即使永远擦不亮，我的手可不能闲着。心到神知！再说，有了枪，身上也就多了些玩意儿，皮带，刺刀鞘，子弹袋子，全得弄得利落抹腻，不能像猪八戒挎腰刀那么懈懈松松的，还得打裹腿呢！

多出这么些事来，肩膀上添了七八斤的分量，我多挣了一块钱；现在我是一个月挣七块大洋了，感谢天地！

七块钱，扛枪，打裹腿，站门，我干了三年多。由这个宅门串到那个宅门，由这个衙门调到那个衙门；老爷们出来，我行礼；老爷进去，我行礼。这就是我的差事。这种差事才毁人呢：你说没事做吧，又有事；说有事做吧，又没事。还不如上街站岗去呢。在街上，至少得管点事，用用心思。在宅门或衙门，简直永远不用费什么一点脑子。赶到在闲散的衙门或汤儿事的宅子里，连站门的时候都满可以随便，挂着枪立着也行，抱着枪打盹也行。这样的差事教人不起一点儿劲，它生生的把人耗疲了。一个当仆人的可以有个盼望，哪儿的事情甜就想往哪儿去，我们当这份儿差事，明知一点好来头没有，可是就那么一天天的穷耗，耗得连自己都看不起了自己。按说，这么空闲无事，就应当吃得白白胖胖，也总算个体面呀。哼！我们并蹾不出膘儿来。我们一天老绕着那七块钱打算盘，穷得揪心。心要是揪上，还怎么会发胖呢？以我自己说吧，我的孩子已到上学的年岁了，我能不教他去吗？上学就得花钱，古今一理，不算出奇，可是我上哪里找这份钱去呢？做官的可以白占许多许多便宜，当巡警的连孩子白念书的地方也没有。上私塾吧，学费节礼，书籍笔墨，都是钱。上学校吧，制服，手工材料，种种本子，比上私塾还费的多。再说，孩子们在家里，饿了可以掰一块窝窝头吃；一上学，就得给点心钱，即使咱们肯教他揣着块窝窝头去，他自己肯吗？小孩的脸是更容易红起来的。

我简直没办法。这么大个活人，就会干瞪着眼睛看自己的儿女在家里荒荒着！我这辈无望了，难道我的儿女应当更不济吗？看着人家宅门的小姐少爷去上学，喝！车接车送，到门口还有老妈子丫环来接书包，抱进去，手里拿着橘子苹果和新鲜的玩具。人家的孩子这样，咱的孩子那样，孩子不都是将来的国民吗？我真想辞差不干了。我愣当仆人去，弄俩零钱，好教我的孩子上学。

可是人就是别入了辙，入到哪条辙上便一辈子拔不出腿来。当了几年的差事——虽然是这样的差事——我事事入了辙，这里有朋友，有说有笑，有经验，它不教我起劲，可是我也仿佛不大能狠心的离开它。再说，一个人的虚荣心每每比金钱还有力量，当惯了差，总以为去当仆人是往下走一步，虽然可以多挣些钱。这可笑，很可笑，可是人就是这么个玩意儿。我一跟朋友们说这个，大家都摇头。有的说，大家混的都很好的，干吗去改行？有的说，这山望着那山高，咱们这些苦人干什么也发不了财，先忍着吧！有的说，人家中学毕业生还有当"招募警"的呢，咱们有这个差事当，就算不错，何必呢？连巡官都对我说了："好歹混着吧，这是差事；凭你的本事，日后总有升腾！"大家这么一说，我的心更活了，仿佛我要是固执起来，倒不大对得住朋友似的。好吧，还往下混吧。小孩念书的事呢？没有下文！

不久，我可有了个好机会。有位冯大人哪，官职大得很，一要就要十二名警卫：四名看门，四名送信跑道，四名做跟随。这四名跟随得会骑马。那时候，汽车还没出世，大官们都讲究坐大马车。在前清的时候，大官坐轿或坐车，不是前有顶马，后有跟班吗？这位冯大人愿意恢复这点官威，马车后得有四名带枪的警卫。敢情会骑马的人不好找，找遍了全警卫队，才找到了三个；三条腿不大像话，连巡官都急得直抓脑袋。我看出便宜来了：骑马，自然得有粮钱哪！为我的小孩念书起见，我得冒下子险，假如从马粮钱里能弄出块儿八毛来，孩子至少也可以去私塾了。按说，这个心眼不甚好，可是我这是卖着命，我并不会骑马呀！我告诉了巡官，我愿意去。他问我会骑马不会？我没说我会，也没说我不会；他呢，反正找不到别人，也就没究根儿。

有胆子，天下便没难事。当我头一次和马见面的时候，我就合计好了：摔死呢，孩子们入孤儿院，不见得比在家里坏；摔不死呢，好，孩子们可以念书去了。这么一来，我就先不怕马了。我不怕它，它就得怕我，天下的事不都是如此吗？再说呢，我的腿脚利落，心里又灵，跟那三位会骑马的瞎扯巴了一会儿，我已经把骑马的招数知道了不少。找了匹老实的，我试了试，我手心里攥着把汗，可是硬说我有了把握。头几天，我的罪过真不小，浑身像散了一般，屁股上见了血。我咬了牙。等到伤好了，我的胆子更大起来，而且觉出来骑马的快乐。跑，跑，车多快，我多快，我算是治服了一种动物！

我把马治服了，可是没把粮草钱拿过来，我白冒了险。冯大人家中有十几匹马呢，另有看马的专人，没有我什么事。我几乎气病了。可是，不久我又高兴了：冯大人的官职是这么大，这么多，他简直没有回家吃饭的工夫。我们跟着他出去，一跑就是一天。他当然喽，到处都有饭吃，我们呢？

我们四个人商议了一下，决定跟他交涉，他在哪里吃饭，也得有我们的。冯大人这个人心眼还不错，他很爱马，爱面子，爱手下的人。我们一对他说，他马上答应了。这个，可是个便宜。不用往多里说。我们要是一个月准能在外边白吃半个月的饭，我们不就省下半个月的饭钱吗？我高了兴！

冯大人，我说，很爱面子。当我们去见他交涉饭食的时候，他细细看了看我们。看了半天，他摇了摇头，自言自语的说："这可不行！"我以为他是说我们四个人不行呢，敢情不是。他登时要笔墨，写了个条子："拿这个见总队长去，教他三天内都办好！"把条子拿下来，我们看了看，原来是教队长给我们换制服：我们平常的制服是斜纹布的，冯大人现在教换呢子的，袖口、裤缝和帽箍，一律要安金绦子。靴子也换，要过膝的马靴。枪要换上马枪，还另外给一人一把手枪。看完这个条子，连我们自己都觉得不合适：长官们才能穿呢衣，镶金绦，我们四个是巡警，怎能平白无故的穿上这一套呢？自然，我们不能去教冯大人收回条子去，可是我们也怪不好意思去见总队长。总队长要是不敢违抗冯大人，他满可以对我们四个人发发脾气呀！

你猜怎么着？总队长看了条子，连大气没出，照话而行，都给办了。你就说冯大人有多么大的势力吧！喝！我们四个人可抖起来了，真正细黑呢制服，镶着黄澄澄的金绦，过膝的黑皮长靴，靴后带着白亮亮的马刺，马枪背在背后，手枪挎在身旁，枪匣外搭拉着长杏黄穗子。简直可以这么说吧，全城的巡警的威风都教我们四个人给夺过来了。我们在街上走，站岗的巡警全都给我们行礼，以为我们是大官儿呢！

当我做裱糊匠的时候，稍微讲究一点的烧活，总得糊上匹菊花青的大马。现在我穿上这么抖的制服，我到马棚去挑了匹菊花青的马，这匹马非常的闹手，见了人是连啃带踢；我挑了它，因为我原先糊过这样的马，现在我得骑上匹活的；菊花青，多么好看呢！这匹马闹手，可是跑起来真作脸，头一低，嘴角吐着点白沫，长鬃像风吹着一垄春麦，小耳朵立着像俩小瓢儿；我只需一认镫，它就要飞起来。这一辈子，我没有过什么真正得意的事，骑上这匹菊花青大马，我必得说，我觉到了骄傲与得意！

按说，这回的差事总算过得去了，凭那一身衣裳与那匹马还不值得高高兴兴的混吗？哼！新制服还没穿过三个月，冯大人吹了台，警卫队也被解散，我又回去当三等警了。

十三

警卫队解散了。为什么？我不知道。我被调到总局里去当差，并且得了一面铜片的奖章，仿佛是说我在宅门里立下了什么功劳似的。在总局里，我有时候管户口册子，有时候管辅捐的账簿，有时候值班守大门，有时候看管军装库。这么二三年的工夫，我又把局子里的事情全明白了个大概。加上我以前在街面上、衙门口和宅门里的那些经验，我可以算作个百事通了，里里外外的事，没有我不晓得的。要提起警务，我是地道内行。可是一直到这个时候，当了十年的差，我才升到头等警，每月挣大洋九元。

大家伙或者以为巡警都是站街的，年轻轻的好管闲事。其实，我们还有一大群人在区里局里藏着呢。假若有一天举行总检阅，你就可以看见些稀奇古怪的巡警：罗锅腰的，近视眼的，掉了牙的，瘸着腿的，无奇不有。这些怪物才真是巡警中的盐，他们都有资格有经验，识文断字，一切公文案件，一切办事的诀窍，都在他们手里呢。要是没有他们，街上的巡警就非乱了营不可。这些人，可是永远不会升腾起来；老给大家办事，一点起色也没有，平生连出头露面的体面一次都没有过。他们任劳任怨的办事，一直到他们老得动不了窝，老是头等警，挣九块大洋。多咱你在街上看见：穿着洗得很干净的灰布大褂，脚底下可还穿着巡警的皮鞋，用脚后跟慢慢的走，仿佛支使不动那双鞋似的，那就准是这路巡警。他们有时候也到大"酒缸"上，喝一个"碗酒"，就着十几个花生豆儿，挺有规矩，一边往下咽那点辣水，一边叹着气。头发已经有些白的了，嘴巴儿可还刮得很光，猛看很像个太监。他们很规则，和蔼，会做事，他们连休息的时候还得穿着那双不得人心的鞋！

跟这群人在一处办事，我长了不少的知识。可是，我也有点害怕：莫非我也就这样下去了吗？他们够多么可爱，又多么可怜呢！看着他们，我心中时常忽然凉那么一下，教我半天说不上话来。不错，我比他们都年岁小，也不见得比他们不精明，可是我有希望没有呢？年岁小？我也三十六了！

这几年在局子里可也有一样好处，我没受什么惊险。这几年，正是年年春秋准打仗的时期，旁人受的罪我先不说，单说巡警们就真够瞧的。一打仗，兵们就成了阎王爷，而巡警头朝了下！要粮，要车，要马，要人，要钱，全交派给巡警，慢一点送上去都不行。一说要烙饼一万斤，得，巡警就得挨着家去到切面铺和烙烧饼的地方给要大饼；饼烙得，还得押着清道夫给送到营里去，说不定还挨几个嘴巴回来！

要单是这么伺候着兵老爷们，也还好；不，兵老爷们还横反呢。凡是有巡警的地方，他们非捣乱不可，巡警们管吧不好，不管吧也不好，活受气。世上有糊涂人，我晓得，但是兵们的糊涂令我不解。他们只为逞一时的字号，完全不讲情理；不讲情理也罢，反正得自己别吃亏呀；不，他们连自己吃亏不吃亏都看不出来，你说天下哪里再找这么糊涂的人呢。就说我的表弟吧，他已当过十多年的兵，后来几年还老是排长，按说总该明白点事儿了。哼！那年打仗，他押着十几名俘虏往营里送。喝！他得意非常的在前面领着，仿佛是个皇上似的。他手下的弟兄都看出来，为什么不先解除了俘虏的武装呢？他可就是不这么办，拍着胸膛说一点错儿没有。走到半路上，后面响了枪，他登时就死在了街上。他是我的表弟，我还能盼着他死吗？可是这股子糊涂劲儿，教我也没法抱怨开枪打他的人。有这样一个例子，你也就能明白一点兵们是怎样的难对付了。你要是告诉他，汽车别往墙上开，好啦，他就非去碰碰不可，把他自己碰死倒可以，他就是不能听你的话。

在总局里几年，没别的好处，我算是躲开了战时的危险与受气。自然啰！一打仗，煤米柴炭都涨价儿，巡警们也随着大家一同受罪，不过我可以安坐在公事房里，不必出去对付大兵们，我就得知足。

可是，在局里我又怕一辈子就窝在那里，永没有出头之日，有人情，可以升腾起来；没人情而能在外边拿贼办案，也是个路子，我既没人情，又不到街面上去，打哪儿升高一步呢？我越想越发愁。

十四

到我四十岁那年，大运亨通，我补了巡长！我顾不得想已经当了多少年的差、卖了多少力气和巡长才挣多少钱，都顾不得想了。我只觉得我的运气来了！

小孩子拾个破东西，就能高兴的玩耍半天，所以小孩子能够快乐。

大人们也得这样，或者才能对付着活下去。细细一想，事情就全糟。我升了巡长，说真的，巡长比巡警才多挣几块钱呢？挣钱不多，责任可有多么大呢！往上说，对上司们事事得说出个谱儿来；往下说，对弟兄们得又精明又热诚；对内说，差事得交得过去；对外说，得能不软不硬的办了事。这，比做知县难多了。县长就是一个地方的皇上，巡长没那个身份，他得认真办事，又得敷衍事，真真假假，虚虚实实，哪一点没想到就出蘑菇。出了蘑菇还是真糟，往上升腾不易呀，往下降可不难呢。当过了巡长再降下来，派到哪里去也不吃香：弟兄们要吃、喝！你这做过巡长的……这个那个的扯一堆。长官呢，看你是刺儿头，故意的给你小鞋穿，你怎么忍也忍不下去。怎办呢？哼！由巡长而降为巡警，顶好干脆卷铺盖家去，这碗饭不必再吃了。可是，以我说吧，四十岁才升上巡长，真要是卷了铺盖，我干吗去呢？

真要是这么一想，我登时就得白了头发。幸而我当时没这么想，只顾了高兴，把坏事儿全放在了一旁。我当时倒这么想：四十做上巡长，五十——哪怕是五十呢——再做上巡官，也就算不白当了差。咱们非学校出身，又没有大人情，能做到巡官还算小吗？这么一想，我简直的拼了命，精神百倍的看着我的事，好像看着颗夜明珠似的！

做了二年的巡长，我的头上真见了白头发。我并没细想过一切，可是天天揪着心，唯恐哪件事办错了，担了处分。白天，我老喜笑颜开的打着精神办公；夜间，我睡不实在，忽然想起一件事，我就受了一惊似的，翻来覆去的思索，未必能想出办法来，我的困意可也就不再回来了。

公事而外，我为我的儿女发愁：儿子已经二十了，姑娘十八。福海——我的儿子——上过几天私塾，几天贫儿学校，几天公立小学。字吗，凑在一块儿他大概能念下来第二册国文；坏招儿，他可学会了不少，私塾的，贫儿学校的，公立小学的，他都学来了，到处准能考一百分，假若学校里考坏招数的话。本来吗，自幼失了娘，我又终年在外边瞎混，他可不是爱怎么反就怎么反呗。我不恨铁不成钢去责备他，也不抱怨任何人，我只恨我的时运低，发不了财，不能好好的教育他。我不算对不起他们，我一辈子没给他们弄个后娘，给他们气受。至于我的时运不济，只能当巡警，那并非是我的错儿，人还能大过天去吗？

福海的个子可不小，所以很能吃呀！一顿胡搂三大碗芝麻酱拌面，有时候还说不很饱呢！就凭他这个吃法，他再有我这么两份儿爸爸也不中用！我供给不起他上中学，他那点"秀气"也没法考上。我得给他找事做。哼！他会做什么呢？

从老早，我心里就这么嘀咕：我的儿子愣可去拉洋车，也不去当巡警；我这辈子当够了巡警，不必世袭这份差事了！在福海十二三岁的时候，我教他去学手艺，他哭着喊着的一百个不去。不去就不去吧，等他长两岁再说，对个没娘的孩子不就得格外心疼吗？到了十五岁，我给他找好了地方去学徒，他不说不去，可是我一转脸，他就会跑回家来。几次我送他走，几次他偷跑回来。于是只好等他再大一点吧，等他心眼转变过来也许就行了。哼！从十五到二十，他就愣荒荒过来，能吃能喝，就是不爱干活儿。赶到教我给逼急了："你到底愿意干什么呢？你说！"他低着脑袋，说他愿意挑巡警！他觉得穿上制服在街上走，既能挣钱，又能就手儿散心，不像学徒那样永远圈在屋里。我没说什么，心里可刺着痛。我给打了个招呼，他挑上了巡警。我心里痛不痛的，反正他有事做，总比死吃我一口强啊。父是英雄儿好汉，爸爸巡警儿子还是巡警，而且他这个巡警还必定跟不上我。我到四十岁才熬上巡长，他到四十岁，哼！不教人家开革出来就是好事！没盼望！我没续娶过，因为我咬得住牙。他呢，赶明儿个难道不给他成家吗？拿什么养着呢？

是的，儿子当了差，我心中反倒堵上个大疙瘩！

再看女儿呢，也十八九了，尽自搁在家里算怎回事呢？当然，早早撮出去的为是，越早越好。给谁呢？巡警，巡警，还得是巡警？一个人当巡警，子孙万代全得当巡警，仿佛掉在了巡警阵里似的。可是，不给巡警还真不行呢：论模样，她没什么模样；论教育，她自幼没娘，只认识几个大字；论赔送，我至多能给她做两件洋布大衫；论本事，她只能受苦，没别的好处。巡警的女儿天生来的得嫁给巡警，八字造定，谁也改不了！

唉！给了就给了啵！撮出她去，我无论怎说也可以心净一会儿。并非是我心狠哪，想想看，把她撂到二十多岁，还许就剩在家里呢。我对谁都想对得起，可是谁又对得起我来着！我并不想唠里唠叨的发牢骚，不过我愿把事情都撂平了，谁是谁非，让大家看。

当她出嫁的那一天，我真想坐在那里痛哭一场。我可是没有哭，这也不是一半天的事了，我的眼泪只会在眼里转两转，简直的不会往下流！

十五

儿子有了事做，姑娘出了阁，我心里说：这我可能远走高飞了！假若外边有个机会，我愣把巡长搁下，也出去见识见识。什么发财不发财的，我不能就窝囊这么一辈子。

机会还真来了。记得那位冯大人呀，他放了外任官。我不是爱看报吗？得到这个消息，就找他去了，求他带我出去。他还记得我，而且愿意这么办。他教我去再约上三个好手，一共四个人随他上任。我留了个心眼，请他自己向局里要四名，作为是拨遣。我是这么想：假若日后事情不见佳呢，既省得朋友们抱怨我，而且还可以回来交差，有个退身步。他看我的办法不错，就指名向局里调了四个人。

这一喜可非同小喜。就凭我这点经验知识，管保说，到哪儿我也可以做个很好的警察局局长，一点不是瞎吹！一条狗还有得意的那一天呢，何况是个人？我也该抖两天了，四十多岁还没露过一回脸呢！

果然，命令下来，我是卫队长，我乐得要跳起来。

哼！也不是咱的命不好，还是冯大人的运不济，还没到任呢，又撤了差。猫咬尿泡，瞎欢喜一场！幸而我们四个人是调用，不是辞差，冯大人又把我们送回局里去了。我的心里既为这件事难过，又为回局里能否还当巡长发愁，我脸上瘦了一圈。

幸而还好，我被派到防疫处做守卫，一共有六位弟兄，由我带领。这是个不错的差事，事情不多，而由防疫处开我们的饭钱。我不确实的知道，大概这是冯大人给我说了句好话。

在这里，饭钱既不必由自己出，我开始攒钱，为是给福海娶亲——只剩了这么一档子该办的事了，爽性早些办了吧！

在我四十五岁上，我娶了儿媳妇——她的娘家父亲与哥哥都是巡警。可倒好，我这一家子，老少里外，全是巡警，凑吧凑吧，就可以成立个警察分所！

人的行动有时候莫名其妙。娶了儿媳妇以后，也不知怎么我以为应当留下胡子，才够做公公的样子。我没细想自己是干什么的，直入公堂的就留下胡子了。小黑胡子在我嘴上，我捻上一袋关东烟，觉得挺够味儿。本来吗，姑娘聘出去了，儿子成了家，我自己的事又挺顺当，怎能觉得不是味儿呢？

哼！我的胡子惹下了祸。总局局长忽然换了人，新局长到任就检阅全城的巡警。这位老爷是军人出身，只懂得立正看齐，不懂得别的。在前面我已经说过，局里区里都有许多老人们，长相不体面，可是办事多年，最有经验。我就是和局里这群老手儿排在一处的，因为防疫处的守卫不属于任何警区，所以检阅的时候便随着局里的人立在一块儿。

当我们站好了队，等着检阅的时候，我和那群老人们还有说有笑，自自然然的。我们心里都觉得，重要的事情都归我们办，提哪一项事情我们都知道，我们没升腾起来已经算很委屈了，谁还能把我们踢出去吗？上了几岁年纪，诚然，可是我们并没少做事儿呀！即使说老朽不中用了，反正我们都至少当过十五六年的差，我们年轻力壮的时候是把精神血汗耗费在公家的差事上，冲着这点，难道还不留个情面吗？谁能够看狗老了就一脚踢出去呢？我们心中都这么想，所以满没把这回事放在心里，以为新局长从远处瞭我们一眼也就算了。

局长到了，大个子胸前挂满了徽章，又是喊，又是蹦，活像个机器人。我心里打开了鼓。他不按着次序看，一眼看到我们这一排，他猛虎扑食似的就跑过来了。岔开脚，手握在背后，他向我们点了点头。然后忽然他一个箭步跳到我们跟前，抓起一个老书记生的腰带，像摔跤似的往前一拉，几乎把老书记生拉倒；抓着腰带，他前后摇晃了老书记生几把，然后猛一撒手，老书记生摔了个屁股墩。局长对准了他就是两口唾沫：“你也当巡警！连腰带都系不紧？来！拉出去毙了！”

我们都知道，凭他是谁，也不能枪毙人。可是我们的脸都白了，不是怕，是气的。那个老书记生坐在地上，哆嗦成了一团。

局长又看了看我们，然后用手指划了条长线："你们全滚出去，别再教我看见你们！你们这群东西也配当巡警！"说完这个，仿佛还不解气，又跑到前面，扯着脖子喊："是有胡子的全脱了制服，马上走！"

有胡子的不止我一个，还都是巡长巡官，要不然我也不敢留下这几根惹祸的毛。

二十年来的服务，我就是这么被刷下来了。其实呢，我虽四十多岁，我可是一点也不显着老苍，谁教我留下了胡子呢！这就是说，当你年轻力壮的时候，你把命卖上，一月就是那六七块钱。你的儿子，因为你当巡警，不能读书受教育；你的女儿，因为你当巡警，也嫁个穷汉去吃窝窝头。你自己呢，一长胡子，就算完事，一个铜子的恤金养老金也没有，服务二十年后，你教人家一脚踢出来，像踢开一块碍事的砖头似的。五十以前，你没挣下什么，有三顿饭吃就算不错；五十以后，你该想主意了，是投河呢，还是上吊呢？这就是当巡警的下场头。

二十年来的差事，没做过什么错事，但我就这样卷了铺盖。

弟兄们有含着泪把我送出来的，我还是笑着；世界上不平的事可多了，我还留着我的泪呢！

十六

穷人的命——并不像那些施舍稀粥的慈善家所想的——不是几碗粥所能救活了的；有粥吃，不过多受几天罪罢了，早晚还是死。我的履历就跟这样的粥差不多，它只能帮助我找上个小事，教我多受几天罪，我还得去当巡警。除了说我当巡警，我还真没法介绍自己呢！它就像颗不体面的痣或瘤子，永远跟着我。我懒得说当过巡警，懒得再去当巡警，可是不说不当，还真连碗饭也吃不上，多么可恶呢！

歇了没有好久，我由冯大人的介绍，到一座煤矿上去做卫生处主任，后来又升为矿村的警察分所所长，这总算运气不坏。在这里我很施展了些我的才干与学问：对村里的工人，我以二十年服务的经验，管理得真叫不错。他们聚赌，斗殴，罢工，闹事，醉酒，就凭我的一张嘴，就事论事，干脆了当，我能把他们说得心服口服。对弟兄们呢，我得亲自去训练。他们之中有的是由别处调来的，有的是由我约来帮忙的，都当过巡警，这可就不容易训练，因为他们懂得一些警察的事儿，而想看我一手儿。我不怕，我当过各样的巡警，里里外外我全晓得。凭着这点经验，我算是没被他们给撅了。对内对外，我全有办法，这一点也不瞎吹。

假若我能在这里混上几年，我敢保说至少我可以积攒下个棺材本儿，因为我的饷银差不多等于一个巡官的，而到年底还可以拿一笔奖金。可是，我刚做到半年，把一切都布置得有个大概了，哼！我被人家顶下来了。我的罪过是年老与过于认真办事。弟兄们满可以拿些私钱，假若我肯睁着一只闭着一只眼的话。我的两眼都睁着，种下了毒。对外也是如此，我明白警察的一切，所以我要本着良心把此地的警务办得完完全全，真像个样儿。还是那句话，人民要不是真正的人民，办警察是多此一举，越办得好越招人怨恨。自然，容我办上几年，大家也许能看出它的好处来。可是，人家不等办好，已经把我踢开了。

在这个社会中办事，现在才明白过来，就得像发给巡警们皮鞋似的。

大点，活该！小点，挤脚？活该！什么事都能办通了，你打算合大家的适，他们要不把鞋打在你脸上才怪。这次的失败，因为我忘了那三个宝贝字——"汤儿事"，因此我又卷了铺盖。

这回，一闲就是半年多。从我学徒时候起，我无事也忙，永不懂得偷闲。现在，虽然是奔五十的人了，我的精神气力并不比那个年轻小伙子差多少。生让我闲着，我怎么受呢？由早晨起来到日落，我没有正经事做，没有希望，跟太阳一样，就那么由东而西的转过去；不过，太阳能照亮了世界，我呢，心中老是黑糊糊的。闲得起急，闲得要躁，闲得讨厌自己，可就是摸不着点儿事做。想起过去的劳力与经验，并不能自慰，因为劳力与经验没给我积攒下养老的钱，而我眼看着就是挨饿。我不愿人家养着我，我有自己的精神与本事，愿意自食其力的去挣饭吃。我的耳目好像做贼的那么尖，只要有个消息，便赶上前去，可是老空着手回来，把头低得无可再低，真想一跤摔死，倒也爽快！还没到死的时候，社会像要把我活埋了！晴天大日头的，我觉得身子慢慢往土里陷；什么缺德的事也没做过，可是受这么大的罪。一天到晚我叼着那根烟袋，里边并没有烟，只是那么叼着，算个"意思"而已。我活着也不过是那么个"意思"，好像专为给大家当笑话看呢！

好容易，我弄到个事：到河南去当盐务缉私队的队兵。队兵就队兵吧，有饭吃就行呀！借了钱，打点行李，我把胡子剃得光光的上了"任"。

半年的工夫，我把债还清，而且升为排长。别人花俩，我花一个，好还债。别人走一步，我走两步，所以升了排长。委屈并挡不住我的努力，我怕失业。一次失业，就多老上三年，不饿死，也憋闷死了。至于努力挡得住失业挡不住，那就难说了。

我想——哼！我又想了——我既能当上排长，就能当上队长，不又是个希望吗？这回我留了神，看人家怎做，我也怎做。人家要私钱，我也要，我别再为良心而坏了事，良心在这年月并不值钱。假若我在队上混个队长，连公带私，有几年的工夫，我不是又可以剩下个棺材本儿吗？我简直的没了大志向，只求腿脚能动便去劳动；多咱动不了窝，好，能有个棺材把我装上，不至于教野狗们把我嚼了。我一眼看着天，一眼看着地。我对得起天，再求我能静静的躺在地下。并非我倚老卖老，我才五十来岁；不过，过去的努力既是那么白干一场，我怎能不把眼睛放低一些，只看着我将来的坟头呢！我心里是这么想，我的志愿既这么小，难道老天爷还不睁开点眼吗？

来家信，说我得了孙子。我要说我不喜欢，那简直不近人情。可是，我也必得说出来：喜欢完了，我心里凉了那么一下，不由的自言自语的嘀咕："哼！又来个小巡警吧！"一个做祖父的，按说，哪有给孙子说丧气话的，可是谁要是看过我前边所说的一大片，大概谁也会原谅我吧？有钱人家的儿女是希望，没钱人家的儿女是累赘；自己的肚中空虚，还能顾得子孙万代和什么"忠厚传家久，诗书继世长"吗？

我的小烟袋锅儿里又有了烟叶，叼着烟袋，我咂摸着将来的事儿。有了孙子，我的责任还不止于剩个棺材本儿了；儿子还是三等警，怎能养家呢？我不管他们夫妇，还不管孙子吗？这教我心中忽然非常的乱，自己一年比一年的老，而家中的嘴越来越多，哪个嘴不得用窝窝头填上呢！我深深的打了几个嗝儿，胸中仿佛横着一口气。算了吧，我还是少思索吧，没头儿，说不尽！个人的寿数是有限的，困难可是世袭的呢！子子孙孙，万年永实用，窝窝头！

风雨要是都按着天气预测那么来，就无所谓狂风暴雨了。困难若是都按着咱们心中所思虑的一步一步慢慢的来，也就没有把人急疯了这一说了。我正盘算着孙子的事儿，我的儿子死了！

他还并没死在家里呀！我还得去运灵。

福海，自从成家以后，很知道要强。虽然他的本事有限，可是他懂得了怎样尽自己的力量去做事。我到盐务缉私队上来的时候，他很愿意和我一同来，相信在外边可以多一些发展的机会。我拦住了他，因为怕事情不稳，一下子再教父子同时失业，如何得了。可是，我前脚离开了家，他紧随着也上了威海卫。他在那里多挣两块钱。独自在外，多挣两块就和不多挣一样，可是穷人想要强，就往往只看见了钱，而不多合计合计。到那里，他就病了，舍不得吃药。及至他躺下了，药可也就没了用。

把灵运回来，我手中连一个钱也没有了。儿媳妇成了年轻的寡妇，带着个吃奶的小孩，我怎么办呢？我没法再出外去做事，在家乡我又连个三等巡警也当不上，我才五十岁，已走到了绝路。我羡慕福海，早早的死了，一闭眼三不知；假若他活到我这个岁数，至好也不过和我一样，多一半还许不如我呢！儿媳妇哭，哭得死去活来，我没有泪，哭不出来，我只能满屋里打转，偶尔的冷笑一声。

以前的力气都白卖了。现在我还得拿出全套的本事，去给小孩子找点粥吃。我去看守空房，我去帮着人家卖菜，我去做泥水匠的小工子活，我去给人家搬家……除了拉洋车，我什么都做过了。无论做什么，我还都卖着最大的力气，留着十分的小心。五十多了，我出的是二十岁的小伙子的力气，肚子里可是只有点稀粥与窝窝头，身上到冬天没有一件厚实的棉袄，我不求人白给点什么，还讲仗着力气与本事挣饭吃，豪横了一辈子，到死我还不能输这口气。时常我挨一天的饿，时常我没有煤上火，时常我找不到一撮儿烟叶，可是我决不说什么；我给公家卖过力气了，我对得住一切的人，我心里没毛病，还说什么呢？我等着饿死，死后必定没有棺材，儿媳妇和孙子也得跟着饿死，那只好就这样吧！谁教我是巡警呢！我的眼前时常发黑，我仿佛已摸到了死，哼！我还笑，笑我这一辈子的聪明本事，笑这出奇不公平的世界，希望等我笑到末一声，这世界就换个样儿吧！

阳
光

一

想起幼年来，我便想到一株细条而开着朵大花的牡丹，在春晴的阳光下，放着明艳的红瓣儿与金黄的蕊。我便是那朵牡丹。偶尔有一点愁恼，不过像一片早霞，虽然没有阳光那样鲜亮，到底还是红的。我不大记得幼时有过阴天；不错，有的时候确是落了雨，可是我对于雨的印象是那美的虹，积水上飞来飞去的蜻蜓与带着水珠的花。自幼我就晓得我的娇贵与美丽。自幼我便比别的小孩精明，因为我有机会学事儿。要说我比别人多会着什么，倒未必，我并不须学习什么。可是我精明，这大概是因为有许多人替我做事；我一张嘴，事情便做成了。这样，我的聪明是在怎样支使人和判断别人做的怎样：好，还是不好。所以我精明。别人比我低，所以才受我的支使；别人比我笨，所以才不能老满足我的心意。地位的优越使我精明。可是我不愿承认地位的优越，而永远自信我很精明。因此，不但我是在阳光中，而且我自居是个明艳光暖的小太阳，我自己发着光。

二

我的父母兄弟，要是比起别人的，都很精明体面。可是跟我一比，他们还不算顶精明，顶体面。父母只有我这么一个女儿，兄弟只有我这么一个姊妹，我天生来的可贵。连父母都得听我的话。我永远是对的。我要在平地上跌倒，他们便争着去责打那块地；我要是说苹果咬了我的唇，他们便齐声的骂苹果。我并不感谢他们，他们应当服从我。世上的一切都应当服从我。

三

记忆中的幼年是一片阳光，照着没有经过排列的颜色，像风中的一片各色的花，摇动复杂而浓艳。我也记得我曾害过小小的病，但是病更使我娇贵，添上许多甜美的细小的悲哀与意外的被人怜爱。我现在还记得那透明的冰糖块儿，把药汁的苦味减到几乎是可爱的。在病中我是温室里的早花，虽然稍微细弱一些，可是更秀丽可喜。

四

到学校去读书是较大的变动，可是父母的疼爱与教师的保护使我只记得我的胜利，而忘了那一点点痛苦。在低级里，我已经觉出我自己的优越。我不怕生人，对着生人我敢唱歌、跳舞。我的装束永远是最漂亮的。我的成绩也是最好的，假若我有做不上来的，回到家中自有人替我做成，而最高的分数是我的。因为这些学校中的训练，我也在亲友中得到美誉与光荣，我常去给新娘子拉纱，或提着花篮，我会眼看着我的脚尖慢慢的走，觉出我的腮上必是红得像两瓣儿海棠花。我的玩具，我的学校用品，都证明我的阔绰。我很骄傲，可也有时候很大方，我爱谁就给谁一件东西。在我生气的时候，我随便撕碎、摔坏我的东西，使大家知道我的脾气。

五

入了高小，我开始觉出我的价值。我厉害，我美丽，我会说话，我背地里听见有人讲究我，说我聪明外露，说我的鼻孔有点向上翻着。我对着镜子细看，是的，他们说对了，但是那并不减少我的美丽。至于聪明外露，我喜欢这样。我的鼻孔向上撑着点，不但是件事实而且我自傲有这件事实。我觉出我的鼻孔可爱，它向上翻着点，好像是藐视一切和一切挑战；我心中的最厉害的话先由鼻孔透出一点来，当我说过了那样的话，我的嘴唇向下撇一些，把鼻尖坠下来，像花朵在晚间自己并上那样甜美的自爱。对于功课，我不大注意；我的学校里本来不大注意功课。况且功课与我没多大关系，我和我的同学们都是阔家的女儿，我们顾衣裳与打扮还顾不来，哪有工夫去管功课呢。学校里的穷人与先生与工友们！我们不能听工友的管辖，正像不能受先生们的指挥。先生们也知道她们不应当管学生。况且我们的名誉并不因此而受损失，讲跳舞，讲唱歌，讲演剧，都是我们的最好，每次赛会都是我们第一。就是手工图画也是我们的最好，我们买得起的材料，别的学校的学生买不起。我们说不上爱学校与先生们来，可也不恨它与她们，我们的光荣常常与学校分不开。

六

在高小里，我的生活不尽是阳光了。有时候我与同学们争吵得很厉害。虽然胜利多半是我的，可是在战斗的期间到底是费心劳神的。我们常因服装与头发的式样或别种小的事发生意见，分成多少党。我总是做首领的。我得细心的计划，因为我是首领。我天生来是该做首领的，多数的同学好像是木头做的，只能服从，没有一点主意，我是她们的脑子。

七

在毕业的那一年，我与班友们都自居为大姑娘了。我们非常的爱上学。不是对功课有兴趣，而是我们爱学校中的自由。我们三个一群，两个一伙，挤着搂着，充分自由的讲究那些我们并不十分明白而愿意明白的事。我们不能在另一个地方找到这种谈话与欢喜，我们不再和小学生们来往，我们所知道的和我们以为已经知道的那些事使我们觉得像小说中的女子。我们什么也不知道，也不愿意知道什么，我们只喜爱小说中的人与事。我们交换着知识使大家都走入一种梦幻境界。我们知道许多女侠，许多烈女，许多不守规矩的女郎。可是我们所最喜欢的是那种多心眼的、痴情的女子，像林黛玉那样的。我们都愿意聪明，能说出些尖酸而伤感的话。我们管我们的课室叫"大观园"。是的，我们也看电影，但是电影中的动作太粗野，不像我们理想中的那么缠绵。我们既都是阔家的女儿，在谈话中也低声报告着在家中各人所看到的事，关于男女的事。这些事正如电影中的，能满足我们一时的好奇心，而没有多少味道。我们不希望干那些姨太太们所干的事，我们都自居为真正的爱人，有理想，有痴情，虽然我们并不懂得什么。无论怎说吧，我们的一半纯洁一半污浊的心使我们愿意听那些坏事，而希望自己保持住娇贵与聪明。我们是一群十四五岁的鲜花。

八

在初入中学的时候，我与班友们由大姑娘又变成了小姑娘，高年级的同学看不起我们。她们不但看不起我们，也故意的戏弄我们。她们常把我们捉了去，做她们的dear，大学生自居为男子。这个，使我们害羞，可是并非没有趣味。这使我觉到一些假装的，同时又有点味道的爱恋情味。我们仿佛是由盆中移到地上的花，虽然环境的改变使我们感觉不安，可是我们也正在吸收新的更有力的滋养；我们觉出我们是女子，觉出女子的滋味，而自惜自怜。在这个期间，我们对于电影开始吃进点味儿，看到男女的长吻，我们似乎明白了些意思。

九

到了二三年级，我们不这么老实了。我简直可以这么说，这二年是我的黄金时代。高年级的学生没有我们的胆量大，低年级的有我们在前面挡着也闹不起来；只有我们，既然和高年级的同学学到了许多坏招数，又不像新学生那样怕先生。我们要干什么便干什么。高年级的学生会思索，我们不必思索；我们的脸一红，动作就跟着来了，像一口血似的啐出来。我们粗暴、小气、使人难堪，一天到晚唧唧咕咕，笑不正经笑，哭也不好生哭。我非常好动怒，看谁也不顺眼。我爱做的不就去好好做，我不爱做的就干脆不去做，没有理由，更不屑于解释。这样，我的脾气越大，胆子也越大。我不怕男学生追我了。我与班友们都有了追逐的男学生，而且以此为荣。可是男学生并追不上我们，他们只使我们心跳，使我们彼此有的谈论，使我们成了电影狂。及至有机会真和男人——亲戚或家中的朋友——见面，我反倒吐吐舌头或端端肩膀，说不出什么，更谈不到交际。在事后，我觉得泄气，不成体统，可是没有办法。人是要慢慢长起来的，我现在明白了。但是，无论怎说吧，这是个黄金时代；一天一天糊糊涂涂的过去，完全没有忧虑，像棵傻大的热带的树，常开着花，一年四季是春天。

十

提到我的聪明，哼，我的鼻尖还是向上翻着点；功课呢，虽然不能算是最坏的，可至好也不过将就得个丙等。做小孩的时候，我愿意人家说我聪明；入了中学，特别是在二三年级的时候，我讨厌人家夸奖我。自然我还没完全丢掉争强好胜的心，可是不在功课上，因此，对于先生的夸奖我觉得讨厌；有的同学在功课上处处求好，得到荣誉，我恨这样的人。在我的心里，我还觉得我聪明。我以为我是不屑于表现我的聪明，所以得的分数不高；那能在功课上表现出才力来的不过是多用着点工夫而已，算不了什么。我才不那么傻用工夫，多演几道题，多做一些文章，干什么用呢？我的父母并没仗着我的学问才有饭吃。况且我的美已经是出名的，报纸上常有我的相片，称我为高材生，大家闺秀。用功与否有什么关系呢？我是个风筝，高高的在春云里，大家都仰着头看我，我只须晃动着，在春风里游戏便够了。我的上下左右都是阳光。

十一

可是到了高年级，我不这么野调无腔的了。我好像开始觉到我有了个固定的人格，虽然不似我想象的那么固定，可是我觉得自己稳重了一些，身中仿佛有点沉重的气儿。我想，这一方面是由于我的家庭，一方面是由于我自己的发育而成的。我的家庭是有钱而自傲的，不允许我老淘气精似的；我自己呢，从身体上与心灵上都发展着一些精微的，使我自怜的什么东西。我自然的应当自重。因为自重，我甚至于有时候循着身体或精神上的小小病痛，而显出点可怜的病态与娇羞。我好像正在培养着一种美，叫别人可怜我而又得尊敬我的美。我觉出我的尊严，而愿显露出自己的娇弱。其实我的身体很好。因为身体好，所以才想象到那些我所没有的姿态与秀弱。我仿佛要把女性所有的一切动人的情态全吸收到身上来。女子对于美的要求，至少是我这么想，是得到一切，要不然便什么也没有也好。因为这个绝对的要求，我们能把自己的一点美好扩展得像一个美的世界。我们醉心的搜求发现这一点点美所包含的力量与可爱。不用说，这样发现自己，欣赏自己，不知不觉的有个目的，为别人看。在这个时节我对于男人是老设法躲避的。我知道自己的美，而不能轻易给谁，我是有价值的。我非常的自傲，理想很高。影影绰绰的我想到假如我要属于哪个男人，他必是世间罕有的美男子，把我带到天上去。

十二

因为家里有钱，所以我得加倍的自尊自傲。有钱，自然得骄傲；因为钱多而发生的不体面的事，使我得加倍骄傲。我这时候有许多看不上眼的事都发生在家里，我得装出我们是清白的；钱买不来道德，我得装成好人。我家里的人用钱把别人家的女子买来，而希望我给他们转过脸来。别人家的女儿可以糟蹋在他们的手里，他们的女子——我——可得纯洁，给他们争脸面。我父亲、哥哥都弄来女人，他们的乱七八糟都在我眼里。这个使我轻看他们，也使他们更重看我，他们可以胡闹，我必须贞洁。我是他们的希望。这个，使我清醒了一些，不能像先前那么欢蹦乱跳的了。

十三

可是在清醒之中，我也有时候因身体上的刺激与心里对父兄的反感，使我想到去浪漫。我凭什么为他们而守身如玉呢？我的脸好看，我的身体美好，我有青春，我应当在个爱人的怀里。我还没想到结婚与别的大问题，我只想把青春放出一点去，像花不自己老包着香味，而是随着风传到远处去。在这么想的时节，我心中的天是蓝得近乎翠绿，我是这蓝绿空中的一片桃红的霞。可是一回到家中，我看到的是黑暗。我不能不承认我是比他们优越，于是我也就更难处置自己。即使我要肉体上的快乐，我也比他们更理想一些。因此，我既不能完全与他们一致，又恨我不能实际的得到什么。我好像是在黄昏中，不像白天也不像黑夜。我失去了我自幼所有的阳光。

十四

我很想用功，可是安不下心去。偶尔想到将来，我有点害怕：我会什么呢？假若我有朝一日和家庭闹翻了，我仗着什么活着呢？把自己细细的分析一下，除了美丽，我什么也没有。可是再一想呢，我不会和家中决裂，即使是不可免的，现在也无须那样想。现在呢，我是富家的女儿，将来我总不至于陷在穷苦中吧。我庆幸我的命运，以过去的幸福预测将来的一帆风顺。在我的手里，不会有恶劣的将来，因为目前我有一切的幸福。何必多虑呢，忧虑是软弱的表示。我的前途是征服，正像我自幼便立在阳光里，我的美永远能把阳光吸了来。在这个时候，我听见一点使我不安的消息：家中已给我议婚了。

十五

我才十九岁！结婚，这并没吓住我，因为我老以为我是个足以保护自己的大姑娘。可是及至这好像真事似的要来到头上，我想起我的岁数来，我有点怕了。我不应这么早结婚。即使非结婚不可，也得容我自己去找到理想的英雄，我的同学们哪个不是抱着这样的主张，况且我是她们中最聪明的呢。可是，我也偷偷听到，家中所给提的人家，是很体面的，很有钱，有势力，我又痛快了点。并不是我想随便的被家里把我聘出去，我是觉出我的价值——不论怎说，我要是出嫁，必嫁个阔公子，跟我的兄弟一样。我过惯了舒服的日子，不能嫁个穷汉。我必须继续着在阳光里。这么一想，我想象着我已成了个少奶奶，什么都有，金钱，地位，服饰，仆人，这也许是有趣的。这使我有点害羞，可也另有点味道，一种渺茫而并非不甜美的味道。

十六

这可只是一时的想象。及至我细一想，我决定我不能这么断送了自己。我必须先尝着一点爱的味道。我是个小姐，但是在爱的里面我满可以把"小姐"放在一边。我忽然想自由，而自由必先平等。假如我爱谁，即使他是个叫花子也好。这是个理想，非常的高尚，我觉得。可是，我能不能爱个叫花子呢？不能！先不用提乞丐，就是拿个平常人说吧，一个小官或一个当教员的，他能养得起我吗？别的我不知道，我知道我不会受苦。我生来是朵花，花不会工作，也不应当工作。花只嫁给富丽的春天。我是朵花，就得有花的香美，我必须穿得华丽，打扮得动人，有随便花用的钱，还有爱。这不是野心，我天生的是这样的人，应当享受。假若有爱而没有别的，我没法想到爱有什么好处。我自幼便精明，这时候更需要精明的思索一番了。我真用心思索了，思索的甚至于有点头疼。

十七

我的不安使我想到动作。我不能像乡下姑娘那样安安顿顿的被人家娶了走。我不能。可是从另一方面想，我似乎应当安顿着。父母这么早给我提婚，大概就是怕我不老实而丢了他们的脸。他们想乘我还全须全尾的送了出去，成全了他们的体面，免去了累赘。为做父母的想，这或者是很不错的办法，但是我不能忍受这个；我自己是个人，自幼儿娇贵；我还是得做点什么，做点惊人的、浪漫的而又不吃亏的事。说到归齐，我是个"新"女子呀，我有我的价值呀！

十八

机会来了！我去给个同学做伴娘，同时觉得那个伴郎似乎可爱。即使他不可爱，在这么个场面下，也当可爱。看着别人结婚是最受刺激的事：新夫妇，伴郎伴娘，都在一团喜气里，都拿出生命中最像玫瑰的颜色，都在花的香味里。爱，在这种时候，像风似的刮出去刮回来，大家都荡漾着。我觉得我应当落在爱恋里，假如这个场面是在爱的风里。我，说真的，比全场的女子都美丽。设若在这里发生了爱的遇合，而没有我的事，那是个羞辱。全场中的男子就是那个伴郎长得漂亮，我要征服，就得是他。这自然只是环境使我这么想，我还不肯有什么举动，一位小姐到底是小姐。虽然我应当要什么便过去拿来，可是爱情这种事顶好得维持住点小姐的身份。及至他看我了，我可是没了主意。也就不必再想主意，他先看我的，我总算没丢了身份。况且我早就想他应当看我呢。他或者是早就明白了我的心意，而不能不照办；他既是照我的意思办，那就不必再否认自己了。

十九

事过之后，我走路都特别的爽利。我的胸脯向来没这样挺出来过，我不晓得为什么我老要笑，身上轻得像根羽毛似的。在我要笑的时节，我渺茫的看到一片绿海，被春风吹起些小小的浪。我是这绿波上的一只小船，挂着雪白的帆，在阳光下缓缓的飘浮，一直飘到那满是桃花的岛上。我想不到什么更具体的境界与事实，只感到我是在春海上游戏。我倒不十分的想他，他不过是个灵感。我还不会想到他有什么好处，我只觉得我的初次的胜利，我开始能把我的香味送出去，我开始看见一个新的境界，认识了个更大的宇宙，山水花木都由我得到鲜艳的颜色与会笑的小风。我有了力量，四肢有了弹力，我忘了我的聪明与厉害，我温柔得像一团柳絮。我设若不能再见到他，我想我不会惦记着他，可是我将永久忘不下这点快乐，好像头一次春雨那样不易被忘掉。有了这次春雨，一切便有了主张，我会去创造一个顶完美的春天。我的心展开了一条花径，桃花开后还有紫荆呢。

二十

可是，他找我来了。这个破坏了我的梦境，我落在尘土上，像只伤了翅的蝴蝶。我不能不拿出我在地上的手段来了。我不答理他，我有我的身份。我毫不迟疑的拒绝了他。等他羞惭的还勉强笑着走去之后，我低着头慢慢的走，我的心中看清楚我全身的美，甚至我的后影。我是这样的美，我觉得我是立在高处的一个女神刻像，只准人崇拜，不许动手来摸。我有女神的美，也有女神的智慧与尊严。

二十一

过了一会儿，我又盼他再回来了：不是我盼望他，惦记他，他应当回来，好表示出他的虔诚，女神有时候也可以接收凡人的爱，只要他虔诚。果然在不久之后，他又来了。这使我心里软了点。可是我还不能就这么轻易给他什么，我自幼便精明，不能随便任着冲动行事。我必须把他揉搓得像块皮糖，能绕在我的小手指上，我才能给他所要求的百分之一二。爱是一种游戏，可由得我出主意。我真有点爱他了，因为他供给了我做游戏的材料。我总让他闻见我的香味，而这个香味像一层厚雾隔开他与我，我像雾后的一个小太阳，微微的发着光，能把四围射成一圈红晕，但是他觉不到我的热力，也看不清楚我。我非常的高兴，我觉出我青春的老练，像座小春山似的，享受着春的雨露，稳固不能移动。我自信对男人已有了经验，似乎把我放在什么地方，我也可以有办法。我没有可怕的了，我不再想林黛玉，黛玉那种女子已经死绝了。

二十二

因此我越来越胆大了。我的理想是变成电影中那个红发女郎，多情而厉害，可以叫人握着手，及至他要吻的时候，就抡手给他个嘴巴。我不稀罕他请我看电影，请我吃饭，或送给我点礼物。我自己有钱。我要的是香火，我是女神。自然我有时候也希望一个吻，可是我的爱应当是另一种，一种没有吻的爱，我不是普通的女子。他给我开了爱的端，我只感激他这点；我的脚底下应有一群像他的青年男子，我的脚是多么好看呢！

二十三

家中还进行着我的婚事。我暗中笑他们，一声儿不出。我等着。等到有了定局再说，我会给他们一手儿看看。是的，我得多预备人，万一到和家中闹翻的时候，好挑选一个捉住不放。我在同学中成了顶可羡慕的人，因为我敢和许多男子交际。那些只有一个爱人的同学，时常的哭，把眼哭得桃儿似的。她们只有一个爱人，而且任着他的性儿欺侮，怎能不哭呢。我不哭，因为我有准备。我看不起她们，她们把小姐的身份做丢了。她们管哭哭啼啼叫作爱的甘蔗，我才不吃这样的甘蔗，我和她们说不到一块。她们没有脑子。她们常受男人的骗。回到宿舍哭一整天，她们引不起我的同情，她们该受骗！我在爱的海边游泳，她们闭着眼往里跳。这群可怜的东西。

二十四

中学毕了业，我要求家中允许我入大学。我没心程读书，只为多在外面玩玩，本来吗，洗衣有老妈，做衣裳有裁缝，做饭有厨子，教书有先生，出门有汽车，我学本事干什么呢？我得入学，因为别的女子有入大学的，我不能落后，我还想出洋呢。学校并不给我什么印象，我只记得我的高跟鞋在洋灰路上或地板上的响声，咯噔咯噔的，怪好听。我的宿室顶阔气，床下堆着十来双鞋，我永远不去整理它们，就那么堆着。屋中越乱越显出阔气。我打扮好了出来，像个青蛙从水中跳出，谁也想不到水底下有泥。我的眉须画半点多钟，哪有工夫去收拾屋子呢？赶到下雨的天，鞋上沾了点泥，我才去访那好清洁的同学，把泥留在她的屋里。她们都不敢惹我。入学不久我便被举为学校的皇后。与我长的同样美的都失败了，她们没有脑子，没有手段，我有。在中学交的男朋友全断绝了关系，连那个伴郎。我的身份更高了，我的阅历更多了，我既是皇后，至少得有个皇帝做我的爱人。被我拒绝了的那些男子还有时候给我来信，都说他们常常因想我而落泪。落吧，我有什么法子呢？他们说我狠心，我何尝狠心呢？我有我的身份、理想与美丽。爱和生命一样，经验越多便越高明，聪明的爱是理智的，多咱爱把心迷住——我由别人的遭遇看出来——便是悲剧。我不能这么办。做了皇后以后，我的新朋友很多很多了。我戏耍他们，嘲弄他们，他们都羊似的驯顺老实。这几乎使我绝望了，我找不到可征服的，他们永远投降，没有一点战斗的心思与力量。谁说男子强硬呢？我还没看见一个。

二十五

我的办法使我自傲，但是和别人的一比较，我又有点嫉妒：我觉得空虚。别的女同学们每每因为恋爱的波折而极伤心的哭泣，或因恋爱的成功而得意，她们有哭有笑，我没有。在一方面呢，我自信比她们高明，在另一方面呢，我又希望我也应表示出点真的感情。可是我表示不出，我只会装假，我的一切举动都被那个"小姐"管束着，我没了自己。说话，我团着舌头；行路，我扭着身儿；笑，只有声音。我做小姐做惯了，凡事都有一定的程式，我找不到自己在哪儿。因此，我也想热烈一点，愚笨一点，也使我能真哭真笑，可是不成功。我没有可哭的事，我有一切我所需要的；我也不会狂喜，我不是三岁的小孩儿能被一件玩意儿哄得跳着脚儿笑。我看父母，他们的悲喜也多半是假的，只在说话中用几个适当的字表示他们的情感，并不真动感情。有钱，天下已没有可悲的事；欲望容易满足，也就无从狂喜；他们微笑着表示出气度不凡与雍容大雅。可是我自己到底是个青年女郎，似乎至少也应当偶然愚傻一次，我太平淡无奇了。这样，我开始和同学们捣乱了，谁叫她们有哭有笑而我没有呢？我设法引诱她们的"朋友"，和她们争斗，希望因失败或成功而使我的感情运动运动。结果，女同学们真恨我了，而我还是觉不到什么重大的刺激。我太聪明了，开通了，一定是这样，可是几时我才能把心打开，觉到一点真的滋味呢？

二十六

我几乎有点着急了，我想我得闭上眼往水里跳一下，不再细细的思索，跳下去再说。哼，到了这个时节，也不知怎么了，男子不上我的套儿了。他们跟我敷衍，不更进一步使我尝着真的滋味，他们怕我。我真急了，我想哭一场，可是无缘无故的怎好哭呢？女同学们的哭都是有理由的。我怎能白白的不为什么而哭呢？况且，我要是真哭起来，恐怕也得不到同情，而只招她们暗笑。我不能丢这个脸。我真想不再读书了，不再和这群破同学们周旋了。

二十七

正在这个期间，家中已给我定了婚。我可真得细细思索一番了。我是个小姐——我开始想——小姐的将来是什么？这么一问我把许多男朋友从心中注销了。这些男朋友都不能维持住我——小姐——所希望的将来。我的将来必须与现在差不多，最好是比现在还好上一些。家中给找的人有这个能力，我的将来，假如我愿嫁他，可很保险的。可是爱呢？这可有点不好办。那群破女同学在许多事上不如我，可是在爱上或者足以向我夸口，我怎能在这一点上输给她们呢？假若她们知道我的婚姻是家中给定的，她们得怎样轻看我呢？这倒真不好办了！既无顶好的办法，我得退一步想了：倘若有个男子，既然可以给我爱，而且对将来的保障也还下得去，虽不能十分满意，我是不是该当下嫁他呢？这把小姐的身份与应有的享受牺牲了些，可是有爱足以抵补；说到归齐，我是位新式小姐呀。是的，可以这么办。可是，这么办，怎样对付家里呢？奋斗，对，奋斗！

二十八

我开始奋斗了，我是何等的强硬呢，强硬得使我自己可怜我自己了。家中的人也很强硬呀，我真没想到他们会能这么样。他们的态度使我怀疑我的身份了，他们一向是怕我的，为什么单在这件事上这么坚决呢？大概他们是并没有把我看在眼里，小事由着我，大事可得他们拿主意。这可使我真动了气。啊，我明白了点什么，我并不是像我所想的那么贵重。我的太阳没了光，忽然天昏地暗了。

二十九

怎办呢！我既是位小姐，又是个"新"小姐，这太难安排了。我好像被圈在个夹壁墙里了，没法儿转身。身份、地位是必要的，爱也是必要的，没有哪样也不行。即使我肯舍去一样，我应当舍去哪个呢？我活了这么大，向来没有着过这样的急。我不能只为我打算，我得为"小姐"打算，我不是平常的女子。抛弃了我的身份，是对不起自己。我得勇敢，可不能装疯卖傻，我不能把自己放在危险的地方。那些男朋友都说爱我，可是哪一个能满足我所应当要的、必得要的呢？他们多数是学生，他们自己也不准知道他们的将来怎样；有一两个怪漂亮的助教也跟我不错，我能不能要个小小的助教？即使他们是教授，教授还不是一群穷酸？我应当、必须对得起自己，把自己放在最高最美丽的地点。

三十

奋斗了许多日子，我自动的停战了。家中给提的人家到底是合乎我的高尚的自尊的理想。除了欠着一点爱，别的都合适。爱，说回来，值多少钱一斤呢？我爽性不上学了，既怕同学们暗笑我，就躲开她们好了。她们有爱，爱把她们拉到泥塘里去！我才不那么傻。在家里，我很快乐，父母们对我也特别的好。我开始预备嫁衣。做好了，我偷偷的穿上看一看，戴上钻石的戒指与胸珠，确是足以压倒一切！我自傲幸而我机警，能见风转舵，使自己能成为最可羡慕的新娘子，能把一切女人压下去。假若我只为了那点爱，而随便和个穷汉结婚，头上只戴上一束纸花，手指套上个铜圈，头纱在地上抛着一尺多，我怎样活着，羞也羞死了！

三十一

自然我还不能完全忘掉那个无利于实际而怪好听的字——爱，但是没法子再转过这个弯儿来。我只好拿这个当作一种牺牲，我自幼儿还没牺牲过什么，也该挑个没多大用处的东西扔出去了。况且要维持我的"新"还另有办法呢，只要有钱，我的服装、鞋袜、头发的样式，都足以做新女子的领袖。只要有钱，我可以去跳舞、交际，到最文明而热闹的地方去。钱使人有生趣，有身份，有实际的利益。我想象着结婚时的热闹与体面，婚后的娱乐与幸福，我的一生是在阳光下，永远不会有一小片黑云。我甚至于迷信了一些，觉得父母看宪书，择婚日，都是善意的，婚仪虽是新式的，可是择个吉日吉时也并没什么可反对的。他们是尽其所能的使我吉利顺当。我预备了一件红小袄，到婚期好穿在里面，以免身上太素淡了。

三十二

不能不承认我精明，我做对了！我的丈夫是个顶有身份、顶有财产、顶体面而且顶有道德的人。他很精明，可是不肯自由结婚。他是少年老成，事业是新的，思想是新的，而愿意保守着旧道德。他的婚姻必须经过父母之命，媒妁之言，他要给胡闹的青年们立个好榜样，要挽回整个社会道德的堕落。他是二十世纪的孔孟，我们的结婚想片在各报纸上刊出来，差不多都有一些评论，说我们俩是挽救颓风的一对天使！我在良心上有点害羞了，我曾想过奋斗呢！曾经要求过爱的自由呢！幸而我转变的那么快，不然……

三十三

我的快乐增加了我的美丽，我觉得出全身发散着一种新的香味，我胖了一些，而更灵活、大气，我像一只彩凤！可是我并不专为自己的美丽而欣喜，丈夫的光荣也在我身上反映出去，到处我是最体面最有身份最被羡慕的太太。我随便说什么都有人爱听。在做小姐的时候，我的尊傲没有这么足。小姐是一股清泉，太太是一座开满了桃李的山。山是更稳固的，更大样的，更显明的，更有一定的形式与色彩的。我是一座春山，丈夫是阳光，射到山坡上，我腮上的桃花向阳光发笑，那些阳光是我一个人的。

三十四

可是我也必得说出来。我的快乐是对于我的光荣的欣赏，我像一朵阳光下的花，花知道什么是快乐吗？除了这点光荣，我必得说，我并没有从心里头感到什么可快活的。我的快活都在我见客人的时候，出门的时候，像只挂着帆、顺风而下的轻舟，在晴天碧海的中间儿。赶到我独自坐定的时候，我觉到点空虚，近于悲哀。我只好不常独自坐定，我把帆老挂起来，有阵风儿我便出去。我必须这样，免得万一我有点不满意的念头。我必须使人知道我快乐，好使人家羡慕我。还有呢，我必须谨慎一点，因为我的丈夫是讲道德的人，我不能得罪他而把他给我的光荣糟踏了。我的光荣与身份值得用心看守着，可是因此我的快活有时候成为会变动的，像忽晴忽阴的天气，冷暖不定。不过，无论怎么说吧，我必须努力向前，后悔是没意思的，我顶好利用着风力把我的一生光美的度过去。我一开首总算已遇到顺风了，往前走就是了。

三十五

以前的事像离我很远了，我没想到能把它们这么快就忘掉。自从结婚那一天我仿佛忽然入了另一个世界，就像在个新地方酣睡似的，猛一睁眼，什么都是新的。及至过了相当时期，我又逐渐的把它们想起来，一个一个的，零散的，像拾起一些散在地上的珠子。赶到我把这些珠子又串起来，它们给我一些形容不出的情感，我不能再把这串珠子挂在项上，拿不出手来了。是的，我的丈夫的道德使我换了一对眼睛，用我这对新眼睛看，我几乎有点后悔从前是那样的狂放了。我纳闷，为什么他——一个社会上的柱石——要娶我呢？难道他不晓得我的行为吗？是，我知道，我的身份、家庭足以配得上他，可是他不能不知道在学校里我是个浪漫皇后吧？我不肯问他，不问又难受。我并不怕他，我只是要明白明白。说真的，我不甚明白，他待我很好，可是我不甚明白他。他是个太阳，给我光明，而不使我摸到他。我在人群中，比在他面前更认识他；人们尊敬我，因为他们尊敬他；及至我俩坐在一处，没人提醒我或他的身份，我觉得很渺茫。在报纸上我常见到他的姓名，这个姓名最可爱；坐在他面前，我有时候忘了他是谁。他很客气，有礼貌，每每使我想到他是我的教师或什么保护人，而不是我的丈夫。在这种时节，似有一小片黑云掩住了太阳。

三十六

阳光要是常被掩住，春天也可以很阴惨。久而久之，我的快活的热度低降下来。是的，我得到了光荣，身份，丈夫。丈夫，我怎能只要个丈夫呢？我不是应当要个男子么？一个男子，哪怕是个顶粗莽的，打我骂我的男子呢，能把我压碎了，吻死的男子呢！我的丈夫只是个丈夫，他衣冠齐楚，谈吐风雅，是个最体面的杨四郎，或任何戏台上的穿绣袍的角色。他的行止言谈都是戏文儿。我这是一辈子的事呀！可是我不能马上改变态度，"太太"的地位是不好意思随便扔弃了的。不扔弃了吧，我又觉得空虚，生命是多么不易安排的东西呢！当我回到母家，大家是那么恭维我，我简直张不开口说什么。他们为我骄傲，我不能鼻一把泪一把像个受气的媳妇诉委屈，自己泄气。在娘家的时候我是小姐，现在我是姑奶奶，做小姐的时候我厉害，做姑奶奶的更得撑起架子。我母亲待我像个客人，我张不开口说什么。在我丈夫的家里呢，我更不能向谁说什么，我不能和女仆们谈心，我是太太。我什么也别说了，说出去只招人笑话，我的苦处须自己负着。是呀，我满可以冒险去把爱找到，但是我怎么对我母家与我的丈夫呢？我并不为他们生活着，可是我所有的光荣是他们给我的，因为他们给我光荣，我当初才服从他们，现在再反悔似乎不大合适吧？只有一条路给我留着呢，好好的做太太，不要想别的了。这是永远有阳光的一条路。

三十七

人到底是肉做的。我年轻，我美，我闲在，我应当把自己放在血肉的浓艳的香腻的旋风里，不能呆呆对着镜子，看着自己消灭在冰天雪地里。我应当从各方面丰富自己，我不是个尼姑。这么一想我管不了许多了。况且我若是能小心一点呢——我是有聪明的——或者一切都能得到，而出不了毛病。丈夫给我支持着身份，我自己再找到他所不能给我的，我便是个十全的女子了，这一辈子总算值得！小姐，太太，浪漫，享受，都是我的，都应当是我的；我不再迟疑了，再迟疑便对不起自己。我不害怕，我这是种冒险，牺牲；我怕什么呢？即使出了毛病，也是我吃亏，把我的身份降低，与父母丈夫都无关。自然，我不甘心丢失了身份，但是事情还没做，怎见得结果必定是坏的呢？精明而至于过虑便是愚蠢。饥鹰是不择食的。

三十八

我的海上又飘着花瓣了，点点星星暗示着远地的春光。像一只早春的蝴蝶，我顾盼着，寻求着，一些渺茫而又确定的花朵。这使我又想到做学生的时候的自由，愿意重述那种种小风流勾当。可是这次我更热烈一些，我已经在别方面成功，只缺这一样完成我的幸福。这必须得到，不准再落个空。我明白了点肉体需要什么，希望大量的增加，把一朵花完全打开，即使是个雹子也好，假如不能再细腻温柔一些，一朵花在暗中谢了是最可怜的。同时呢，我的身份也使我这次的寻求异于往日的，我须找到个地位比我的丈夫还高的，要快活便得登峰造极，我的爱须在水晶的宫殿里，花儿都是珊瑚。私事儿要做得最光荣，因为我不是平常人。

三十九

我预料着这不是什么难事，果然不是什么难事，我有眼光。一个粗莽的、俊美的、像团炸药样的贵人，被我捉住。他要我的一切，他要把我炸碎而后再收拾好，以便重新炸碎。我所缺乏的，一次就全补上了，可是我还需要第二次。我真哭真笑了，他野得像只老虎，使我不能安静。我必须全身颤动着，不论是跟他玩耍，还是与他争闹，我有时候完全把自己忘掉，完全焚烧在烈火里，然后我清醒过来，回味着创痛的甜美，像老兵谈战那样。他能一下子把我掷在天外，一下子又拉回我来贴着他的身。我晕在爱里，迷忽的在生命与死亡之间，梦似的看见全世界都是红花。我这才明白了什么是爱，爱是肉体的，野蛮的，力的，生死之间的。

四十

这个实在的、可捉摸的爱，使我甚至于敢公开的向我的丈夫挑战了。我知道他的眼睛是尖的，我不怕，在他鼻子底下漂漂亮亮的走出去，去会我的爱人。我感谢他给我的身份，可是我不能不自己找到他所不能给的。我希望点吵闹，把生命更弄得火炽一些，我确是快乐得有点发疯了。奇怪，奇怪，他一声也不出。他仿佛暗示给我——"你做对了！"多么奇怪呢！他是讲道德的人呀！他这个办法减少了好多我的热烈，不吵不闹是多么没趣味呢！不久我就明白了，他升了官，那个贵人的力量。我明白了，他有道德而缺乏最高的地位，正像我有身份而缺乏恋爱。因为我对自己的充实，而同时也充实了他，他不便言语。我的心反倒凉了，我没希望这个，简直没想到过这个。啊，我明白了，怨不得他这么有道德而娶我这个"皇后"呢，他早就有计划！我软倒在地上，这个真伤了我的心，我原来是个傻偶。我想脱身也不行了，我本打算偷偷的玩一会儿，敢情我得长期的伺候两个男子了。是呀，假如我愿意，我多有些男朋友岂不是可喜的事。我可不能听从别人的指挥。不能像妓女似的那么干，丈夫应当养着妻子，使妻子快乐；不应当利用妻子获得利禄——这不成体统，不是官派儿！

四十一

我可是想不出好办法来。设若我去质问丈夫，他满可以说："我待你不错，你也得帮助我。"再急了，他简直可以说："干吗当初嫁给我呢？"我辩论不过他。我断绝了那个贵人吧，也不行，贵人是我所喜爱的，我不能因要和丈夫赌气而把我的快乐打断。况且我即使冷淡了他，他很可以找上前来，向我索要他对我丈夫的恩惠的报酬。我已落在陷坑里了。我只好闭着眼混吧。好在呢，我的身份在外表上还是那么高贵，身体上呢，也得到满意的娱乐，算了吧。我只是不满意我的丈夫，他太小看我，把我当作个礼物送出去，我可是想不出办法惩治他。这点不满意，继而一想，可也许能给我更大的自由。我这么想了：他既是仗着我满足他的志愿，而我又没向他反抗，大概他也得明白以后我的行动是自由的了，他不能再管束我。这无论怎说，是公平的吧。好了，我没法惩治他，也不便惩治他了，我自由行动就是了。焉知我自由行动的结果不叫他再高升一步呢！我笑了，这倒是个办法，我又在晴美的阳光中生活着了。

四十二

没看见过榕树，可是见过榕树的图。若是那个图是正确的，我想我现在就是株榕树，每一个枝儿都能生根，变成另一株树，而不和老本完全分离开。我是位太太，可是我有许多的枝干，在别处生了根，我自己成了个爱之林。我的丈夫有时候到外面去演讲，提倡道德，我也坐在台上。他讲他的道德，我想我的计划。我觉得这非常的有趣。社会上都知道我的浪漫，可是这并不妨碍他们管我的丈夫叫作道德家。他们尊敬我的丈夫，同时也羡慕我，只要有身份与金钱，干什么也是好的；世界上没有什么对不对，我看出来了。

四十三

要是老这么下去，我想倒不错。可是事实老不和理想一致，好像不许人有理想似的。这使我恨这个世界，这个不许我有理想的世界。我的丈夫娶了姨太太。一个讲道德的人可以娶姨太太，嫖窑子，只要不自由恋爱与离婚就不违犯道德律。我早看明白了这个，所以并不因为这点事恨他。我所不放心的是我觉到一阵风，这阵风不好。我觉到我是往下坡路走了。怎么说呢，我想他绝不是为娶小而娶小，他必定另有作用。我已不是他升官发财的唯一工具了。他找来个生力军。假如这个女的能替他谋到更高的差事，我算完了事。我没法跟他吵，他办的名正言顺，娶妾是最正当不过的事。设若我跟他闹，他满可以翻脸无情，剥夺我的自由，他既是已不完全仗着我了。我自幼就想征服世界，啊，我的力量不过如是而已！我看得很清楚，所以不必去招瘪子吃；我不管他，他也别管我，这是顶好的办法。家里坐不住，我出去消遣好了。

四十四

哼，我不能不信命运。在外边，我也碰了，我最爱的那个贵人不见我了。他另找到了爱人。这比我的丈夫娶妾给我的打击还大。我原来连一个男人也抓不住呀！这几年我相信我和男子要什么都能得到，我是顶聪明的女子。身份，地位，爱情，金钱，享受，都是我的。啊，现在，现在，这些都顺着手缝往下溜呢！我是老了么？不，我相信我还是很漂亮；服装打扮我也还是时尚的领导者。那么，是我的手段不够？不能呀，设若我的手段不高明，以前怎能有那样的成功呢？我的运气！太阳也有被黑云遮住的时候呀。是，我不要灰心，我将慢慢熬着，把这一步恶运走过去再讲。我不承认失败，只要我不慌，我的心老清楚，自会有办法。

四十五

但是，我到底还是做下了最愚蠢的事！在我独自思索的时候，我大概是动了点气。我想到了一篇电影：一个贵家的女郎，经过多少情海的风波，最后嫁了个乡村的平民，而得到顶高的快乐。村外有些小山，山上满是羽样的树叶，随风摆动。他们的小家庭面着山，门外有架蔓玫瑰，她在玫瑰架下做活，身旁坐着个长毛白猫，头儿随着她的手来回的动。他在山前耕作，她有时候放下手中的针线，立起来看看他。他工作回来，她已给预备好顶简单而清净的饭食，猫儿坐在桌上希冀着一点牛奶或肉屑。他们不多说话，可是眼神表现着深情……我忽然想到这个故事，而且借着气劲而想我自己也可以抛弃这一切劳心的事儿、华丽的衣服，而到那个山村去过那简单而甜美的生活。我明知这只是个无聊的故事，可是在生气的时候我信以为真有其事了。我想，只要我能遇到那个多情的少年，我一定不顾一切的跟了他去。这个，使我从记忆中掘出许多旧日的朋友来：他们都干什么呢？我甚至于想起那第一个爱人，那个伴郎，他做什么了？这些人好像已离开许多许多年了，当我想起他们来，他们都有极新鲜的面貌，像一群小孩，像春后的花草，我不由的想再见着他们，他们必至少能打开我的寂寞与悲哀，必能给生命一个新的转变。我想他们，好像想起幼年所喜吃的一件食物，如若能得到它，我必定能把青春再唤回来一些。想到这儿，我没再思索一下，便出去找他们了，即使找不到他们，找个与他们相似的也行；我要尝尝生命的另一方面，可以说是生命的素淡方面吧，我已吃腻了山珍海味。

四十六

我找到一个旧日的同学，虽然不是乡村的少年，可已经合乎我的理想了。他有个入钱不多的职业，他温柔，和蔼，亲热，绝不像我日常所接触的男人。他领我入了另一世界，像是厌恶了跳舞场，而逛一回植物园那样新鲜有趣。他很小心，不敢和我太亲热了；同时我看出来，他也有点得意，好像穷人拾着一两块钱似的。我呢，也不愿太和他亲近了，只是拿他当一碟儿素菜，换换口味。可是，噢，我的愚蠢！这被我的丈夫看见了！他拿出我以为他绝不会的厉害来。我给他丢了脸，他说！我明白他的意思：我们阔人尽管乱七八糟，可是得有个范围；同等的人彼此可以交往，这个圈必得划清楚了！我犯了不可赦的罪过。

四十七

我失去了自由。遇到必须出头的时候，他把我带出去；用不着我的时候，他把我关在屋里。在大众面前，我还是太太；没人看着的时节，我是个囚犯。我开始学会了哭，以前没想到过我也会有哭的机会。可是哭有什么用呢！我得想主意。主意多了，最好的似乎是逃跑：放下一切，到村间或小城市去享受，像那个电影中玫瑰架下的女郎。可是，再一想，我怎能到那里去享受呢？我什么也不会呀！没有仆人，我连饭也吃不上，叫我逃跑，我也跑不了啊！

四十八

有了，离婚！离婚，和他要供给，那就没有可怕的了。脱离了他，而手中有钱，我的将来完全在自己的手中，爱怎着便可以怎着。想到这里，我马上办起来，看守我的仆人受了贿赂，给我找来律师。噢，我的糊涂！状子递上去了，报纸上宣扬起来，我的丈夫登时从最高的地方堕下来。他是提倡旧道德的人呀，我怎会忘了呢？离婚，嗷！别的都不能打倒他，只有离婚！只有离婚！他所认识的贵人们，马上变了态度，不认识了他，也不认识了我。和我有过关系的人，一点也不责备我与他们的关系，现在恨起我来，我什么不可以做，单单必得离婚呢？我的母家与我断绝了关系。官司没有打，我的丈夫变成了个平民，官司也无须再打了，我丢了一切。假如我没有这一个举动，失了自由，而到底失不了身份啊，现在我什么也没有了。

四十九

事情还不止于此呢。我的丈夫倒下来，墙倒人推，大家开始控告他的劣迹了。贵人们看着他冷笑，没人来帮忙。我们的财产，到诉讼完结以后，已剩了不多。我还是不到三十岁的人哪，后半辈子怎么过呢？太阳不会再照着我了！我这样聪明，这样努力，结果竟会是这样，谁能相信呢！谁能想到呢！坐定了，我如同看着另一个人的样子，把我自己简略的、从实的、客观的描写下来。有志的女郎们呀，看了我，你将知道怎样维持住你的身份，你宁可失了自由，也别弃掉你的身份。自由不会给你饭吃，控告了你的丈夫便是拆了你的粮库！我的将来只有回想过去的光荣，我失去了明天的阳光！

离婚

新　序

这本小说是硬"挤"出来的。

"一·二八"的前一年，我写完了《大明湖》（我的唯一的以济南为背景的长篇小说），交给《小说月报》去发表。"一·二八"的侵略毒火烧了东方图书馆，《大明湖》的稿子也变为灰烬。停战以后，我不愿重写《大明湖》——我的稿子向来没有副本，故重写不易。《现代》索稿，我开始写《猫城记》。

言明：《猫城记》在《现代》杂志连载后，由良友公司刊行单行本。可是，现代书局再三的说，它有印行《猫城记》的优先权，不愿让给"良友"。

于是，为免教"良友"落空，乃赶写《离婚》；所以，它是硬挤出来的。现在良友停业，由我将版权收回，交"晨光"重排出版。《猫城记》因思想有错误，不再印行。

在济南热死许多人的那一夏天，我，头缠湿巾，腕垫吸墨纸，以阻热汗流入眼中，湿透稿纸，跟酷暑与小说拼了命。结果，虽没战胜文艺，可打败了暑热。在七十多天的工夫，我交了卷。

这本小说的文字与结构都比以前所写过的略有进步，恐怕是"一气呵成"的一点功效。在别的方面，我不敢说它有什么好处。它曾被译成英文，出版后，销路不佳。在写此书时，北京还是"北平"，现在念起来，怪不顺嘴，乃改为北京，不管和历史相合与否。

老舍一九五一年初冬

载一九五二年二月　上海

第一章

一

张大哥是一切人的大哥。你总以为他的父亲也得管他叫大哥，他的"大哥"味儿就这么足。

张大哥一生所要完成的神圣使命：作媒人和反对离婚。在他的眼中，凡为姑娘者必有个相当的丈夫，凡为小伙子者必有个合适的夫人。这相当的人物都在哪里呢？张大哥的全身整个儿是显微镜兼天秤。在显微镜下发现了一位姑娘，脸上有几个麻子；他立刻就会在人海之中找到一位男人，说话有点结巴，或是眼睛有点近视。在天秤上，麻子与近视眼恰好两相抵销，上等婚姻。近视眼容易忽略了麻子，而麻小姐当然不肯催促丈夫去配眼镜，马上进行双方——假如有必要——交换相片，只许成功，不准失败。

自然张大哥的天秤不能就这么简单。年龄，长像，家道，性格，八字，也都须细细测量过的；终身大事岂可马马虎虎！因此，亲友间有不经张大哥为媒而结婚者，他只派张大嫂去道喜，他自己决不去参观婚礼——看着伤心。这决不是出于嫉妒，而是善意的觉得这样的结婚，即使过得去，也不能是上等婚；在张大哥的天秤上是没有半点将就凑合的。

离婚，据张大哥看，没有别的原因，完全因为媒人的天秤不准。经他介绍而成家的还没有一个闹过离婚的，连提过这个意思的也没有。小两口打架吵嘴什么的是另一回事。一夜夫妻百日恩，不打不爱，抓破了鼻子打青了眼，和离婚还差着一万多里地，远得很呢。

至于自由结婚，哼，和离婚是一件事的两端——根本没上过天秤。这类的喜事，连张大嫂也不去致贺，只派人去送一对喜联——虽然写的与挽联不同，也差不很多。

介绍婚姻是创造，消灭离婚是艺术批评。张大哥虽然没这么明说，可是确有这番意思。媒人的天秤不准是离婚的主因，所以打算大事化小，小事化无，必须从新用他的天秤估量一回，细细加以分析，然后设法把双方重量不等之处加上些砝码，便能一天云雾散，没事一大堆，家庭免于离散，律师只得干瞪眼——张大哥的朋友中没有挂律师牌子的。只有创造家配批评艺术，只有真正的媒人会消灭离婚。张大哥往往是打倒原来的媒人，进而为要到法厅去的夫妇的调停者；及至言归于好之后，夫妻便否认第一次的介绍人，而以张大哥为地道的大媒，一辈子感谢不尽。这样，他由批评者的地位仍回到创造家的宝座上去。

大叔和大哥最适宜作媒人。张大哥与媒人是同一意义。"张大哥来了。"这一声出去，无论在哪个家庭里，姑娘们便红着脸躲到僻静地方去听自己的心跳。没儿没女的家庭——除了有丧事——见不着他的足迹。他来过一次，而在十天之内没有再来，那一家里必会有一半个枕头被哭湿了的。他的势力是操纵着人们的心灵。就是家中有四五十岁老姑娘的也欢迎他来，即使婚事无望，可是每来一次，总有人把已发灰的生命略加上些玫瑰色儿。

二

　　张大哥是个博学的人，自幼便出经入史，似乎也读过《结婚的爱》。他必须读书，好证明自己的意见怎样妥当。他长着一对阴阳眼：左眼的上皮特别长，永远把眼珠囚禁着一半；右眼没有特色，一向是照常办公。这只左眼便是极细密的小筛子。右眼所读所见的一切，都要经过这半闭的左目筛过一番——那被囚禁的半个眼珠是向内看着自己的心的。这样，无论读什么，他自己的意见总是最妥善的；那与他意见不合之处，已随时被左眼给筛下去了。

　　这个小筛子是天赐的珍宝。张大哥只对天生来的优越有点骄傲，此外他是谦卑和蔼的化身。凡事经小筛子一筛，永不会走到极端上去；走极端是使生命失去平衡，而要平地摔跟头的。张大哥最不喜欢摔跟头。他的衣裳、帽子、手套、烟斗、手杖，全是摩登人用过半年多，而顽固老还要再思索三两个月才敢用的时候的样式与风格。就好比一座社会的骆驼桥，张大哥的服装打扮是叫车马行人一看便放慢些脚步，可又不是完全停住不走。

　　"听张大哥的，没错！"凡是张家亲友要办喜事的少有不这么说的。彩汽车里另放一座小轿，是张大哥的发明。用彩汽车迎娶，已是公认为可以行得通的事。不过，大姑娘一辈子没坐过花轿，大小是个缺点。况且坐汽车须在门外下车，闲杂人等不干不净的都等着看新人，也不合体统，还不提什么吉祥不吉祥。汽车里另放小轿，没有再好的办法，张大哥的主意。汽车到了门口，拍，四个人搬出一顶轿屉！闲杂人等只有干瞪眼，除非自己去结婚，无从看见新娘子的面目。这顺手就是一种爱的教育，一种暗示。只有一次，在夏天，新娘子是由轿屉倒出来的，因为已经热昏过去。所以现在就是在秋天，彩汽车上顶总备好两个电扇，还是张大哥的发明；不经一事，不长一智。

三

假如人人有个满意的妻子，世界上决不会闹"共产"。张大哥深信此理。革命青年一结婚，便会老实起来，是个事实，张大哥于此点颇有证据。因此，在他的眼中，凡是未婚的人脸上起了几个小红点，或是已婚的眉头不大舒展，必定与婚事有关，而马上应当设法解决。不然，非出事不可！

老李这几天眉头不大舒展，一定大有文章。张大哥嘱咐他先吃一片阿司匹灵，又告诉他吃一丸清瘟解毒。无效，老李的眉头依然皱着。张大哥给他定了脉案——婚姻问题。

老李是乡下人。据张大哥看，除了北平人都是乡下佬。天津、汉口、上海，连巴黎、伦敦，都算在内，通通是乡下。张大哥知道的山是西山，对于由北山来的卖果子的都觉得有些神秘不测。最远的旅行，他出过永定门。可是他晓得九江出磁，苏杭出绸缎，青岛是在山东，而山东人都在北平开猪肉铺。他没看见过海，也不希望看。世界的中心是北平。所以老李是乡下人，因为他不是生在北平。张大哥对乡下人特别表同情，有意离婚的多数是乡下人，乡间的媒人，正如山村里的医生，是不会十分高明的。生在乡下多少是个不幸。

他们二位都在财政所做事。老李的学问与资格，凭良心说，都比张大哥强。可是他们坐在一处，张大哥若是像个伟人，老李还够不上个小书记员。张大哥要是和各国公使坐在一块儿谈心，一定会说出极动人的言语，而老李见着个女招待便手足无措。老李是光绪末年那拨子姥姥不疼舅舅不爱的孩子们中的一位。说不上来为什么那样不起眼。张大哥在没剪去发辫的时候，看着几乎像张勋那么有福气；剪发以后，头上稍微抹了点生发油，至不济像个银行经理。老李，在另一方面，穿上最新式的西服会在身上打转，好像里面絮着二斤滚成蛋的碎棉花。刚刮净的脸，会仿佛顺着刀子冒槐子水，又涩又暗。他递给人家带官衔的——财政所第二科科员——名片，人家似乎得思索半天，才敢承认这是事实。他要是说他学过银行和经济学，人家便更注意他的脸，好像他脸上有什么对不起银行和经济学的地方。

其实老李并不丑：细高身量，宽眉大眼，嘴稍过大一些，一嘴整齐白健的牙。但是，他不顺眼。无论在什么环境之下，他使人觉得不舒服。他自己似乎也知道这个，所以事事特别小心，结果是更显着慌张。人家要是给他倒上茶来，他必定要立起来，双手去接，好像只为洒人家一身茶，而且烫了自己的手。赶紧掏出手绢给人家擦抹，好顺手碰人家鼻子一下。然后，他一语不发，直到憋急了，抓起帽子就走，一气不定跑到哪里去。

做起事来，他可是非常的细心。因此受累是他的事；见上司，出外差，分私钱，升官，一概没有他的份儿。公事以外，买书看书是他的娱乐，偶尔也独自去看一回电影。不过，设若前面或旁边有对摩登男女在黑影中偷偷的接个吻，他能浑身一麻，站起就走，皮鞋的铁掌专找女人的脚尖踩。

至于张大哥呢，长长的脸，并不驴脸瓜搭，笑意常把脸往扁处纵上些，而且颇有些四五十岁的人当有的肉。高鼻子，阴阳眼，大耳唇，无论在哪儿也是个富态的人，打扮得也体面：藏青哔叽袍，花驼绒里，青素缎坎肩，襟前有个小袋，插着金夹子自来水笔，向来没沾过墨水，有时候拿出来，用白绸子手绢擦擦钢笔尖；提着潍县漆的金箍手杖，杖尖永没挨过地；抽着英国银星烟斗，一边吸一边用珐蓝的洋火盒轻轻往下按烟叶。左手的四指上戴着金戒指，上刻着篆字姓名。袍子里面不穿小褂，而是一件西装的汗衫，因为最喜欢汗衫袖口那对镶着假宝石的袖扣。张大嫂给汗衫上钉上四个口袋，于是钱包、图章盒——永远不能离身，好随时往婚书上盖章——金表，全有了安放的地方，而且不易被小绺给扒了去。放假的日子，肩上有时候带着个小照像匣，可是至今还没开始照像。

没有张大哥不爱的东西，特别是灵巧的小玩意。中原公司、商务印书馆、吴彩霞南绣店、亨得利钟表行等的大减价日期，他比谁也记得准确。可是，他不买日本货。不买日货便是尽了一切爱国的责任，谁骂卖国贼，张大哥总有参加一齐骂的资格。

他的经验是与日用百科全书有同样性质的。哪一界的事情，他都知道。哪一部的小官，他都做过。哪一党的职员，他都认识，可是永不关心党里的宗旨与主义。无论社会国家有什么样的变动，他老有事做，而且一进到个机关里，马上成为最得人的张大哥。新同事只须提起一个人，不论是科长、司长还是书记，他便闭死了左眼，用右眼笑着看烟斗的蓝烟，诚意的听着。等人家说完，他睁开左眼，低声的说："他呀，我给他做过媒。"从此，全机关的人开始知道来了位活神仙，月下老人的转身。从此，张大哥是一边办公，一边办婚事：多数的日子是没公事可办，而没有一天缺乏婚事的设计与经营。而且婚事越忙，就是有公事也不必张大哥去办。"以婚治国，"他最忙的时候才这么说。给他来的电话比谁的也多，而工友并不讨厌他。特别是青年工友，只要伺候好了张科员大哥，准可以娶上个老婆，也许丑一点，可是两个箱子、四个匣子的赔送，早就在媒人的天秤上放好。

张大哥这程子精神特别好，因为同事的老李"有意"离婚。

四

"老李，晚上到家里吃个便饭。"张大哥请客无须问人家有工夫没有，而是干脆的命令着；可是命令得那么亲热，使你觉得就是有天大的事也得说有工夫。

老李在什么也没说之中答应了。或者该说张大哥没等老李回答而替他答应了。等着老李回答一个问题是需要时间的：只要有人问他一件事，无论什么事，他就好像电话局司机生同时接到了好几个要码的，非等到逐渐把该删去的观念删净，他无法答对。你抽冷子问他今天天气好，他能把幼年上学忘带了书包也想起来。因此，他可是比别人想得精密，也不易忘记了事。

"早点去，老李。家常便饭，为是谈一谈。就说五点半吧？"张大哥不好命令到底，把末一句改为商问。

"好吧，"老李把事才听明白。"别多弄菜！"这句说得好似极端反对人家请他吃饭，虽然原意是要客气一些。

老李确是喜欢有人请他去谈谈。把该说的话都细细预备了一番，他准知道张大哥要问他什么。只要他听明白了，或是看透言语中的暗示，他的思想是细腻的。

整五点半，敲门。其实老李十分钟以前就到了，可是在胡同里转了两三个圈：他要是相信恪守时刻有益处，他便不但不来迟，也不早到，这才彻底。

张大哥还没回来。张大嫂知道老李来吃饭，把他让进去。张大哥是不能够——不是不愿意——严守时刻的。一天遇上三个人情，两个放定，碰巧还陪着王太太或是李二婶去看嫁妆，守时间是不可能的。老李晓得这个，所以不怪张大哥。可是，对张大嫂说什么呢？没预备和她谈话！

大嫂除了不是男人，一切全和大哥差不多。张大哥知道的，大嫂也知道。大哥是媒人，她便是副媒人。语气，连长像都有点像张大哥，除了身量矮一些。有时候她看着像张大哥的姐姐，有时候像姑姑，及至她一说话，你才敢决定她是张太太。大嫂子的笑声比大哥的高着一个调门。大哥一抿嘴，大嫂的唇已张开；大哥出了声，她已把窗户纸震得直动。大嫂子没有阴阳眼，长得挺俏式，剪了发，过了一个月又留起来，因为脑后没小髻，心中觉着失去平衡。

"坐下，坐下，老李！"张大嫂称呼人永远和大哥一致。"大哥马上就回来。咱们回头吃羊肉锅子，我去切肉。这有的是茶、瓜子、点心，你自己张罗自己，不客气。把大衣脱了。"她把客人的话也附带着说了，笑了两声，忽然止住，走出去。

老李始终没找到一句适当的话，大嫂已经走出去。心里舒坦了些。把大衣脱下来，找了半天地方，结果搭在自己的胳臂上。坐下，没敢动大婶的点心，只拿起一个瓜子在手指间捻着玩。正是初冬天气，屋中已安好洋炉，可是还没升火，老李的手心出了汗。到朋友家去，他的汗比话来得方便的多。有时候因看朋友，他能够治好自己的伤风。

以天气说，还没有吃火锅的必要。但是迎时吃穿是生活的一种趣味。张大哥对于羊肉火锅，打卤面、年糕、皮袍、风镜、放爆竹等等都要做个先知先觉。"趣味"是比"必要"更精神的。哪怕是刚有点觉得出的小风，虽然树叶还没很摆动，张大哥戴上了风镜。哪怕是天上有二尺来长一块无意义的灰云，张大哥放下手杖，换上小伞。张大哥的家中一切布置全与这吃"前期"火锅，与气象预告的小伞，相合。客厅里已摆上一盘木瓜。水仙已出了芽。张大哥是在冬腊月先赏自己晒的水仙，赶到新年再买些花窖薰开的龙爪与玉玲珑。留声机片，老李偷着翻了翻，都是新近出来的。不只是京戏，还有些有声电影的歌片——为小姐们预备的。应有尽有，补足了迎时当令。地上铺着地毯，椅子是老式硬木的——站着似乎比坐着舒服；可是谁也不敢说蓝地浅粉桃花的地毯，配上硬木雕花的椅子，是不古朴秀雅的。

老李有点羡慕——几乎近于嫉妒——张大哥。因为羡慕张大哥，进而佩服张大嫂。她去切羊肉，是的，张大哥不用仆人；遇到家中事忙，他可以借用衙门里一个男仆。仆人不怕，而且有时候欢迎，瞎炸烟而实际不懂行的主人；干打雷不下雨是没有什么作用的。可是张大哥永远不瞎炸烟，而真懂行。他只要在街上走几步，得，连狐皮袍带小干虾米的价钱便全知道了；街上的空气好像会跟他说话似的。没有仆人能在张宅做长久了的。张大哥并非不公道，不体恤；正是因为公道体恤，仆人时时觉得应当跳回河或上回吊才合适。一切家事都是张大嫂的。她永远笑得那么响亮。老李不能不佩服她。可是，想了一会儿之后，他微微的摇头了。不对！这样的家庭是一种重担。只有张大哥——常识的结晶，活物价表——才能安心乐意担负这个，而后由担负中强寻出一点快乐，一点由擦桌子、洗碗、切羊肉而来的快乐，一点使女子地位低降得不值一斤羊肉钱的快乐。张大嫂可怜！

五

张大哥回来了。手里拿着四个大小不等的纸包，腋下夹着个大包袱。不等放下这些，设法用左手和客人握手。他的握手法是另成一格：永远用左手，不直着与人交握，而是与人家的手成直角，像在人家的手心上诊一诊脉。

老李没预备好去诊张大哥的手心，来回翻了翻手，然后，没办法，在裤子上擦了擦手心的汗。

"对不起，对不起！早来了吧？坐，坐下！我就是一天瞎忙，无事忙。坐下。有茶没有？"

老李忙着坐下，又忙着看碗里有茶没有，没说出什么来。张大哥接着说："我去把东西交给她，"用头向厨房那边点着。"就来。喝茶，别客气！"

张大哥比他多着点什么，老李想。什么呢？什么使张大哥这样快活呢？拿着纸包上厨房，这好像和"生命"、"真理"等带着刺儿的字眼离得过远。纸包，瞎忙，厨房，都显着平庸老实，至好也不过和手纸、被子一样的味道。可是，设若他自己要有机会到厨房去，他也许不反对。火光，肉味，小猫喵喵的叫。也许这就是真理，就是生命。谁知道！

"老李，"张大哥回来陪客人说话儿，"今儿个这点羊肉，你吃吧，敢保说好。连卤虾油都是北平能买得到的最好的。我就是吃一口，没别的毛病。我告诉你，老李，男子吃口得味的，女人穿件好衣裳，哈哈哈。"

他把烟斗从墙上摘下来。

墙上一溜挂着五个烟斗。张大哥不等旧的已经不能再用才买新的，而是使到半路就买个新的来；新旧替换着用，能多用些日子。张大哥不大喜欢完全新的东西，更不喜欢完全旧的。不堪再用的烟斗，当劈柴烧有味，换洋火人家不要，真使他想不出办法来。

老李不知道随着主人笑好，还是不笑好；刚要张嘴，觉得不好意思，舐了舐嘴唇。他心里还预备着等张大哥审他，可是张大哥似乎在涮羊肉到肚内以前不谈身家大事。

是的，张大哥以为政府要能在国历元旦请全国人民吃涮羊肉，哪怕是吃饺子呢，就用不着下命令禁用旧历。肚子饱了，再提婚事，有了这两样，天下没法不太平。

六

自火锅以至葱花没有一件东西不是带着喜气的。老李向来没吃过这么多这么舒服的饭。舒服，他这才佩服了张大哥的生命观，肚子里有油水，生命才有意义。上帝造人把肚子放在中间，生命的中心。他的口腔已被羊肉汤——漂着一层油星和绿香菜叶，好像是一碗想象的，有诗意的，什么动植物合起来的天地精华——给冲得滑腻，言语就像要由滑车往下滚似的。

张大哥的左眼完全闭上了，右眼看着老李发烧的两腮。

张大嫂做菜，端茶，让客人，添汤，换筷子——老李吃高了兴，把筷子掉在地上两回——自己挑肥的吃，夸奖自己的手艺，同时并举。做得漂亮，吃得也漂亮。大家吃完，她马上就都搬运了走，好像长着好几只手，无影无形的替她收拾一切。

设若她不是搬运着碟碗杯盘，老李几乎以为她是个女神仙。

张大哥给老李一只吕宋烟，老李不晓得怎么办好；为透着客气，用嘴吸着，而后在手指中夹着，专预备弹烟灰。张大哥点上烟斗，烟气与羊肉的余味在口中合成一种新味道，里边夹着点生命的笑意，仿佛是。

"老李，"张大哥叼着烟斗，由嘴的右角挤出这么两个字，与一些笑意，笑的纹缕走到鼻洼那溜儿便收住了。

老李预备好了，嘴中的滑车已加了油。

他的嘴唇动了。

张大哥把刚收住的笑纹又放松，到了眼角的附近。

老李的牙刚稍微与外面的空气接触，门外有人敲门，好似失了火的那么急。

"等等，老李，我去看一眼。"

不大一会儿，他带进一个青年妇人来。

第二章

一

"有什么事，坐下说，二妹妹！"张大哥命令着她，然后用烟斗指着老李，"这不是外人，说吧。"

妇人未曾说话，泪落得很流畅。

张大哥一点不着急，可是装出着急的样子："说话呀，二妹，你看！"

"您的二兄弟呀，"抽了一口气，"叫巡警给拿去了！这可怎么好！"泪又是三串。

"为什么呢？"

"苦水井姓张的，闹白喉，叫他给治——"抽气，"治死了。他以为是——我也不知道他怎么治的，反正是治错了。这可怎好，巡警要是枪毙他呢！"眼泪更加流畅。

"还不至有那么大的罪过。"张大哥说。

"就是圈禁一年半载的，也受不了啊！家里没人没钱，叫我怎么好！"

老李看出来，她是个新媳妇，大概张大哥是媒人。

果然，她一边哭，一边说："您是媒人，我就仗着您啦；自然您是为好，才给我说这门子亲，得了，您做好就做到底吧！"

老李心里说："依着她的辩证法，凡做媒人的还得附带立个收养所。"

张大哥更显着安坦了，好像早就承认了媒人的责任并不"止"于看姑娘上了花轿或汽车。"一切都有我呢，二妹，不用着急。"他向窗外叫，"我说，你这儿来！"

张大嫂正洗家伙，一边擦着胡萝卜似的手指，一边往屋里来，刚一开开门："哟，二妹妹？坐下呀！"

二妹妹一见大嫂子，眼睛又开了河。

"我说，给二妹弄点什么吃。"张大哥发了命令。

"我吃不下去，大哥！我的心在嗓子眼里堵着呢，还吃？"二妹妹转向大嫂，"您瞧，大嫂子，您的二兄弟叫巡警给拿了去啦！"

"哟！"张大嫂仿佛绝对没想到巡警可以把二兄弟拿去似的，"哟！这怎会说的！几儿拿去的？怎么拿去的？为什么拿去的？"

张大哥看出来，要是由着她们的性儿说，大概一夜也说不完。他发了话：

"二妹既是不吃，也就不必让了。二妹，他怎当上了医生，不是得警区考试及格吗？"

"是呀！他托了个人情，就考上了。从他一挂牌，我就提心吊胆，怕出了蘑菇，"二妹妹虽是着急，可是没忘了北平的土话。"他不管什么病，永远下二两石膏，这是玩的吗？这回他一高兴，下了半斤石膏，横是下大发了。我常劝他，少下石膏，多用点金银花，您知道他的脾气，永远不听劝！"

"可是石膏价钱便宜呀！"张大嫂下了个实际的判断。

张大哥点了点头，不晓得是承认知道二兄弟的脾气，还是同意夫人的意见。他问："他托谁来着？"

"公安局的一位什么王八羔呀——"

"王伯高，"张大哥也认识此人。

"对了，在家里我们老叫他王八羔，"二妹妹也笑了，挤下不少眼泪来。

"好了，二妹，明天我天一亮就找王伯高去；有他，什么都好办。我这个媒人含糊不了！"张大哥给了二妹妹一句，"能托人情考上医生，咱们就也能托人把他放出来。"

"那可就好了，我这先谢谢大哥大嫂子，"二妹妹的眼睛几乎完全干了。"可是，他出来以后还能行医不能呢？我要是劝着他别多下石膏，也许不至再惹出祸来！"

"那是后话，以后再说。得了，您把事交给我吧，叫大嫂子给您弄点什么吃。"

"哎！这我才有了主心骨！"

张大嫂知道，人一有了主心骨，就非吃点什么不可。"来吧，二妹妹，咱们上厨房说话儿去，就手弄点吃的。"

二妹妹的心放宽了，胃也觉出空虚来，就棍打腿的下了台阶："那么，大哥就多分心吧，我和大嫂子说会子话去。"她没看老李，可是一定是向他说的："您这儿坐着！"

大嫂和二妹下了厨房。

二

老李把话头忘了，心中想开了别的事：他不知是佩服张大哥好，还是恨他好。以热心帮助人说，张大哥确是有可取之处；以他的办法说，他确是可恨。在这种社会里，他继而一想，这种可恨的办法也许就是最好的。

可是，这种敷衍目下的办法——虽然是善意的——似乎只能继续保持社会的黑暗，而使人人乐意生活在黑暗里；偶尔有点光明，人们还许都闭上眼，受不住呢！

张大哥笑了："老李，你看那个小媳妇？没出嫁的时候，真是个没嘴的葫芦，一句整话也说不出来；看现在，小梆子似的；刚出嫁不到一年，不到一年！到底结婚——"他没往下说，似乎是把结婚的赞颂留给老李说。

老李没言语，可是心里说："马马虎虎当医生，杀人……都不值得一考虑？托人把他放出来……"

张大哥看老李没出声，以为他是想自己的事呢："老李，说吧！"

"说什么？"

"你自己的事，成天的皱着眉，那些事！"

"没事！"老李觉得张大哥很讨厌。

"不过心中觉着难过——苦闷，用个新字儿。"

"大概在这种社会里，是个有点思想的就不能不苦闷，除了——啊——"老李的脸红了。

"不用管我，"张大哥笑了，左眼闭成一道缝，"不过我也很明白些社会现像。可是话也得两说着：社会黑暗所以大家苦闷，也许是大家苦闷社会才黑暗。"

老李不知道怎样好了。张大哥所谓的"社会现象"、"黑暗"、"苦闷"，到底是什么意思？焉知他的"黑暗"不就是"连阴天"的意思呢……"你的都是常——"老李本来是这么想，不觉的说了出来，连头上都出了汗。

"不错，我的都是常识；可是离开常识，怎么活着？吃涮羊肉不用卤虾油，好吃？哈哈……"

老李半天没说出什么来，心里想："常识就是文化——皮肤那么厚的文化——的一些小毛孔。文化还不能仗着一两个小毛孔的作用而活着。一个患肺病的，就是多长些毛孔又有什么用呢？但是不便和张大哥说这个。他的宇宙就是这个院子，他的生命就是瞎热闹一回，热闹而没有任何意义。不过，他不是个坏人——一个黑暗里的小虫，可是不咬人。"想到这里，老李投降了。设若不和张大哥谈一谈，似乎对不起那么精致的一顿涮羊肉。常识是要紧的，他的心中笑了笑，吃完羊肉站起告辞，没有常识！不过，为敷衍常识而丢弃了真诚，许——嗷，张大哥等着我说话呢。

可不是，张大哥吸着烟，眨巴着右眼，专等他说话呢。

"我想，"老李看着膝上说，"苦闷并不是由婚姻不得意而来，而是这个婚姻制度根本就不该要！"

张大哥的烟斗离开了嘴唇！

老李仍然低着头说："我不想解决婚姻问题，为什么在根本不当存在的东西上花费光阴呢？"

"共产党！"张大哥笑着喊，心中确是不大得劲。在他的心中，共产和枪毙是一件事，而且是应当如此；共产之后便共妻，共妻便不要媒人，应当枪毙！

"这还不是共产党，"老李还是慢慢的说，可是话语中增加了力量。"我并不想尝尝恋爱的滋味，我要追求的是点——诗意。家庭，社会，国家，世界，都是脚踏实地的，都没有诗意。大多数的妇女——已婚的未婚的都算在内——是平凡的，或者比男人们更平凡一些；我要——哪怕是看看呢，一个还未被实际给教坏了的女子，情热像一首诗，愉快像一些乐音，贞纯像个天使。我大概是有点疯狂，这点疯狂是，假如我能认识自己，不敢浪漫而愿有个梦想，看社会黑暗而希望马上太平，知道人生的宿命而想象一个永生的乐园，不许自己迷信而愿有些神秘，我的疯狂是这些个不好形容的东西组合成的；你或者以为这全是废话？"

"很有趣，非常有趣！"张大哥看着头上的几圈蓝烟，练习着由烟色的深浅断定烟叶的好坏。"不过，诗也罢，神秘也罢，我们若是能由切近的事做起，也不妨先去做一些。神秘是顶有趣的，没事儿我还就是爱读个剑侠小说什么的，神秘！《火烧红莲寺》！可是，希望剑侠而不可得，还不如给——假如有富余钱的话——叫花子一毛钱。诗，我也懂一些，《千家诗》，《唐诗三百首》，小时候就读过。可是诗没叫谁发过财，也没叫我聪明到哪儿去。我倒以为写笔顺顺溜溜的小文章更有用处；你还不能用诗写封家信什么的。哎？我老实不客气的讲，你是不愿意解决问题，不是不能解决。因此，你把实际的问题放在一边，同时在半夜里胡思乱想。你心中那个妇女——"

"不是实有其人，一点诗意！"

"不管是什么吧。哼，据我看诗意也是妇女，妇女就是妇女；你还不能用八人大轿到女家去娶诗意。简单干脆的说，老李，你这么胡思乱想是危险的！你以为这很高超，其实是不硬气。怎说不硬气呢？有问题不想解决，半夜三更闹诗意玩，什么话！壮起气来，解决问题，事实顺了心，管保不再闹玄虚，而是追求——用您个新字眼——涮羊肉了。哈哈哈！"

"你不是劝我离婚？"

"当然不是！"张大哥的左眼也瞪圆了，"楞拆七座庙，不破一门婚，况且你已娶了好几年，一日夫妻百日恩！离婚，什么话！"

"那么，怎办呢？"

"怎办？容易得很！回家把弟妹接来。她也许不是你理想中的人儿，可是她是你的夫人，一个真人，没有您那些《聊斋志异》！"

"把她一接来便万事亨通？"老李钉了一板。

"不敢说万事亨通，反正比您这万事不通强得多！"张大哥真想给自己喝一声彩！"她有不懂得的地方呀，教导她。小脚啊，放。剪发不剪发似乎还不成什么问题。自己的夫人自己去教，比什么也有意味。"

"结婚还不就是开学校，张大哥？"老李要笑，没笑出来。

"哼，还就是开学校！"张大哥也来得不弱。"先把'她'放在一边。你不是还有两个小孩吗？小孩也需要教育！不爱理她呀，跟孩子们玩会儿，教他们几个字，人、山水、土田，也怪有意思！你爱你的孩子？"

张大哥攻到大本营，老李没话可讲，无论怎样不佩服对方的意见，他不敢说他不爱自己的小孩们。

一见老李没言语，张大哥就热打铁，赶紧出了办法：

"老李，你只须下乡走一遭，其余的全交给我啦！租房子，预备家具，全有我呢。你要是说不便多花钱，咱们有简便的办法：我先借给你点木器；万一她真不能改造呢，再把她送回去，我再把东西拉回来。决不会瞎花许多钱。我看，她决不能那么不堪造就，没有年青的妇女不愿和丈夫在一块的；她既来了，你说东她就不能说西。不过，为事情活便起见，先和她说好了，这是到北平来玩几天，几时有必要，就把她送回去。事要往长里看，话可得活说着。听你张大哥的，老李！我办婚事办多了，我准知道天下没有不可造就的妇女。况且，你有小孩，小孩就是活神仙，比你那点诗意还神妙的多。小孩的哭声都能使你听着痛快，家里有个病孩子也比老光棍的心里欢喜。你打算都买什么？来，开个单子；钱，我先给垫上。"

老李知道张大哥的厉害：他自己要说应买什么，自然便是完全投降；设若不说话，张大哥明天就能硬给买一车东西来；他要是不收这一车东西，张大哥能亲自下乡把李太太接来。张大哥的热心是无限的，能力是无限的；只要吃了他的涮羊肉，他叫你娶一头黄牛，也得算着！

老李急得直出汗，只能说："我再想想！"

"干吗'再'想想啊？早晚还不是这么回事！"

老李从月亮上落在黑土道上！从诗意一降而为接家眷！自己打自己的嘴巴！就以接家眷说吧，还有许多实际上的问题，可是把这些提出讨论分明是连"再想想"也取销了！

可是从另一方面想，老李急得不能不从另一方面想了：生命也许就是这样，多一分经验便少一分幻想，以实际的愉快平衡实际的痛苦……小孩，是的，张大哥晓得痒痒肉在哪儿。老李确是有时候想摸一摸自己儿女的小手，亲一亲那滚热的脸蛋。小孩，小孩把女性的尊严给提高了。

老李不言语，张大哥认为这是无条件的投降。

三

设若老李在厨房里，他要命也不会投降。这并不是说厨房里不热闹。张大嫂和二妹妹把家常事说得异常复杂而有趣。丁二爷也在那里陪着二妹妹打扫残余的，不大精致的羊肉片。他是一言不发，可是吃得很英勇。

丁二爷的地位很难规定。他不是仆人，可是当张家夫妇都出门的时候，他管看家与添火。在张大哥眼中，他是个"例外"——一个男人，没家没业，在亲戚家住着！可是从张家的利益上看，丁二爷还是个少不得的人！既不愿用仆人，而夫妇又有时候不能不一齐出门，找个白吃饭而肯负责看家的人有事实上的必要。从丁二爷看呢，张大哥若是不收留他，也许他还能活着，不过不十分有把握，可也不十分忧虑这一层。

丁二爷白吃张家，另有一些白吃他的——一些小黄鸟。他的小鸟无须到街上去溜，好像有点小米吃便很知足。在张家夫妇都出了门的时候，他提着它们——都在一个大笼子里——在院中溜弯儿。它们在鸟的世界中，大概也是些"例外"：秃尾巴的，烂眼边的，项上缺着一块毛的，破翅膀的，个个有点特色，而这些特色使它们只能在丁二爷手下得个地位。

丁二爷吃完了饭，回到自己屋中和小鸟们闲谈。花和尚，插翅虎，豹子头……他就着每个小鸟的特色起了鲜明的名字。他自居及时雨宋江，小屋里时常开着英雄会。

他走了，二妹妹帮着张大嫂收拾家伙。

"秀真还在学校里住哪？"二妹妹一边擦筷子一边问。秀真是张大嫂的女儿。

"可不是？别提啦，二妹妹，这年头养女儿才麻烦呢！"花——一壶开水倒在绿盆里。

"您这还不是造化，有儿有女，大哥又这么能事，吃的喝的用的要什么有什么！"

"话虽是这么说呀，二妹妹，一家有一家的难处。看你大哥那么精明，其实全是——这就是咱们姐儿俩这么说——瞎掰！儿子，他管不了；女儿，他管不了；一天到晚老是应酬亲友，我一个人是苦核儿。买也是我，做也是我，儿子不回家，女儿住学校，事情全交给我一个人，我好像是大家的总打杂儿的，而且是应当应分！有吃有喝有穿有戴，不错，可是谁知道我还不如一个老妈子！"张大嫂还是笑着，可是腮上露出些红斑。

"当老妈子的有个辗转腾挪，得歇会儿就歇会儿；我，这一家子的事全是我的！从早到晚手脚不识闲。提起您大哥来，那点狗脾气，说来就来！在外面，他比子孙娘娘还温和；回到家，从什么地方来的怒气全冲着我发散！"她叹了一口长气。"可是呀，这又说回来啦，谁叫咱们是女人呢？女人天生的倒霉就结了！好处全是男人的，坏处全是咱们当老娘们的，认命！"由悲观改为听其自然，张大嫂惨然一笑。

"您可真是不容易，大嫂子。我就常说：像您这样的人真算少有，说洗就洗，说做就做，买东道西，什么全成——"

张大嫂点了点头，心中似乎痛快了些。二妹妹接着说："我多咱要能赶上您一半儿，也就好了！"

"二妹妹，别这么说，您那点家事也不是个二五眼能了得了的。"张大嫂觉得非这么夸奖二妹妹不可了。"二兄弟一月也抓几十块呀？"

"哪摸准儿去！亲友大半是不给钱，到节啦年啦的送点茶叶什么的；家里时常的茶叶比白面多，可是光喝不吃还不行！干什么也别当大夫：看好了病，不定给钱不给；看错了，得，砸匾！我一天到晚提心吊胆，有时候真觉着活着和死了都不大吃劲！"二妹妹也叹了口长气。"我就是看着人家新面上的姑娘小媳妇们还有点意思，一天到晚，走走逛逛，针也不拿，线也不动，打扮得花枝招展的！"

"哼！"张大嫂接过去了，"白天走走逛逛，夜里挨揍的有的是！妇女就是不嫁人好——"

二妹妹又接过来："老姑娘可又看着花轿眼馋呢！"

"哎！"两位妇人同声一叹。一时难以继续讨论。二妹妹在炉上烤了烤手。

待了半天，二妹妹打破寂寞："大嫂子，天真还没定亲事哪？"

"那个老东西，"张大嫂的头向书房那边一歪，"一天到晚给别人家的儿女张罗亲事，可就是不管自己的儿女！"

"也别说，读书识字的小人们也确是难管，这个年头。哪都像咱们这么傻老呢。"

"我就不信一个做父亲的管不了儿子，我就不信！"张大嫂确是挂了气。"二妹妹你大概也看见过，太仆寺街齐家的大姑娘，模样是模样，活计是活计，又识文断字，又不疯野，我一跟他说，喝！他的话可多了！又是什么人家是做买卖的咧，又是姑娘脸上雀斑多咧！哪个姑娘脸上没雀斑呀？擦厚着点粉不就全盖上了吗？我娶儿媳妇要的是人，谁管雀斑呢！外国洋妞脸上也不能一顺儿白！我提一回，他驳一回，现在，人家嫁了个团长，成天呜呜的坐着汽车；有雀斑敢情要坐汽车也一样的坐呀！"

二妹妹乘着大嫂喘气，补上一句："我脸上雀斑倒少呢，那天差点儿叫汽车给轧在底下！"

"齐家这个让他给耽误了，又提了家姓王的，姑娘疯得厉害，听说一天到晚钉在东安市场，头发烫得像卷毛鸡，夏天讲究不穿袜子。我一听，不用费话，不要！我不能往家里娶卷毛鸡，不能！您大哥的话又多了，说人家有钱有势，定下这门子亲，天真毕业后不愁没事情做。可是，及至天真回来和爸爸说了三言五语，这回事又干铲儿不提啦。"

"天真说什么来着呢？"二妹妹问。

"敞开儿是糊涂话，他说，非毕业后不定婚，又是什么要定婚也不必父亲分心——"

"自由婚！"二妹妹似乎比大嫂更能扼要的形容。

"就是，自由，什么都自由，就是作妈妈的不自由：一天到晚，一年到头，老作饭，老洗衣裳，老擦桌椅板凳！那个老东西，听了儿子的，一声也没出，只叭唧叭唧的咂他的烟袋；好像他是吃着儿子，不是儿子吃着爸爸。我可气了，可不是说我愿意要那个卷毛鸡；我气的是儿子老自由，妈妈永远使不上儿媳妇。好啦，我什么也没说，站起来就回了娘家；心里说，你们自由哇，我老太太也休息几天去！饭没人作呀，活该！"张大嫂一"活该"，差点儿把头后的小髻给震散了。

"是得给他们一手儿看看！"二妹妹十二分表同情。

可是，张大嫂又惨笑了一下，"虽然这么说不是，我只走了半天，到底舍不得这个破家：又怕火灭了，又怕丁二爷费了劈柴，唉！自己的家就像自己的儿子，怎么不好也舍不的，一天也舍不的，我没那个狠心。再说，老姑奶奶了，回娘家也不受人欢迎！"

"到如今婚事还是没定？"

张大嫂摇摇头，摇出无限的伤心。

"秀真呢？"

"那个丫头片子，比谁也坏！入了高中了，哭天喊地非搬到学校去住不可。脑袋上也烫得卷毛鸡似的！可是，那个小旁影，唉，真好看！小苹果脸，上面蓬蓬着黑头发；也别说，新打扮要是长得俊，也好看。你大哥不管她，我如何管得了。按说十八九的姑娘了，也该提人家了，可是你大哥不肯撒手。自然哪，谁的鲜花似的女儿谁不爱，可是——唉！不用说了；我手心里老捏着把凉汗！多咱她一回来，我才放心，一块石头落了地。可是，只要一回来，不是买丝袜子，就是闹皮鞋；一个驳回，立刻眉毛挑起一尺多高！一说生儿养女，把老心使碎了，他们一点也不知情！"

"可是，不为儿女，咱们奔的是什么呢？"二妹说了极圣明的话。

"唉！"张大嫂又叹了口气，似乎是悲伤，又似乎是得了些安慰。

话转了方向，张大嫂开始盘问二妹妹了。

"妹妹，还没有喜哪？"

二妹妹迎头叹了口气……眼圈红了……

二妹妹含着泪走了，"大嫂，千万求大哥多分点心！"

四

回到公寓，老李连大衣也没脱便躺在床上，枕着双手，向天花板发楞。

诗意也罢，实际也罢，他被张大哥打败。被战败的原因，不在思想上，也不在口才上，而是在他自己不准知道自己，这叫他觉着自己没有任何的价值与分量！他应当是个哲学家，应当是个革命家，可是恍忽不定；他不应当是个小官，不应当是老老实实的家长，可是恍忽不定。到底——噢，没有到底，一切恍忽不定！

把她接来？要命！那双脚，那一对红裤子绿袄的小孩！

这似乎不是最要紧的问题；可是只有这么想还比较的具体一些，心里觉得难受，而难受又没有一定的因由。他不敢再去捉弄那漫无边际的理想，理想使他难受得渺茫，像个随时变化而永远阴惨的梦。

离婚是不可能的，他告诉自己。父母不容许，怎肯去伤老人们的心。可是，天下哪有完全不自私的愉快呢，除非世界完全改了样子。小资产阶级的伦理观念和世上乐园的实现，相距着多少世纪？老李，他自己审问自己，你在哪儿站着呢？恍忽！

脚并不是她自己裹的，绿裤子也不是她发明的，不怨她，一点也不怨她！可是，难道怨我？可怜她好，还是自怜好？哼，情感似乎不应当在理智的伞下走，遮去那温暖的阳光。恍忽！

没有办法。我在城里忍着，她在乡间忍着，眼不见心不烦，只有这一条不是办法的办法；可是，到底还不是办法！

管她呢，能耗一天便耗一天，老婆到底不是张大哥的！

拿起本书来，看了半天，不晓得看的是哪本。去洗个澡？买点水果？借《大公报》看看？始终没动。再看书，书上的字恍忽，意思渺茫。

焉知她不能改造？为何太没有勇气？

没法改造！要是能改造，早把我自己改造了！前面一堵墙，推开它，那面是荒山野水，可是雄伟辽阔。不敢去推，恐怕那未经人吸过的空气有毒！后面一堵墙，推开它，那面是床帷桌椅，炉火茶烟。不敢去推，恐怕那污浊的空气有毒！站在这儿吧，两墙之间站着个梦里的人！

二号房里来了客人，说笑得非常热闹，老李惊醒过来，听着人家说笑，觉得自己寂寞。

小孩们的教育？应当替社会养起些体面的孩子来！

他要摸摸那四只小手，四只胖、软、热、有些香蕉糖味的小手。手背上有些小肉窝，小指甲向上翻翻着。

就是走桃花运，肥猪送上门来，我也舍不得那两个孩子！老李告诉他自己。

她？老李闭上了眼。她似乎只是孩子的妈。她怎样笑？想不起。她会做饭，受累……

二号似乎还有个女子的声音。鼓掌了，一男一女合唱起来。自己的妻子呢，只会赶小鸡、叫猪和大声吓唬孩子，还会撒村骂街呢！

非自己担起教育儿女的责任不可，不然对不起孩子们。

还不能只接小孩，不接大人？

越想越没有头绪。"这是生命呢？还是向生命致歉来了呢？"他问自己。

他的每一思念，每一行为，都带着注脚：不要落伍！可是同时他又要问：这是否正当？拿什么作正当与不正当的标准？还不是"诗云""子曰"？他的行为——合乎良心的——必须向新思想道歉。他的思想——合乎时代的——必须向那个鬼影儿道歉。生命是个两截的，正像他妻子那双改组脚。

老李不敢再想了，张大哥是圣人。张大哥的生命是个完整的。

第三章

一

　　太阳还没出来，天上浮着层灰冷的光。土道上的车辙有些霜迹。骆驼的背上与项上挂着些白穗，鼻子冒着白气。北平似乎改了样儿，连最熟的路也看着眼生。庞大，安静，冷峭，驯顺，正像那连脚步声也没有的骆驼。老李打了个哈欠，眼泪下来许多，冷气一直袭入胸中，特别的痛快。

　　越走越亮了，青亮的电灯渐渐的只剩一些金丝了。天上的灰光染上些无力的红色；太阳似乎不大愿意痛快的出来。及至出来，光还是很淡，连地上的影子都不大分明。远处有电车的铃响。

　　街上的人渐渐多起来。人们好似能引起太阳的热力，地上的影儿明显了许多，墙角上的光特别的亮。

　　换火柴的妇女背着大筐，筐虽是空的，也还往前探着身儿走。穷小孩们扛着丧事旗伞的竿子，一边踏拉着破鞋疾走，一边互相叫骂。这也是孩子！老李对自己说：看那个小的，至多也不过八岁，一身的破布没有一块够二寸的，腿肚子、脚指头全在外边露着。脏，破烂，骂人骂得特别的响亮。这也是孩子！老李可怜那个孩子，同时，不知道咒骂谁才好，家庭、社会，似乎都该骂。可是骂一阵有什么用呢？往切近一点想吧——心中极不安的又要向谁道歉似的——先管自己的儿女吧。

走到了中海。"海"中已薄薄的冻了一层冰,灰绿上罩着层亮光。桥下一些枯荷梗与短苇都冻在冰里,还有半个破荷叶很像长锈的一片马合铁。

迎头来了一乘彩轿,走得很快,一望而知是到乡下迎娶的,所以发轿这么早。老李呆呆的看着那乘喜轿:神秘,奇怪,可笑。可是,这就是真实;不然,人们不会还这么敬重这加大的鸟笼似的玩意。他心似乎有了些骨力。坐彩轿的姑娘大概非常的骄傲,不向任何人致歉?

他一直走到西四牌楼:一点没有上这里来的必要与预计,可是就那么来到了。在北平住了这么些年了,就没在清晨到过这里。猪肉,羊肉,牛肉;鸡,活的死的;鱼,死的活的;各样的菜蔬;猪血与葱皮冻在地上;多少条鳝鱼与泥鳅在一汪儿水里乱挤,头上顶着些冰凌,泥鳅的眼睛像要给谁催眠似的瞪着。乱,腥臭,热闹;鱼摊旁边吆喝着腿带子:"带子带子,买好带子。"剃头的人们还没来,小白布棚已支好,有人正扫昨天剃下的短硬带泥的头发。拔了毛的鸡与活鸡紧邻的放着,活着的还在笼内争吵与打鸣儿。贩子掏出一只来,嘎——啊,嘎——没打好价钱,啪的一扔,扔在笼内,半个翅膀掩在笼盖下,嘎!一只大瘦狗偷了一挂猪肠,往东跑,被屠户截住,肠子掉在土上,拾起来,照旧挂在铁钩上。广东人,北平人,上海人,各处的人,老幼男女,都在这腥臭污乱的一块地方挤来挤去。人的生活,在这里,是屠杀、血肉与污浊。肚子是一切,吞食了整个世界的肚子!在这里,没有半点任何理想,这是肚子的天国。奇怪。尤其是妇女们,头还没梳,脸上挂着隔夜的泥与粉;谁知道下午上东安市场的也是她们?

老李这是头一次来观光,惊异,有趣,使他似乎抓到了些真实。这是生命,吃,什么也吃,人确是为面包而生。面包的不平等是根本的不平等。什么诗意，瞎扯！为保护自家的面包而饿杀别人，和为争面包而战争，都是必要的。西四牌楼是世界的雏形。那群男女都认识这个地方，他们是真活着呢。为肚子活着，不为别的，张大哥对了。为肚子而战争是最切实的革命，也对了。只有老李不对：他在公寓住惯了，他总以为公寓里会产生炒木犀肉与豆腐汤。他以为封建制度是浪漫的史迹，他以为阶级战争是条诗意的道路。他不晓得这块带腥味的土是比整个的北平还重要。他只有两条路可走：去空洞的做梦，或切实的活着。后者还可以再分一下：为抓自己的面包活着，或为大众争面包活着。他要是能在二者之中选定一条，他从此可以不再向生命道歉。

牌楼底下，热豆浆、杏仁茶、枣儿切糕、面茶、大麦粥，都冒着热气，都有股特别的味道。切糕上的豆儿，切开后，像一排鱼眼睛，看着人们来吃。

老李立在那里，喝了碗豆浆。

二

老李决定了接家眷，先"这么"活着试试。可是始终想不起什么时候下乡去。

张大哥每天早晨必定报告一些消息："房子定好了，看看去？"

"何必看，您的眼睛不比我的有准？"老李把感激的话总说得不受听了。

好在张大哥明白老李的为人，因而不但不恼，反觉得可以自傲。

"三张桌子，六把椅子，一个榆木擦漆的——漆皮稍微有些不大好看了——衣橱，暂时可以对付了吧？"第二天早晨的报告。

老李只好点头，表示可以对付。

及至张大哥报告到茶壶茶碗也预备齐了，老李觉得非下乡不可了。

张大哥给他出主意，请了五天假。临走的时候，老李嘱咐张大哥千万别向同事的说这个事，张大哥答应了决不走露消息。

老李从后门绕到正阳门，想给父母买些北平特有的东西；这个自然不好意思再向张大哥要主意，只好自己去探险。走了一身透汗，什么也没买，最大的原因是看着铺子们眼生，既不能扼要的决定买什么，又好像怕铺子们不喜欢他的照顾，一进去也许有被咬了一口的危险。最后，还是在东安市场买了些果子，虽然明知道香蕉什么的并不是北平的出产。又添了六个罐头，商标的彩纸印得还怪好看的。

三

老李走后的第二天，衙门里的同事几乎全知道了：李太太快来了。

张大哥确是没有泄露消息。

消息广播的总站是赵科员。赵科员听戏永远拿着红票，凡是发红票的时候，他不是第一也是第二得到几张。运动会给职员预备的秩序单，他手里总会有一份。上运动会，或任何会场，听戏，赵科员手里永远拿着个纸卷，用作打熟人脑袋的兵器。打了人家的脑袋，然后，"你也来啦？"

他对于别人的太太极为关心。接家眷，据他看，就是个人的展览会；虽然不发入场券，可是他必是头一个"去瞧一眼"的。女运动员、女招待、女戏子等都是预备着为他"瞧"的，别无意义。对于别人的夫人也是这样。瞧一眼去便是瞧人家的脸、脖子、手、脚与一切可以被生人看见的地方。他做梦的时候，女子全是裸体的。经赵科员看了一眼之后，衙门中便添上多多少少新而有趣的谈话资料。

赵科员等着老李接家眷已经等得不耐烦了。平日他评论妇女的时候，老李永不像别人那样痛痛快快的笑，那就是说不能尽量欣赏，所以他一心的盼望瞧老李一手儿。

赵科员的长相与举动，和白听戏的红票差不多，有实际上的用处，而没有分毫的价值。因此，耳目口鼻都没有一定地位的必要，事实上，他说话的时节五官也确随便挪动位置。眼珠像俩炒豆似的，满脸上蹦。笑的时候，小尖下巴能和脑门挨上。他自己觉得他很漂亮，这个自然是旁人不便干涉的。他的言语很能叫别人开心，他以为这是点天才。当着老王，他拿老李开心；当着老李，他拿老王开心。当着老王老李，拿老孙开心；实在没法子的时候，利用想象，拿莫须有先生开心。

"老李接'人儿'去了！"赵科员的眼睛挤得像一口热汤烫了嗓子那样。

"是吗？"大家的耳朵全竖起来。

"是吗！请了五天假，五天——"

"五天？平日他连迟到早退都没有过！"

"可就是呀！等瞧一眼吧！"赵科员心里痒了一下，头发根全直刺闹的慌。

"小赵，你这回要是不同我们一块儿去，留神你的皮，不剥了你的！"邱先生说。

"赵，你饶了人家老李吧，何苦呢，人家怪老实的！"吴先生沉着气说。

吴先生直着腰板，饭碗大的拳头握着枝羊毫，写着酱肘子体的字，脸上通红，心中一团正气。是的，吴先生是以正直自夸的，非常的正直，甚至于把自己不正直的行为也视为正直。小赵是他的亲戚，他的位置是小赵给运动的，可是没把小赵放在眼里，因为自己正直。前者因为要纳妾，被小赵扩大的宣传，弄到吴太太耳中，差点没给吴先生的耳朵咬下一个来，所以更看不起小赵。小赵也确是有些怕吴先生：那一对拳头！

赵科员不言语了，心中盘算好怎样等老李回来，怎样暗中跟着他，看他在哪里住，而后怎样约会同事的们——不要老吴，而且先瞪他一眼——去瞧一眼，或者应说去打个茶围。

邱先生是个好人，不过有点苦闷，所以对此事特别的热心，过来和小赵嘀咕："大家合伙买二斤茶叶，瞧她一眼，还弄老李一顿饭吃；你的司令。"

吴先生把这个事告诉了张大哥。张大哥笑了一笑，没说什么。张大哥热心为朋友办事是真的，但是为朋友而得罪另一朋友，不便。张大哥冬季的几吨煤是由小赵假公济私运来的——一吨可以省着三四块钱——似乎不必得罪小赵。即使得罪了小赵，除了少烧几吨便宜煤，也倒没多大的关系；可是得罪人到底是得罪人，况且便宜煤到底是便宜煤。

四

不过，不得罪小赵是一件事，为老李预备一切又是一件事。张大哥又到给老李租好的房子看了一番。房子是在砖塔胡同，离电车站近，离市场近，而胡同里又比兵马司和丰盛胡同清静一些，比大院胡同整齐一些，最宜于住家——指着科员们说。三合房，老李住北房五间，东西屋另有人住。新房，油饰得出色，就是天生的房顶爱漏水。张大哥晓得自从女子剪发以后，北平的新房都有漏水的天性，所以一租房的时候，就先向这肉嫩的地方指了一刀，结果是减少了两块钱的房租；每月省两元，自然可以与下雨在屋里打伞的劳苦相抵；况且漏水与塌房还相距甚远，不必过虑。

张大哥到屋里又看了一遍。屋里有点发面味，遍地是烂纸，破袜子，还有两个旧油篓和四五个美丽烟的空筒——都没有盖，好像几只大眼睛替房东看着房。窗户在秋天并没糊过，只把冷布的纸帘好歹的粘上。玻璃上抹着各样的黑道，纸棚上好几个窟窿，有一两处垂着纸片，似乎与地上的烂纸遥相呼应。张大哥心中有点不痛快，并不是要责备由这个屋里搬走的人们，而是想起自己那两处吃租的小房——人们搬家的时候也是这样毁坏，租房住的人和老鼠似乎是亲戚！

窗户当然要重新糊过。棚？似乎不必管。墙上不少照片与对联的痕迹，四围灰黄，整整齐齐的几个方的与长的白印儿；也不必管，老李还能没些照片与对联？照原来的白印儿挂上就行。张大哥以为没有照片与对联的不能算作"文明"人。

把这些计划好，张大哥立在当中的那一间，左右一打眼，心中立刻浮出个具体的设计：当中作客厅，一张八仙桌，四把椅子。东西两间每间一张桌，一把椅，太少点！暂时将就吧！不，客厅也来两把椅子吧。东间作书房，噢，没有书架子呀！老李是爱买书的人——傻瓜！每月把书费省下，有几年的工夫能买一处小房，信不信？还得给他去弄个书架子！西间放那个衣橱。东西套间：一间卧室，一间厨房；床是有了，厨房还短着案子。

还显着太简单！科员的家里是简单不得的！不过，挂上些照片与对联也许稍微好些，况且堂屋还得安洋炉子。张大哥立刻看看后檐墙有出洋炉烟管子的圆孔没有。有个碟子大的圆洞，糊着张纸，四围有些烟迹，像被黑云遮住的月亮。心中平安了许多：冬天不用洋炉子，不"文明"！

计划好一切，终于觉得东西太少。可是，虽然同是科员，老李究竟是乡下人，这便又差一事了；乡下人还懂得哪叫四衬，哪叫八稳？有好桌子也是让那对乡下孩子给抹个乱七八糟。好了，只须去找裱糊匠来糊窗子，和打扫打扫地上。得，就是它！

张大哥出来，重新端详了街门一番。不错，小洋式门，上面有两个洋灰堆成的狮子，虽然不十分像狮子，可是有几分像哈吧狗呢，就算手艺不错。两狮之间，有个碟子大小的八卦。狮子与八卦联合起来，力量颇足以抵得住一对门神爷。张大哥很满意。"文明"房必须有洋式门，门上必须有洋灰狮子，况且还有八卦！

张大哥马上去找裱糊匠，熟人，不用讲价钱，或者应说裱糊匠不用讲价钱，因为张大哥没等他张嘴，已把价钱定好。做也得做，不做也得做，糊窗户是苦买卖，可是裱糊喜棚呢，糊冥衣呢，不能不拉这些生意。凡是张大哥为媒的婚事，自然张大哥也给介绍裱糊匠；不幸新娘或新郎不等白头到老便死去一位呢，张大哥少不得又给张罗糊冥衣——裱糊匠是在张大哥手心里呢！说好了怎样糊窗户，张大哥就手打听金银箔现在卖多少钱一刀，和纸人的粉脸长了价钱没有。张大哥对事事要有个底稿，用不着不要紧，备而不用，切莫用而不备。

五点多了，张大哥必须回家了。到四牌楼买了只酱鸡，回家请夫人。心里想：那条棉裤她大概快给做成了，总得买只鸡犒劳犒劳她。其实，她要是会打毛绳裤子，还真用不着做棉的，赶明儿请孙太太来教教她。一条毛绳裤，买，得七八块钱；自己打的，两磅绳子——不，用不了，一磅半足够；就说两磅吧，两块八加两块八，五块六。省小三块子！请孙太太教教她，反正我上衙门，她没事做，闲着也是闲着。叫太太闲着，不近情理。老夫老妻的，总得叫太太多学本事。张大哥看了看手中的荷叶包：酱鸡个子真不小，女儿也不回来！一家子吃也不至于不够。

女儿十八了，该定亲了。出了高中入大学，一点用处没有，只是费钱。还有二年毕业，二十；四年大学，二十四；再做二年事——大学毕业不作二年事对不起那些学费——二十六。二十六！姑娘就别过二十五！过了二十五，天好，没人要，除非给续弦！赶紧选个小人儿，高中一毕业，去她的，别耍玄虚！

儿子，儿子是块心病！

看见一挑子鲜花，晚菊、老来少、番椒……张大哥把儿子忘了，用半闭着的那只眼轻轻瞭了一下。要买便宜东西，决不能瞪着眼直扑过去，像东安市场里穿洋服拉着女朋友的那些大爷那样。总得虚虚实实，瞭一眼。卖花的恰巧在这一瞭的工夫，捉住张大哥的眼。张大哥拉线似的把眼光收到手中的酱鸡上，走了过去。

儿子是块心病！

第四章

一

老李怎么把夫人、一对小孩、铺盖卷、尿垫子、四个网篮、大小七个布包、两把雨伞、一篓家腌的芥菜头、半坛子新小米，全一股作气运来，至今还是个谜。他好像是下了决心接家眷，所以凡是夫人舍不得的物件全搬了来；往常他买过了三件小东西就觉得有丢失一件的可能。

他请了五天假，第三天上就由乡间拔了营，为是到北平之后，好有一天的工夫布置一切，不必另请假。

由张大哥那里把桌椅搬运了来，张大哥非到四点后不能来，所以丁二爷自告奋勇来帮忙。丁二爷的帮忙限于看孩子。丁二爷的看孩子是专门挡路碍事添麻烦。老李要往东间里放桌子，丁二爷和两个孩子恰好在最宜放桌子那块玩呢；老李抓了抓头发，往西间去，丁二爷率领二位副将急忙赶到。老李找锤子，无论如何也找不到，丁二爷拿着呢。

忙了一天，两把伞还在院里扔着，小米洒了一地，四个网篮全打开了，东西以极新颖的排列法陈列在地上，没有一件得到相当的立身所在，而且生命非常的不安全：老李踩碎一个针盒，李太太被切菜墩绊倒两次，压瘪了无数可以瘪的东西，博得丁二爷与孩子们的一片彩声。

还不到四点钟，张大哥来了。把左眼稍微一眨，四篮的东西已大半有了地位，用手左右指了指，地上已经看不见什么，连洒出来的小米全又回了坛子。

全布置好了，没有相片和对联！张大哥对老李有些失望。再看，新糊的窗子被丁二爷戳了个窟窿。不怪张大哥看不起他们。

"老李，明天上我那儿取几张风景画片，一付对联，一个中堂，好在都没上款。"

老李看了看墙上，才发现了黑白分明不大好看，"糊一糊好了。"他说。

"知道能住多少日子呀，白给人家糊？况且糊墙就得糊顶棚，你还不能四白落地，可是上边悬着块黑膏药。再说，一裱糊，又是天翻地覆，东西都得挪动。"张大哥点上了烟斗。

一听又要天翻地覆，老李觉得糊墙一定是罪孽深重，只好点了点头，意思是明天去取那没上款的对联。

张大哥走了。

他走后，老李才想起来了，也没让他吃饭！饭在哪儿呢？可是，退一步说，茶总该沏一壶吧！看了看堂屋，方桌上一把壶六个碗，在个磁盘上放着，好像专等有人来沏茶似的。谁当沏茶去？假如这是在张大哥家里？谁应当张罗客人喝茶？老李的眉头皱上了。他刚一皱眉，丁二爷也告辞，孩子们拉住丁二爷的手，不许他走。

"在这儿吃饭，妈会做枣儿窝窝！"男孩儿说。

"枣儿喏喏！"女孩跟着哥哥学，话还说得不大便利。

老李一边往外送客，一边心里说："大人还不如小孩子懂事呢！"继而一想，"弄些客套又有什么意义呢？"心中这么想，把丁二爷忘了。客人走出老远，他才想起，"噢，丁二爷呢？"

二

李太太不难看。脸上挺干净，有点发整①。眉眼也端正，嘴不大爱闭上，呼吸带着点响声，大牙板。身子横宽，棉袍又肥了些，显着迟笨。一双前后顶着棉花的改造脚，走路只见胳臂搧动，不见身体往前挪：有时猛的倒退半步，大概是脚踵设法找那些棉花呢。坐下的时候确不难看。新学会的鞠躬：腰板挺着，两手贴垂，忽然一个整劲往前一栽，十分的郑重，只是略带点危险性。

她给丁二爷鞠了躬，给张大哥鞠了躬，心里觉得不十分自然，可是也有点高兴。张大哥说"好在还不冷"的时候，她答了句"还没到立冬"，也非常的漂亮而恰当。

屋子大概的布置好了，她一手扶着椅子背，四下打了一眼，不错，只是太空！可是，空得另有一种可喜的味道。这一切是她的！除了丈夫就属她大，没有公婆管着、小姑子看着。况且，这是北平！北平未见得比乡下"好"，可是，一定比乡下"高"。

老李的眉头还皱着呢，看了她一眼，要说："不会沏点茶呀？"可是管住了自己，改为："倒壶茶。"跟她说，连"沏"还得改成"倒"！

"我还真忘了，真！"李太太笑了，把牙全露出来。"茶叶呢？"这句好像是问全北平呢，声音非常的高。

"小点声！"老李说，把"这儿不是乡下，屋里说话，村外都得听见！"咽了回去。

————————

① 发整：京语，不活泼。

她似乎为抵销大嗓说话的罪过，居然把茶叶找到。"还忘了呢，没水！"为找到茶叶把大嗓的罪过又犯了。

"你小点声！"老李咬着牙说，眉头皱得像座小山。

她拿着茶壶在屋里转了半个圈，因脚下的棉花又发生了变化，所以没有转圆。"我上街坊屋借一壶开水去？"

他摇头。不行，还得告诉她："这儿不比乡下，不许随便用人家的东西。"

"妈，吃饭饭！"小妞子过来拉住妈妈的手。

妈妈抱起孩子来，眼圈红了。在乡下，这时候孩子就该睡了；在这儿，臭北平！这个不准，那个不行，孩子到这咱晚还没吃饭！屋子是空的，没有顺山大炕，没有箱子，没有水，看哪儿都发生，找什么也不顺手，丈夫皱着眉！一百个北平也比不上乡下！

"爸，还不吃饭？"男孩用拳头打了老李一下。

老李看了看两个孩子，眉头上那座小山化了。"爸给你们买吃的去，"然后把小拳头放在自己的手掌上，"这儿呀，方便极了，一会儿我都能买来，买——"他看了太太一眼，"买什么？"

太太没言语，脸上代她说，"我知道你们的北平有什么！"

"爸，买点落花生，大海棠果。"

"爸，菱吃发生！"小妞子说。

老李笑了，要回答他们几句，没找到话，披上大衣上了街。

三

街上东西是很多，老李可想不出买什么好。街西一个旧书摊，卖书的老人正往筐中收拾《茶花女》、《老残游记》和光绪三十二年的头版《格致讲义》。老李看了看，搭讪着走开，迈了两步又回头看看卖书的——正忙着收摊，似乎没有理会到老李的存在。老李开始注意羊肉床子旁边的芝麻酱烧饼。刚烙得，焦黄的芝麻像些吃饱的蚊子肚儿。颇想买几个。旁边一位老太太正打好洋铁壶的价钱，老李跟着买了两把。等她走后，才敢问洋炉子的价钱——因张大哥极端的主张用洋炉子——买定了一个。一问价钱的时候，心中就决定好——准买贵了。买好之后又决定好，告诉张大哥的时候，少说两块钱，他还能说贵吗？心中很痛快，生平第一次买洋炉子：一辈子不准买上两回，贵点就贵点吧。说好炉子和铁管次日一早送去。然后，提着水壶，茫然不知到哪里去好。

到底给孩子们买什么吃呢？

虽然结婚这么几年，太太只是父母的儿媳妇，儿女只是祖母的孙儿，老李似乎不知道他是丈夫与父亲。现在，他要是不管儿女的吃食，还真就没第二个人来管。老李觉得奇怪。灯下的西四牌楼像个梦！

给小孩吃当然要软而容易消化的，老李握紧了铁壶的把儿，好像壶把会给他出主意似的。代乳粉？没吃过！眼前是干果铺，别忘了落花生。买了一斤花生米。一斤，本来以为可以遮点羞，哼，谁知道才一角五分钱！没法出来，在有这么些只电灯的铺子只花一角五？又要了两罐蜜饯海棠。开始往回走。到胡同口，似乎有点不得劲——花生米、海棠大概和晚饭不是同一意义。又转回身来，看了看油盐店，猪肉铺，不好意思进去。可是日久天长，将来总得进去，于是更觉得今天不应进去。心里说："你一进去，你就是张大哥第二！"可是不进去，又是什么第二呢？又看见烧饼。买了二十个。羊肉白菜馅包子也刚出屉，在灯光下白得像些磁的，可是冒着热气。买了一屉。卖烧饼的好像应该是姓"和"名"气",老李痛快得手都有点发颤,世界还没到末日!拿出一块钱,唯恐人家嫌找钱麻烦;一点也没有,客客气气的找来铜子与钱票两样,还用纸给包好,还说,"两挽儿,花着方便。"老李的心比刚出屉的包子还热了。有家庭的快乐,还不限在家庭之内;家庭是快乐的无线广播电台,由此发送出一切快乐的音乐与消息,由北平一直传到南美洲!怨不得张大哥快活!

菱在妈妈怀中已快睡着,闻见烧饼味,眼睛睁得滴溜圆,像两个白棋子上转着两个黑棋子。英——那个男孩——好似烧饼味还没放出来,已经入了肚了一个。然后,一口烧饼,一口包子,一口花生米,似乎与几个小饿老虎竞赛呢。

谁也没想起找筷子,手指原是在筷子以前发明出来的。更没人想到世界上还有碟子什么的。

李太太嚼着烧饼,眼睛看着菱,仿佛唯恐菱吃不饱,甚至于有点自己不吃也可以,只愿菱把包子都吃了的表示。

菱的眼长得像妈妈,英的眼像爸爸,俩小人的鼻子,据说,都像祖母的。菱没有模样,就仗着一脸的肉讨人喜欢,小长脸,腮部特别的胖,像个会说话的葫芦。短腿大肚子,不走道,用脸上的肉与肚子往前摇。小嘴像个花骨朵,老带着点水。不怕人,仰着葫芦脸向人眨巴眼。

英是个愣小子,大眼睛像他爸爸,愣头磕脑,脖子和脸一样黑,肉不少,可是不显胖,像没长全羽毛的肥公鸡,虽肥而显着细胳臂蜡腿。棉裤似乎刚做好就落伍,比腿短着一大块,可是英满不在乎,裤子越紧,他跳得越欢,一跳把什么都露出来。

老李爱这个黑小子。"英,赛呀!看谁能三口吃一个?看,一口一个月牙，两口一个银锭，三口，没！”

英把黑脸全涨紫了，可是老李差点没噎绿了。

不该鼓舞小孩狼吞虎咽，老李在缓不过气来的工夫想起儿童教育。同时也想起，没有水！倒了点蜜饯海棠汁儿喝，不行，急得直扬脖。在公寓里，只须叫一声茶房，茶是茶，水是水；接家眷，麻烦还多着呢！

正在这个当儿，西屋的老太太在窗外叫："大爷，你们没水吧？这儿一壶开水，给您。"

老李心中觉得感激，可是找不到现成的话。"哦哦，老太太，哦——"把开水拿进来，沏在茶壶里。一边沏，一边想话。他还没想好，老太太又发了言：

"壶放着吧，明儿早晨再给我。还出去不出去？我可要去关街门啦。早睡惯了，一黑就想躺下。明儿倒水的来叫他给你们倒一挑儿。有缸啊？六个子儿一挑，零倒，包月也好；甜水。"

老李要想赶上老太太的话，有点像骆驼想追电车，"六个子，谢谢，有缸，不出去，上门。"忘了说，"您歇着吧，我去关门。"

"孩子们可真不淘气，多么乖呀！"老太太似乎在要就寝的时候精神更大。"大的几岁了？别叫他们自己出去，街上车马是多的；汽车可霸道，撞葬哪，连我都眼晕，不用说孩子们！还没生火哪？多给他们穿上点，刚入冬，天气贼滑的呢，忽冷忽热，多穿点保险！有厚棉袄啊？有做不过来的活计，拿来，我给他们做；戴上镜子，粗枝大叶的我还能缝几针呢；反正孩子们也穿不出好来。明天见。上茅房留点神，砖头瓦块的别绊倒；拿个亮儿。明天见。"

"明天——老太太，"老李连句整话也没有了。

可是他觉得生活美满多了，公寓里没有老太太来招呼。那是买卖，这是人情。喝了碗茶，打了个哈欠，吃了个海棠，甜美！要给英说个故事，想不起；腰有点痛。是的，腰疼，因为尽了责任，卖了力气。拿刚才的事说吧，右手烧饼，左手包子，大衣的袋中一大包花生米，中指上挂着铁壶！到底是有家！在公寓里这时候正吃完了鸡子炒饭，不是看报，就是独坐剔牙。太太也过得去，只是鞠躬的样子像纸人往前倒——看了太太一眼。

菱的小手里拿着半个烧饼，小肉葫芦直向妈妈身上倒，眼已闭上，可还偶尔睁开一点缝，妈妈嘴中还嚼动着，脸上没有任何表情，搂着孩子微微的向左右摇身，眼睛看着洋蜡的苗。

老李不敢再看。高跟鞋，曲线美，肉色丝袜，大红嘴唇，细长眉……离李太太有两个世纪！老李不知是难过好，还是痛快好。他似乎也觉出他的毛病来了——自己没法安排自己。只好打个哈欠吧，啊——哈——哈。

英的黑手真热，正捻着爸的手指肚儿看有几个斗，几个簸箕。

"英，该睡了吧？"

"海棠还没吃完呢。"英理直气壮的说。

老李虽然又打了个哈欠，可是反倒不困了。接了家眷来理当觉出亲密热闹，可是也不知怎么只显着奇怪隔膜与不舒适。屋子里只有一支洋烛的光亮，在太太眼珠上跳！

第五章

一

老李上衙门去。

张大哥确是有眼力：给老李租的房正好离衙门不远——也就是将到二里地。省车钱是一，可以来往运动运动是二，午饭能在家里吃是三。

老李虽然没有计算一月可以省多少车钱，可是心中微微有点可以多储蓄下点的光亮与希望。想到储蓄，不由的想到：家眷来了，还能剩钱？张大哥永远劝人结婚和接家眷，唯一的理由似乎是："两口儿并不见得比一个人费钱。"好像女人天生来的不会花钱，没有任何需要，也不准有需要！老李看女人也是个人。可是，英的妈……即使是养只鸡也得给小米吃呀！老李觉得接家眷这回事有点错误。一家之长？越看自己越不像。

快到了衙门，他更不痛快了。怎么当上了科员？似乎想不起。家长？当科员或者不是坏事。没有科员的薪水怎能当家长？科员与家长是天造地设的一对——什么？看见了衙门，那个黑大门好似一张吐着凉气的大嘴，天天早晨等着吞食那一群小官僚。吞，吞，吞，直到他们在这怪物的肚子里变成衰老丑恶枯干闭塞——死！虽然时时被一张纸上印着个红印给驱逐出去，可是在这怪物肚中被驱逐，不是个有刺激性的事。这里免职，而去另起炉灶干点新的有意义的事，绝对想不到。此处不留爷，自有留爷处，衙门不止一个。吃衙门的虫儿不想，不会，也不肯，干别的。可恨的怪物！

可是老李得天天往怪物肚中爬，现在又往里爬呢！每爬进一次，他觉得出他的头发是往白里变呢。可是他必须往里爬，一种不是事业的事业，不得不敷衍的敷衍。现在已接来家眷，更必得往里爬了。这个大嘴在这里等着他，"她"在家里等着他；一个怪物与一个女魔，老李立在当中——科员，家长！他几乎不能再走了，他看见一个衰老丑恶的他和一个衰老丑恶的她，一同在死亡的路上走，路旁的花草是些破烂的钱票与油腻的铜钱！然而他得走，不能立在那里不动。诗意？浪漫？自由？只是一些好听的名词。生活就是买炉子、租房……炉子送去没有？她会告诉怎样安铁管子呀？

到了衙门口。他真要往后退了。可是门口的巡警似乎故意戏弄他，给他行了个立正礼。他只能进去。他的手出了汗。那一群同事们一定都等着审问他呢："老李，接家眷也不言语一声？几时请吃饭？"吃饭，那群东西和苍蝇同类，嘴不闲着便是生命的光荣！

进了自己的办公室，心中安定了些。一个人还没来呢，他深深呼了口气。破公事案，铺着块桌布的冤魂，茶碗印，墨汁点，烟卷烧的孔，永远在这里，永远。大而丑的月份牌，五天没撕了，老李不来没人管撕。玻璃上的土！怪物的肚子里没人管任何事情。他把月份牌扯下五页来，扔在纸篓里；也配叫作纸篓，靠着两面墙还随时的自己倒下来。

他坐在自己的椅子上，屋中最破的那一把，发愣。公事，公事就是没事；世界上没有公事，人类一点也不吃亏。公文，公文，公文，没头没尾，没结没完的公文。只有一样事是真的——可恨它是真的——和人民要钱。这个怪物吃钱，吐公文！钱到哪儿去？没人知道。只见有人买洋楼，汽车，小老婆；公文是大家能见到的唯一的东西。老李恨不能登时砸碎那把破椅子，破公事案，破纸篓，和这个怪物！可是，砸不碎这个怪物，连这张破桌布也弄不碎。碎了这块布等于使砖塔胡同那三口儿饿死。

他又坐下了，等着他们。他们，这个世界是给他们预备的。在家里，油盐酱醋与麻雀牌；来到衙门，一进门有巡警给行礼；进了公事房，嘻嘻嘻，讨论着、辩论着彼此的私事，孩子闹耳朵、老太太办生日、春华楼一号女招待。能晚到一分便晚到一分，能早走一分便早走一分。破桌子，破茶碗，无穷无尽的喝茶。烟卷烟斗一齐烧着，把月份牌都迷得看不清。老李等着他们，他们是他的朋友，在某种程度上，是他的审判官。他得为他们穿上洋服，他得随着他们嘻嘻嘻。他接家眷得请他们吃饭。他得向他们时常道歉。

邱先生来了。

"啊，老李，回来了？家中都好？"和老李握了握手。

邱先生的眼中带着点不大正经的笑意。老李的脸红了。邱先生没往下说什么，可是那个笑在眼角上挂着，大有一时半会儿不能消灭的来派，于是老李的脸上继续着增加热力。

邱先生脱大衣，喊听差端茶，眼睛没看着老李，可是眼上那两个笑点会绕着圈向老李那边飞掷，像对流星。

吴先生也到了。

"啊，老李，回来了？家中都好？"和老李握了握手。他的手比老李的大着两号——按着手套的尺寸说——柔软，滑溜，带着科员的热力。然后，掏出一毛钱的票子："张顺，送车钱去！"

吴先生非常正直，可是眼角上也有点笑意，和邱先生的那个相似，虽然程度上不那么深。老李的脸更热了。

他闭着气专等小赵，小赵来到，他就知道是五年徒刑，还是取保释放了。

小赵没来。

二

小赵为什么没来？老李不敢问。吴先生虽然是小赵的亲戚，可是最不关心小赵的事，除了托小赵给维持地位，他简直不大爱和小赵说话。吴先生是正直人，老李自然不敢向吴先生打听小赵。邱先生呢，年纪比小赵大，而人情没有小赵的硬，所以有小赵领首，他对于向同事们开玩笑的事无不参加；可是小赵不提倡，他不便自居祸首；甚至于小赵不在眼前，他连"小赵"二字提也不提。邱先生在不和人开玩笑的时候很能咽着滋味苦闷。

可是吴邱二位都知道小赵干什么去了。小赵是为所长太太到天津办事去了。二位对小赵都有点忌妒，但是不便和老李说。老李是以力气挣钱，不管旁人的事，二位自然不能以他为同调。况且吴先生是正直人，在老李面前特别要显着正直。老李开始办公，心里老有个小赵的影。吴先生挺直腰板，写着酱肘子体的字。邱先生喝茶吸烟，咽着滋味苦闷，眼睛专看着手表。

张大哥不和老李同科，可是特意过来招呼一声。

"啊，老李，回来了？家中都好？"用手指诊了老李手心一下。

老李十分感激张大哥：为人谋永远忠诚到底。果然，吴邱二位的眼神有点改变光度与神气。设若老李接家眷，张大哥必知道一切；可是张大哥也问"家中都好？"小赵的话是造谣，一定。自然，不一定，更好。

"今年乡下收成不坏吧？"张大哥对乡下人自然要问乡下话，吴邱二位登时觉得还不够真正北平人的资格。

"不坏，不过民间还是很苦！"老李带着感情说。

"今年就盼着来场大雪，去去瘟毒，麦子也得意。"去去瘟毒，其实是张大哥的注意之点，麦子得意与否，民间苦不苦，都嫌离北平太远；世界上麦子都不得意，北平总有白面吃。

张大哥和老李又敷衍了几句，完全出于诚意，同时不失为敷衍，张大哥自己都佩服这一招儿。诚意的敷衍完老李，又过去和吴邱二位谈了一点来钟。张大哥比他们二位更没事可做，他是庶务科上的，他的职务是调动工友和买办东西。对调动工友这一项，他是完全无为而治，所以工友们为他的私事能非常的殷勤卖力气，因为在衙门里总是闲着。对于买办一项，自有铺子送来，只要打打电话，过过数目，便完事大吉。至于照例的回扣呢，张大哥决不破例拒绝，也不独吞，该分给谁便分给谁，连工友都大家有份。张大哥是庶务中的圣手。

这样，他永远不忙，除了忙着串各科，而各科的职员一律欢迎他的降临。请医生，雇奶妈，定包厢，买旧地毯，卖灰鼠皮袍再买狐腿的，租房，定打新式桌椅，配丸药……凡是科员所需都要张大哥的指导与建议。批婚书，过嫁礼，更不用说，永远是他一手包办。新从南方来的同事，单找他来练习官话——孙先生便是一个。连美国留学回来的都和他研究相面与合婚。这些差事是纯粹义务，张大哥只落得两句赞美："北平真是宝地。"和"北平人真会办事。"有这两句，张大哥觉得前生定是积下阴功，所以不但住在北平，而且生在北平！"有宰相之才，没有宰相之命。"当他喝下两盅酒才这样叹息，而并非全无自慰的意思，两个"之"

字特别的意味深长。

张大哥和吴邱二位谈起来；二位就是盼望有人来闲谈，不然真不好意思把公事都交给老李办，虽然大家深知老李有办事的瘾——科员中的怪物！

吴先生，军队出身，非常正直，刚练好一笔酱肘子体的字，打算娶个妾。他又提起来了："老吴是军人，先生，没别的好处，就是正直，过山炮一样的正直。四十多了，没个儿子，得改变战线，先生！"吴先生的"先生"永远不离口，仿佛是拿这两个字证明自己已经弃武修文了似的。他的腰背永远笔直，脖子与头一齐扭转，不是向左便是向右"看齐"。

这给张大哥一个难题。他并不绝对不管给人买妾，不过假使能推得开，他便不管。假如非叫他管不可，那么，有个基本条件：买妾的人须文过司长，武官至小是团副。妇女应否做妾？那是妇女杂志上的问题，张大哥不便于过问。他专从实际上看男人。一个小科员，或是中学教师，不论持着怎样充足的理由，能不纳妾顶好就不纳。精力、金钱、家庭间的困难，这些都在纳妾项下向科员与教师摇着头。别自己找枷扛。其实买个妾还不是件容易事，只看男人的脑袋是金银铜铁哪种金属做的。吴先生的脑袋，据张大哥的检定，是铁的；虽然面积不小，可是能值多少钱一斤？纳妾是一种娱乐，也许是一种必需，无论怎说，总得以金钱地位作保险费。

可是张大哥不能直接告诉吴先生的头是铁的。他对吴先生和学校的青年都没有办法。这两种人中又以吴先生为更难办。青年们闹恋爱，只好听之而已，张大哥还能替谁去恋爱？而吴先生偏偏要张大哥给帮忙。

拒绝、敷衍、打岔，都等于得罪吴先生。世界上没有不可以做的事，除了得罪人。可是和吴先生讨论？吴先生能立刻请他吃饭。吃了人家的饭，再也吐不出，那便被人家一把抓定！张大哥的左眼闭得几乎有不再睁开的趋势。有了，谈太极拳吧！

吴先生的拳头那么大，据他自己说，完全是练太极拳练出来的，只有提太极拳，他可以把纳妾暂时忘下。太极拳是一切。把云手和倒撵猴运在笔端，便能写出酱肘子体的字。张大哥把烟斗用海底针势掏出来，吴先生立刻摆了个白鹤亮翅。谈了一点来钟，张大哥乘着如封似闭的机会溜了出去。

三

吴邱二先生都没审问老李，老李觉得稍微痛快一点。午时散了衙门，走到大街上，呼吸似乎自由了些。这是头一次由衙门出来不往公寓走，而是回家。家中有三颗心在那儿盼念他，三张嘴在那儿念道他。他觉得他有些重要，有些生趣。他后悔了，早晨不应那样悲观。自己所处的环境，所有的工作，确是没有多少意义；可是自己担当着养活一家大小和教育那两个孩子，这至少是一种重要的，假如不是十分伟大的，工作。离开那个怪物衙门，回到可爱的家庭，到底是有点意思。这点意思也许和抽鸦片烟一样——由一点享受把自己卖给魔鬼。从此得因家庭而忍受着那个怪物的毒气，得因儿女而牺牲一切生命的高大理想与自由！老李的心又跳起来。

没办法。还是忘了自己吧。忘掉自己有担得起更大的工作的可能，而把自己交给妻、子、女；为他们活着，为他们工作，这样至少可以把自己的平衡暂时的苟且的保持住；多么难堪与不是味儿的两个形容字——暂时的，苟且的！生命就这么没劲！可是……

他不想了。捉住点事实把思想驱开吧。对，给孩子们买些玩意。马上去买了几个橡皮的马牛羊。这些没有生命的软皮，能增加孩子们多少乐趣？生命或者原来就是便宜东西。他极快的走到家中。

李太太正在厨房预备饭。炉子已安好，窗纸又破了一个窟窿。两个孩子正在捉迷藏，小肉葫芦蹲在桌子底下，黑小子在屋里嚷："得了没有？"

"英，菱，来，看玩意来！"老李不晓得为什么必须这样痛快的喊，可是心中确是痛快。在乡间——不过偶尔回去一次——连自己的小孩都不敢畅意的在一块玩耍；现在他可以自由的、尽兴的和他们玩，一切是他的。

英和菱的眼睛睁圆了，看着那些花红柳绿的橡皮，不敢伸手去摸。菱把大拇指插在口中；英用手背抹了鼻子两下，并没有任何作用。

"要牛要马？"老李问。

英们还没看出那些软皮是什么，可是一致的说，"牛！"

老李，好像神话中的巨人，提起牛来，嘴衔着汽管，用力的吹。

英先看明白了："真是牛，给我，爸！"

"给菱，爸！"

老李知道给谁也不行，可是一嘴又吹不起两个来。"英，你自己吹，吹那只老山羊。"他不知怎么会想起这个好办法，只觉得自己确是有智慧。

英蹲下，拿起一个来，不知是马还是羊；十分兴奋，头一气便把自己的鼻子吹出了汗。再给他牛，他也不要了，自己吹是何等的美事。

"菱也吹！"她把马抓起来，似乎那头牛已没有分毫价值。

老李帮着把牲口们全吹起来，堵好汽管。英手擦着裤腿，无话可讲，一劲的吸气。菱抱着山羊，小肉葫芦上全是笑意，英忽然撒腿跑了，去把妈妈拉来。妈妈手上挂着好些白面。"妈，妈，"英叫一声，扯妈妈的大襟一下，"看爸给拿来的牛、马、羊，妈，你看哪！"又吸了一回气。

妈笑了。要和丈夫说话，又似乎没什么可说的；不说，又显着有点发秃。她的眼神显出来，她是以老李为家长——甚至于是上帝。在乡下的时候，当着众人她自然不便和丈夫说话，况且凡事有公婆在前，也无须向丈夫要主意；现在，只有他是一切；没有他，北平能把她和儿女全嚼嚼吃了。她应当说点什么，他是为她和儿女们去受苦，去挣钱；可是想不起从哪里说起。

"妈，我拿牛叫西屋老奶奶看看吧？"英问，急于展览他的新宝贝。

妈得着个机会："问爸。"

爸觉得不大安坦，为什么应当问爸呢，孩子难道不是咱们俩的？可是，这样的妇人必定真以我为丈夫、主人。老李不敢决定一切，只感觉着夫妇之间隔着些什么东西。算了吧，让脑子休息会儿吧："不用了，英。先吃饭，吃完再去。"

"爸，菱抱羊一块吃饭饭！"

"好。"老李还有一句，"给老山羊点儿饭饭吃。"可是打不起精神说。

大家一块吃饭，吃得很痛快。菱把汤洒了羊一身，菱没哭，妈也没打菱。

饭后，妈收拾家伙，英菱与牛羊和爸玩了半天。老李细看了看儿女，越看越觉得他与他们有最密切的关系。英的嘴、鼻子和老李的一样，特别是那对大而迟钝的眼睛。老李心里说："大概我小时候也这么黑！"菱的胳臂短腿短，将来也许像她妈妈那样短粗。儿女的将来，渺茫！英再像我，菱再像她？不，一定不能！但是管它呢，"菱，来，叫爸亲亲！"亲完了小肉葫芦，他向厨房那边说，"我说——菱没有件体面的棉袍子呀？"

"那不就挺好看的吗？"太太在厨房里嚷，好像愿叫街上的人也都听见。"她还有件紫的呢，留着出门穿。"

"留着你那件臭紫袍吧！"老李心里说。有给菱做件新袍的必要，打扮上，一定是个可爱的小女孩。希望母亲也来看看菱的新衣裳，虽然新衣裳还八字没有一撇。

"晚上见，菱。"

"爸买发生去？"菱以为爸一出去就得买落花生。

"爸，再带头牛来，好凑一对！"英以为爸一出门必是买牛去。

老李在屋门口停了一停，她没出来。东屋的门开着点缝，老李看见一个人影，没看清楚，只觉得一件红衣那么一闪。

第六章

一

一大蒲包果子，四张风景相片，没有上款的中堂与对联，半打小洋袜子，张大嫂全付武装来看李太太。

在大嫂的眼中，李太太是个顶好，一百成的——乡下人儿。大嫂对于乡下人，特别是妇女，十二分的原谅、怜恤，而且愿尽所能帮助、指导。她由一进门，嘴便开了河，直说得李太太的脑子里像转疯了的留声机片，只剩了张着嘴大口的咽气。张大嫂可是并非不真诚，更没有一点骄傲。对于乡下妇女这个名词，她更注意到后一半——妇女。妇女都是妇女。不过"乡下"这个形容，表示出说话带口音，一切不在行，可是诚实直爽。这个，只要一经张大嫂指导，乡下妇女不久便会变成一百成的漂亮小媳妇。这是自信，不是骄傲。

英和菱是一对宝贝。大嫂马上非认菱作干女儿不可，也立刻想起家中橱柜里还有一对花漆木碗，连三的抽屉里——西边那个——有一个银锁，系着一条大红珠线索子。非认干女儿不可。现成的木碗与银锁，现成的菱，现成的大嫂，为什么不联结起来呢？

李太太不知道说什么好，只露出牙来，没露任何意见，心里怕老李回来不愿意。

大嫂看出李太太的难处。"不用管老李，女儿是你养的。来，给干娘磕头，菱！"

李太太一想，本来吗，女儿是自己的，老李反正没受过生产的苦楚，立刻叫菱磕头。菱把大拇指放在嘴内，眨巴着眼，想了一会儿；没想好主意，马马虎虎的磕了几个头。磕完头，心中似乎清楚了些，不觉得别的，只觉得有点骄傲，至少是应对英骄傲，因为英没有干妈，她过去拉住干妈一个手指。干妈确是干的，因为脸上笑得都皱起来，像个烤糊了的苹果，红而多皱。

英�’了嘴，要练习练习磕头，可是没有机会。大嫂笑着说，"我不要小子，小子淘气；看我这干女儿多么老实。可是，你等着，英，赶明儿我给你说个小媳妇，要轿子娶，还是用汽车？"

"火车娶！"英还没忘这次由乡间到北平的火车经验。用火车娶媳妇自然无须再认干妈，于是英也不�’嘴了。

因提起小子淘气，大嫂把天真的历史，从满月怎么办事，一直到怎么没说停当太仆寺街齐家的姑娘，一气哈成，说得天翻地覆。最后："告诉你，大妹妹，现在的年头，养孩子可真不易呀！尤其是男孩子，坏透了！大妹妹，你堤防着点老李，男子从十六到六十六岁，不知哪时就出毛病。看着他，我说，看着他！别多心，大妹妹，您是乡下人，还不知道大城里的坏处。多了，无穷无尽，男女都是狐狸精！男的招女的，女的招男的，三言两语，得，钩搭上了。咱们这守旧的老娘们，就得对他们留点神！"

李太太似乎早就知道这个，不过没听张大嫂说明之前，不敢决定相信，也不敢对老李有什么管束。现在听了大嫂——况且又是菱的干娘——的一片话，心中另有一个劲儿了。是的，到了北平，她与丈夫是一边儿大的；老李是一家之主，即使不便否认这点，可是她的眼睛须对这一家之主留点神。但是她只有点头，并没发表什么意见；谈做活计与做饭，她是在行的，到大城里来怎么管束丈夫，还不便于猛进。况且，焉知张大嫂不是来试探她呢！得留点神，你当是乡下人就那么傻瓜呢！

"待两天再来，我可该走了！家里撂着一大片事呢！"大嫂并没立起来，"干女儿，明儿看干妈去。记着，堂子胡同九号，说，堂子胡同——九——号，嘻嘻嘻。"

"堂胡同走奥，"菱一点也不晓得这是什么怪物。

"吃了晚饭再走吧，大嫂，"李太太早就预备好这句，从头一天搬来就预备好了。可是忘对张大哥与丁二爷说，招得丈夫直皱眉；这可得到机会找补上了。

"改日，改日，家里事多着呢。我可该走了！"大嫂又喝了碗茶。

最后，大嫂立起来，"干姑娘，过两天干娘给送木碗和锁来。"又坐下了，因为，"啊，也得给英拿点玩意来呀！是不是，英？"

"我要个——"英想了会儿，"木碗，干妈！"

"干妈是菱的！"

"看，小干女儿多么厉害！唉，我真该走了！"

大嫂走到院中，西屋老太太正在院中添炉子。大嫂觉得应当替李太太托咐托咐，虽然自己也不认识老太太。

"老太太，你添火哪？"

"您可别那么称呼我，还小呢，才六十五！屋里坐着。"老太太添火一半是为在院中旁听，巴不得借个机会加入谈话会。"贵姓呀？"

"张。"

"噢，那天租房的那位——"

"可不是吗，他和这儿李先生同事，好朋友，您多照应着点！"大嫂拉着菱，看着李太太。

"还用嘱咐，近邻比亲！大奶奶可真好，一天连个大声也不出，"老太太也看着李太太。"两个孩儿们多么乖呀！我说，英，你的牛呢？"没等英回答，"我就是爱个结结实实有人缘的小孩。看菱的小肉脸，多有个趣！"

"您跟前有——"

"别提了，一儿一女，女儿出了阁，跟着女婿上南京了，一晃儿十年了，始终也没回来一次。小子呀，唉！"老太太把声音放低了些，"唉，别提了，已经娶——"她向东屋一指。"唉，简直说着羞得慌，对外人我也不说，说了被人耻笑。"

"咱们还是外人吗？"张大嫂急于听个下回分解。

"唉，已经娶了，这么个又体面又明白的小媳妇！会，会，会又在外边！不用提了！三四个月没回来了！老了老了的给我这么个报应，不知哪辈子造下的孽！这么好个小媳妇，年青青的，叫我看着心焦不心焦？又没有个小孩！菱，你可美呀，认了干娘？"老太太大概把张李二太太的谈话至少听了一半去。

菱笑了，爽性把食指也放在口里。

"改天再说话，老太太，咱们这做妈妈的，一人有一肚子委屈呀！"

"您别那么称呼我，您大！"

"我小呢，才四十九。也忘了，您贵姓呀？"

"马，也没到屋里喝碗茶！"

"改天，改天特意来看您。"

马老太太也随英们把张大嫂送出去，好像张大嫂和李太太都是她的娘家妹妹似的。

二

老李下了衙门，到张大哥家去取对联；一点也不愿意去取，不过张大哥既然说了，不去显着不好意思。老李顶不喜欢随俗，而又最怕驳朋友的面子，还是敷衍一下好吧。他到了张家，大嫂刚从李家回来。

"啊，亲家来了！"

老李一愣，不知怎么会又升了亲家。

大嫂把认干女儿的经过，从头至尾，有枝添叶的讲演了一番。老李有点高兴，大嫂既肯认菱做干女儿，菱必是非常的可爱，有许多可爱的地方他自己大概还没看到。

"大妹妹可真是个俏式小媳妇，头是头，脚是脚，又安稳，又老实！"大嫂讲演完了干姑娘，开始褒奖干姑娘的母亲。从干姑娘的母亲又想到干姑娘的父亲："老李——亲家，你就别不满意啦，还要什么样的媳妇呀？干干净净，老老实实，得了！况且，有这么一对虎头虎脑的小宝贝，放下你们年青小伙子的贪心吧！该得就得，快快乐乐的过日子，比什么也强。看那个马老太太——"

"哪个马老太太？"

"你们西屋的街坊：老太太命才苦呢！娶来个一朵鲜花似的小媳妇，儿子会三四个月，三——四——个——月，没家来！我要是马老太太呀，不咬那个儿子几口才怪！"

正说到这里，张大哥进来了。"你咬谁几口呀？"他似乎以为是背地讲论他。

她笑了："放心，没人咬你的肉，臭！我们这儿说马家那当子事呢。"

张大哥自然知道马家的事，急忙点上烟斗，左眼闭上，把大嫂的讲演接过来：老李租的房是马老太太的，买过来不久——买上了当，木架不好，工也稀松。老太太还能买得出什么漂亮东西。张大哥顺手把妇人——连张大嫂也在其内——不会办事给证实。买过来之后，马家本是自己住自己的房。搬来不久就办婚事，大概因为有喜事才急于买房，因为急买所以就买贵了——一点也不应当算个上当的原谅，又看了大嫂一眼。马老太太的儿子，那时节，是在中学里教书，娶的是个高小毕业的女学生，娘家姓黄，很美。结婚不到半年——张大哥的眼闭死了——马先生和同事的一位音乐教员有了事，先是在外边同居，后来一齐跑到南边去："三四个月没回来，他，三年也未必回来！"张大哥结束了这段叙述："天秤不准！"

因为儿子跑了，所以老太太把上房让出来，租几个钱，加上手里有点积蓄，婆媳可以对付着过日子。

老李知道大嫂已把对联送去，大哥的讲演又告一段落，于是告辞回家。大嫂没留他吃饭："唉，快家去吧。等和李太太一块来的时候，我再给你们弄点什么吃。告诉菱，过两天干妈给送木碗去，别忘了！"

老李心中的红衣人影已有了固定的面目，姓黄，很美，弃妇，可怜虫！爱是个最热，同时又最冷的东西！设若老李跟——谁？不管谁吧，一同逃走，妻、子、女，将要陷入什么样的苦境？不敢想！张大哥对了，俗气凡庸，可是能用常识杀死浪漫，和把几条被浪漫毒火烧着的生命救回。从另一方面说，常识杀死了浪漫，也杀死了理想与革命！老李又来到死胡同里，进是无路，退又不得劲。菱，小丫头片子，可爱，张大嫂的干女儿，俗气！

到了家。

"爸，"黑小子在门口等着他呢，"爸，菱有了干妈，张大嫂子，过两天给送木碗和银锁来。我呢？我认妈妈做干妈得了；你给妈点钱，叫妈给我买木碗，不要银锁，要两只皮马，你给我的那只，我并没使劲，也不知怎么破了个窟窿，怎吹也吹不起来了！"

老李一生似乎没这么笑过。

"爸，东屋的大婶，还替我吹了半天，也没吹起来。大婶顶好顶好看啦。大眼睛，像俩，俩，俩——"英直翻白眼，"俩小月亮！那手呀，又软又细，比妈的手细的多。妈的手就是给我抓痒痒好，净是刺儿。"

"妈听见，不揍你！"老李不笑了。

三

星期日。老李带领全家上东安市场，决定痛快的玩一天，早晚饭全在外边吃。

英说对了，妈的手上有刺儿；整天添火做饭洗衣裳，怎能不长刺？应当雇个仆人。一点也不是要摆排场，太太不应当这样受累。可是，有仆人她会调动不会？好吧，不用挑吃挑喝，大家对付吧。把雇人的钱，每月请她玩两天，也许不错。决定上市场。

李太太不晓得穿什么好，由家中带来的还是出嫁时候的短棉袍与夹裙子。长棉袍只有一件，是由家起身前临时昼夜赶做的，蓝色，没沿边，而且太肥。

"还把裙子带来？天桥一块钱两条，没人要！"

她不知道天桥在哪里，可是听得出，裙子在北平已经一块钱两条，自然是没什么价值。她决定穿那件唯一的长蓝棉袍，没沿边，而且太肥。

老李把孩子们的衣裳全翻出来，怎么打扮，怎么不顺眼。他手心上又出了汗。拿服装修饰做美满家庭的广告，布尔乔亚！可是孩子到底是孩子，孩子必须干净美好，正像花草必须鲜明水灵。老李最不喜欢布尔乔亚的妈妈大全，同时要在儿女身上显出爱美——遮一遮自己的洋服在身上打滚的羞。不去！那未免太胆小了。一定走，什么样也得走。可是，招些无聊的笑话即使是小事，怎能叫自己心里稍微舒服点呢？他依着生平美的理想，就着现成的材料，把两个孩子几乎摆弄熟了，还是不像样！走，老李把牛劲从心灵搬运出来，走！和马老太太招呼了一声，托咐照应着点。

"噢，我说，菱，"老太太揉了眼睛一把，"打扮起来更俊了？这双小老虎鞋！挑着点道儿走，别弄脏了，听见没有？来，菱，英，奶奶这儿还有十个大子，一人五个；来，放在小口袋里，到街上买花生吃。"十个大铜子带着热气落在他们的袋中。

老李痛快了一些；不负生平美的理想！

出了门，他的眼睛溜着来往行人是否注意他们。没有。北平能批评一切，也能接收一切。北平没有成见。北平除了风，没有硬东西。北平使一切人骄傲，因此张大哥特别的骄傲。老李的呼吸不那么紧促了。回头一看，英和妈妈在道路中间走呢，好像新由乡下来的皇后与太子。老李站住了："你们要找死，就不用往边上来！"李太太瞪了眼，往四下看，并没有什么。"你把英拉过来！"她把英拉到旁边来，脸上红了。丈夫的话一定被路上的人听见了。在乡下，爱怎走便怎走！她把气咽下去，丈夫是好意。可是，何必那么急扯白脸的呀！心中都觉得，"今天要能玩的好才怪！"

到了胡同口，拉车的照样的打招呼，并没因李太太的棉袍而轻慢。好吧，车夫既然招呼，不好意思不坐。平日老李的坐车与否是一出街门就决定好的：决定不坐便设法躲着洋车走，拒绝车夫是难堪的事。决定坐车，他永远给大价钱。张大哥和老李一块儿走的时候，张大哥永不张罗坐车。英和妈妈坐一辆，菱跟着爸。一路上英的问题多了，西安门、北海、故宫……全安着个极大的问号。老李怕太太回头问他。她并没言语，而英的问题全被拉车的给回答了。老李又怕她也和车夫一答一和的说起来，她也没有。他心里说："傻瓜，当是妇女真没心眼呢！妇女是社会习俗的保存者。"想到这里，他不得劲的一笑，"老李，你还是张大哥第二，未能免俗！"

一进市场门，菱和英一致的要苹果。老李为了难：买多了吧不好拿，只买两个又怕叫卖果子的看不起。不买，孩子们不答应。

"上那边买去，菱，"太太到底有主意。

老李的眉头好似有皱上的瘾：那边果摊子还多着呢，买就是买，不买就是不买，干吗欺哄孩子呢！丈夫布尔乔亚，太太随便骗孩子，有劲！可是问题解决了问题，菱看见玩意摊子，好像就是再买苹果也不要了。

"那边还有好的呢，"又是一个谎！

说谎居然也能解决问题，越往里走，东西越多，英们似乎已看花了眼，想不起要什么好了。老李偷眼看着太太，心中老有点"刘姥姥入大观园"的恐怖。太太的两眼好像是分别工作着，一眼紧盯着孩子，一眼收取各样东西与色彩。到必要的时候，两眼全照管着孩子，牺牲了那些引诱妇女灵魂的物件。老李受了感动。

摩登男女们，男的给女的拿着东西与皮包，脸上冬夏常青的笑着，连脚踵都轻而带弹力，好像也在发笑。女子的眼毛刚一看果子，男的脚指便笑着奔了果摊去，只捡包着细皱纸、印洋字蓝戳的挑，不问价钱。老李不敢再看自己的太太，没有围巾，没有小手袋，没有卜——开了，卜——拉上的活扣棉鞋；只是一件棉袍，没沿边，而且太肥。有点对不起太太！决定给她买这些宝贝。自己不布尔乔亚是一件事，太太须布尔乔亚是另一件事。买！也得给孩子买鞋，小绒线帽。"你自己去挑！"他发了命令，心中是一团美意，可是说得十二分难听。进了一家百货店。

　　太太先挑围巾，红的太艳，绿的太老，黄的当然不行，蓝的不错，可惜太短……老李直向菱说："等着，等妈妈挑好了，咱们试皮鞋。"这大概足以使全铺子的人都减少些厌恶的心；老李要是当伙计的，早把太太给推出去了！几乎所有的围巾全拿出来了，太太这才问："你说，要哪条好？"连这点主意都没有，妇女！连什么颜色好看都看不出！老李过来挑了条蓝的。"蓝的很时兴，先生。"伙计好像从一生下来就没哭过，而且岁数越大越爱笑。老李放下蓝的，又拿起条紫的来。"玫瑰紫，太太戴正合适。"伙计的脸加紧发笑。老李的脸有点发热，又把蓝的拿起来。"还是这条好，先生，颜色正道，绒头也长。"伙计脸上的笑意要跳起来吻谁一下才好。"还是你自己挑吧，"老李辞职了。伙计的笑脸转向太太去。太太挑了条最不得人心的灰蓝色的，一遇上阳光管保只剩下灰，一点也不蓝。不过，到底是买成了一件，再看别的吧。

　　"先生请坐，您吸烟！"伙计们张罗。

　　老李既不吸烟，又不肯坐下，恐怕自己一坐下，叫太太想可以在这儿住一两天也不碍事。

李太太要小孩的饭巾，要男人的卫生衣……所要的全是老李没想到的。可是，饭巾确是比皮鞋还要紧，自己还没有冬季卫生衣。妇女到底是妇女，她们有保卫生命的本能。然后又买花线、洋针、小剪子，这更出乎老李意料之外。家门口就有卖针线的，何必上市场来买？可是太太手中一个钱没有，还不能在门口买任何零杂。他的错儿，应当给太太点钱，她不是仆人，她有她必需的用品。

买了一大包东西，算了算才十五元二角七分，开来账条，上面还贴好印花！

怎么拿着呢？伙计出了主意："先放在这里，逛完再来拿。"和气，有主意，会拉主顾，一共才十五块多钱！老李觉得生命是该在这些小节目上消磨的，这才有人情，有意思。那些给女的提皮包买果子的人们，不定心中怎样快活呢！

绕到丹桂商场，老李把自己种在书摊子前面。李太太前呼后拥的脚有点不吃力了。看了几次丈夫，他确是种在了那里。英忽然不见了！隔着书摊一望，他在西边，脸贴着玻璃窗看小泥人呢。

"英可上那边去了，"太太的脚确是不行了。

"英，"老李极不满意的放下书，抓着空向小伙计笑了笑。

××××

回到家中，已经快掌灯，菱在新围巾里睡着。英的精神十足，一进院里就喊："大婶，看我的新帽子！"东屋大婶没出来，在屋中说："真好！"

"北平怎样？"老李问太太。

"没什么，除了大街就是大街——还就是市场好，东西多么齐全哪！"

老李决定不请太太逛天坛和孔庙什么的了。

第七章

一

张大哥的"心病"回了家。这块心病的另一名称是张天真。暑假寒假的前四五个星期，心病先生一定回家，他所在的学校永远没有考试——只考过一次，刚一发卷子，校长的脑袋不知怎么由项上飞起，至今没有下落。

天真从入小学到现在，父亲给他托过多少次人情，请过多少回客，已经无法计算。张大哥爱儿子的至诚与礼貌的周到，使托人情和请客变成一种艺术。在入小学第一年的时候，张大哥便托校长的亲戚去给报名，因为这么办官样一些，即使小学的入学测验不过是那么一回事。入学那天，他亲自领着天真拜见校长教员，连看门的校役都接了他五角钱。考中学的时候，钱花得特别的多。考了五处，都没考上，虽然五处的校长和重要的教职员都吃了他的饭，而且有两处是校长太太亲手给报名的。五处的失败使他看清——人情到底没托到家。所以在第六回投考的时候，他把教育局中学科科长恳求得直落泪，结果天真的总分数差着许多，由科长亲自到学校去给短多少补多少，于是天真很惊异的纳闷这回怎会及了格，而自己诅咒命运不佳，又得上学。入大学的时候——不，没多少人准知道天真是正式生还是旁听生；张大哥承认人情是托到了家，不然，天真怎会在大学读书？

天真漂亮，空洞，看不起穷人，钱老是不够花，没钱的时候也偶尔上半点钟课。漂亮：高鼻子，大眼睛，腮向下溜着点，板着脸笑，所以似笑非笑，到没要笑而笑的时候，专为展列口中的白牙。一举一动没有不像电影明星的，约翰巴里穆尔是圣人，是上帝。头发分得讲究，不出门时永戴着压发的小帽垫。东交民巷俄国理发馆去理发，因为不会说英语，被白俄老鬼看不起；给了一块五的小账，第二次再去，白俄老鬼敢情也说中国话，而且说得不错。高身量，细腰，长腿，穿西服。爱"看"跳舞，假装有理想，皱着眉照镜子，整天吃蜜柑。拿着冰鞋上东安市场，穿上运动衣睡觉。每天看三份小报，不知道国事，专记影戏园的广告。非常的和蔼，对于女的；也好生个闷气，对于父亲。

回家了，就是讨厌回家，而又不得不回家来。学校罢了课，不晓得为什么，自然不便参加任何团体的开会与工作。上天津或上海吧，手里又不那么富裕，况且胆子又小，只好回家，虽然十二分不痛快。第一个讨厌的是父亲，第二个是家中的硬木椅子，封建制度的徽帜。母亲无所谓。幸而书房里有地毯，可以随便烧几个窟窿，往痰盂里扔烟卷头太费事。

张大嫂对天真有点怕，母亲对长子理当如是，况且是这么个漂亮、新式吕洞宾似的大儿子。儿子回来了，当然给弄点好吃的。问儿子，儿子不说，只板着脸一笑，无所谓。自己设计吧，又怕不合儿子的口味，儿子是不好伺候的，因为儿子比爸爸又维新着十几倍。高高兴兴的给预备下鸡汤煮馄饨，儿子出去没回来吃饭。张大嫂一边刷洗家伙，一边落泪，还不敢叫丈夫看见，收拾完了站在炉前烤干两个湿眼睛。儿子十二点还没回来，妈妈当然该等着门。

一点半，儿子回来了。"喝，妈，干吗还等着我呢？"露了露白牙。

"你看，我不等门，你跳墙进来呀？"

"好了，妈，赶明儿不用再等我。"

"你不饿呀？"妈妈看着儿子的耳朵冻得像两片山楂糕，"老穿这洋衣裳，多么薄薄！"

"不饿，也不冷——里边有绒紧子。妈，来看看，绒有多么厚！"儿子对妈妈有时候就得宽大一些，像逗小孩似的逗逗。

"可不是，真厚！"

"廿六块呢，账还没还；地道英国货！"

"不去看看爸爸？他还没看见你呢！"妈妈眼中带着恳求的神气。

"明天再说，他准得睡了。"

"叫醒他也不要紧呀，他明天起得早，出去得早，你又不定睡到什么时候。"

"算了吧，明天早早起。"儿子对着镜子向后抹撒头发，光润得像个漆光的槟榔杓儿。"妈，睡去吧。"

妈妈叹了口气，去睡。

儿子戴上小帽垫，坐在床边上哼唧着一对爱的鸟，一边剥蜜柑，顺着果汁的甜美，板着脸一笑，想象着自己像巴里穆尔。

二

张大哥对于儿子的希望不大——北平人对儿子的希望都不大——只盼他成为下得去的，有模有样的，有一官半职的，有家有室的，一个中等人。科长就稍嫌过了点劲，中学的教职员又嫌低一点；局子里的科员，税关上的办事员，县衙门的收发主任——最远的是通县——恰好不高不低的正合适。大学——不管什么样的大学——毕业，而后闹个科员，名利兼收，理想的儿子。做事不要太认真，交际可得广一些，家中有个贤内助——最好是老派家庭的，认识些个字，胖胖的，会生白胖小子。天真的大学资格，是一定可以拿到手的，即使是旁听生，到时候也得来张文凭，有人情什么事也可以办到。毕业后的事情，有张大哥在，不难：教育局，公安局，市政局，全有人。婚姻是个难题。张大哥这四五年来最发愁的就是这件事。自己当了半辈子媒人，要是自己娶个窝窝头样的儿媳妇，那才叫一跤摔到西山去呢！不过这还是就女的一方面说，张大哥难道还找不到个合适的大姑娘？天真是块心病。天真的学业，虽然五次没考上中学是因为人情没托到家，可是张大哥心中也不能不打鼓。天真的那笔字，那路白话夹白字的文章，张大哥未免寒心。别的都不要紧，做科员总得有笔拿得出手的字与文章。自然洋文好也能做科员科长，可是天真的洋文大概连白字也写不出几个。人情是得托，本事也得多少有一点，张大哥还不是一省的主席，能叫个大字不识的人做县知事。这是块病。万一天真真不行，就满打找住理想的儿媳妇，又怎样呢？

还有，天真的行为也来得奇。说他是革命党，屈心；不是，他又一点没规矩，没准稿子。说他硬，他只买冰鞋而不敢去滑冰，怕摔了后脑海。说他软，他敢向爸爸立楞眼睛。说他糊涂，他很明白；说他明白，他又糊涂。张大哥没有法子把儿子分到哪种哪类中去，换句话说，天真在他的天秤上忽高忽低，没有准分两。心病，没法对外人说；知子莫如父，而今父亲竟自不明白儿子！

天秤已经有一端忽上忽下，怎叫另一端不低昂不定？没法给儿子定亲，天下还有比这再难堪的事没有？不给他定婚，万一他……张大哥把两只眼一齐闭上了！

提到财产，张大哥自从廿三岁进衙门，到如今已做了廿七八年的事，钱，没剩下多少，虽然事情老没断过，手头看着也老像富裕。手头看着富裕，正是不能剩钱的原因。架子。架子支到那块是没法省钱的。诚然，他没有乱扔过一个小铜子，张大嫂没错花过一百钱，可是一顿涮羊肉就是五六块。要请客——做科员能不请客吗？——就得连香菜老醋都买顶鲜顶高的。自然五六块一顿火锅比十二块一桌菜——连酒饭车钱和小账就得二十来块的——省得多了，可是五六块到底是五六块，况且架不住常吃。儿女的教育费是一大宗，儿女又都不是省钱的材料。人情来往又是一大宗，况且张大哥是以出份子赶份子为荣的。他那年办四十整寿的时候，整整进了一千号人情，这是个体面，绝大的体面，可是不照样给人家送礼，怎能到时候有一千号的收入？

北平人的财产观念是有房产。开铺子是山东山西——现在添上了广东老——人们的事。地亩限于祖产和祖坟。买空卖空太不保险。上万国储金是个道儿，可是也不一定可靠。只有吃瓦片是条安全的路。张大哥有三处小房，连自己住的那处在内。当个科员能置买三处小房，在他的同事的眼中，这不亚于一个奇迹。

天真以为父亲是个财主。对秀真提到父亲的时候，他的头一歪——"那个资本老头。"他不知道父亲有多少钱，也不探问。父亲不给钱，他希望"共产"。父亲给钱，他希望别共了父亲的产，好留着给他一个人花。钱到了手，他花三四块理个发，论半打吃冰激凌，以十个为起码吃橘子，因为听说外国的青年全爱吃冰激凌与水果。这些经常费之外，还有不言不语，先斩后奏的临时费；先买了东西，而后硬往家里送账条；资本老头没法不代偿，这叫作不流血的"共产"法。

女儿也是块心病，不过没有儿子的那样大。女儿生就是赔钱货，从洗三那天起已打定主意为她赔钱，赔上二十来年，打发她出嫁，出嫁之后还许回娘家来掉眼泪。这是谁也没办法的事。老天爷赏给谁女儿，谁就得唱出义务戏。指着女儿发财是混账话，张大哥不能出售女儿，可是凭良心说，义务戏谁也是捏着鼻子唱。到底是儿子，只要不是马蜂儿子。天真是不是马蜂儿子？谁敢断定！

天真回来的那天，资本老头一夜没睡好。

三

天真的特点：懒，懦。

和妈妈定好第二天早起：爸爸上了衙门，他还正做着最好的那个梦呢。十点半才起来，妈妈特意给定下的豆浆，买下顶小顶脆的焦油炸果，洋白糖——又怕儿子不爱喝甜浆，另备下一碟老天义的八宝酱菜。儿子起来了，由打哈欠到擦完雪花膏，一点四十分钟的工夫。

妈妈去收拾屋子，爸爸是资本老头，妈妈是奴隶。天真常想到共爸爸的产，永远没想到释放奴隶妈妈。没人能信这是那么漂亮的人的卧室：被子一半在地上，烟卷头——都是自行烧尽的——把茶碟烧了好几道黄油印，地上扔满了报纸，报纸上扔着橘子皮、木梳、大刷子、小刷子。枕头上放着篦子，拖鞋上躺着生发油瓶。茶碗里有几个橘子核。换下的袜子在痰盂里练习游泳。妈妈皱了眉。天真是地道出淤泥而不染，和街坊家王二嫂正是一对儿。王二嫂的被子能整片往下掉泥，锅盖上清理得下来一斤肥料，可是一出门，脸擦得像个银娃娃，衣裳像些嫩莲花瓣儿。自腕以上，自项而下，皆泥也。妈妈最不佩服王二嫂，可是恰好有这么个儿子。

可是妈妈闻着儿子睡衣上的汗味，手绢上的香水与烟卷味，仿佛得到些安慰。这么大，这么魁梧，而又大妞儿似的儿子！妈妈抱着枕头，想了半天女儿。女儿的小苹果脸，那一笑！妈妈的眉头散开了，看满地的乱七八糟都有些意思。只盼娶一房漂漂亮亮的儿媳妇，可不要王二嫂那样的。

妈妈收拾完了，儿子已早把豆浆等吃了个净尽。

"妈，老头这几天手里怎样？"天真手插在裤袋里，挺着胸，眼看着棚，脚尖往起欠，很像电影明星。

"又要钱？"妈妈不知是笑好，还是哭好。

"不是，得做一身礼服，我自己不要钱。有个朋友下礼拜结婚，请我做伴郎，得穿礼服。"

"也得二三十块吧？"

天真笑了，板着脸，肩头往上端："别叫一百听见，这还是常礼服。"

"那——和爸爸说去吧。据我想，为别人的事不便——"

"不能就穿一回不是？！"

"你自己说去吧！"

妈妈不肯负责，儿子更不愿意和爸爸去交涉。

"您和爸爸有交情，给我说说！"儿子忽然发现了妈与爸有交情，牙都露出来。

"臭小子，我不和他有交情，和谁有——"妈拿笑补足后半句。儿子又露了露牙，继而一想，妈妈大概是肯代为交涉了，应当把笑扩大一些，张了张嘴，吸进些带着豆浆味的空气。

四

晚上，爷儿俩见着面。天真吸烟，没话可讲。张大哥吸烟，没话可讲。天真看着蓝烟往上升，张大哥斜眼看着烟斗。好大半天，张大哥觉得专看烟斗是办不了事的："天真，你还有多少日子就毕业了？"

"至多一年吧，"天真一点也说不准什么时候毕业。

"毕业后怎样呢？"

"顶好上西洋留学。"天真正了正洋裤裤缝。

"哼——"张大哥又看上了烟斗。待了老大半天，"去学什么呢？"

"到外国再说。也别说，近来很喜欢音乐，就研究音乐也不坏。"

"学音乐将来能挣多少钱呢？"

"艺术家也有穷的，也有阔的，没准儿。"

"没准儿"是张大哥最忌讳的三个字。但是不便和儿子辩论。又待了半天："据我看，不如学财政好。"

"财政也行。那么您一定送我留洋了？"天真立起来。

"我并没那么说！上外洋一年得多少钱？"

"还不得两三千？"天真约摸着说。记得李正华在巴黎一年花六千。可是他养着三个法国姑娘，设若养一个的话，三千也许够了。

张大哥不便于再说什么。儿子敢向这样家境的老子一年要三千，定不是个明白儿子，也就不必费话。

天真也不便再说，给父亲一个草案，以后再慢慢进行，资本老头的钱不能像流水那么痛快。

"水仙好哇，今年，还是您自己晒的？"天真一阵明白，知道讨资本老头的喜欢是要去留洋的第一步，而夸奖老头自己晒的水仙是讨喜欢的捷径。

"不算十分好，"资本老头的眼从烟斗上挪到儿子的脸部，然后沉着气立起来，"不算十分好。"走到水仙花那里，用手在花苞的下面横着一比，"去年的才这样矮，今年的长荒了，屋子还是太热。"

"您没养洋水仙花，今年？"天真心里直暗笑自己。

"太慢，非到阴历二月初开不了，而且今年也真贵，四毛五分钱一头！玩不起！可是好哇，上面看花，下面看根，养好了，根子这么长。前天才听说，洋水仙开过之后，等叶子干了，把包儿头朝下挂在不见阳光、干松的地方，到冬天就又能开花。事就奇怪，怎么倒挂着，"烟斗头朝了下，"就又能拔尖子呢？其中必有个道理！"张大哥显出爱用思想的样子。

"把小孩子倒栽葱养着，大了准能做高官。"天真觉得自己非常的幽默，而且对父亲过度的和气。

爸爸觉得儿子真俏皮，聪明，哈哈的笑起来。

妈妈听见父子的笑声，进来向他们眨巴眼。

"你看，我说洋水仙倒挂起来，能再开花，天真说小孩子倒养着能做大官！哈哈哈……"

妈妈的笑声震下棚顶一缕塔灰："咱们可该扫房了，看这些灰！"

一家子非常的欢喜。

临睡的时候："天真还要留洋呢，一年两三千！志向不错呀，啊——"一个哈欠，"可是也得供给得起呀！"

"还要做礼服呢，得个整数，给人家做伴郎去。"妈妈也陪了个哈欠。

"一百？"

老两口谁也没再言语。

第八章

一

小赵回来了。老李知道自己的罪名快判定了，可是心中反觉得痛快些，"看看小赵的，也看看太太的，"他心里说。生命似在薄雾里，不十分黑，也不十分亮，叫人哭不得笑不得。应当来些日光，假如不能，来阵暴风也好吹走这层雾。"看看小赵的！"

小赵是所长太太的人，可是并不完全替所长守着家庭间的秘密。可以说的他便说些给同事们听，以便博得大众的羡慕与尊敬。就是闹到所长耳中去，小赵也不怕；不但是所长的官，连所长的命，全在所长太太手里拿着：小赵是所长太太的人，所谓办公便是给她料理私事，小赵不怕。他回来了，全局的人们忽的一齐把耳朵立起来，嘴预备着张开，等着闻所未闻，而低声叹气。说真的，所谓所长太太的私事，正自神秘不测的往往与公事有关系，所以大家有时候也能由小赵的口中讨得些政治消息。小赵回来的前两天中，都被大众这种希冀与探听给包围住；虽然向老李笑了笑，歪了歪头，可是还没得工夫正式来讨伐。老李等着，好似一个大闪过去，等着霹雳。

应当先警告太太一声不呢？老李想：矫正她的鞠躬姿式，教给她几句该说的话？他似乎没有这种精神去教导个三十出头的大孩子。再说，小赵与其他同事的一切全是无聊，何必把他们放在心上呢？爱怎样怎样：没意义！他看看太太做饭，哄孩子，洗衣裳，觉得她可怜。自己呢，也寂寞。她越忙，他越寂寞。想去帮助她些，打不起精神。小赵还计划着收拾她！她可怜：越可怜越显着不可爱，人心的狠毒是没办法的！他只能和孩子们玩。孩子们教给他许多有奇趣的游戏法。可是孩子们一黑便睡，他除了看书，没有别的可做。哼哼几句二黄，不会。给她念两段小说？已经想了好几天，始终没敢开口，怕她那个不了解，没热力，只为表示服从的"好吧"。

"我念点小说，听不听？"他终于要试验一下。

"好吧。"

老李看着书，半天没能念出一个字来。

一本新小说，开首是形容一个城，老李念了五六页，她很用心的听着，可是老李知道她并没能了解。可笑的地方她没笑。老李口腔用力读的地方，她没任何表示。她手放在膝上，呆呆的看着灯，好像灯上有个什么幻影。老李忽然的不念了，她没问为什么，也没请求往下念。愣了一会儿："哟，小英的裤子还得补补呢！"走了，去找英的裤子。老李也愣起来。

西屋里马老太太和儿媳妇咯啰咯啰的说话。老李心里说，我还不如她呢，一个弃妇，到底还有个知心的婆婆一块儿说会子话儿。到西屋去？那怎好意思！这个社会只有无聊的规禁，没有半点快乐与自由！只好去睡觉，或是到四牌楼洗澡去？出去也好。"我洗澡去，"披上大衣。

她并没抬头："带点蓝线来，细的。"

老李的气大了：买线，买线，买线，男人是买线机器！一天到晚，没说没笑，只管买线，哪道夫妻呢！

洗澡回来，眉头还拧着，到了院中，西屋已灭了灯，东屋的马少奶奶在屋门口立着呢。看见他进来，好如梦方醒，吓了一跳的样子，退到屋里去。

老李连大衣没脱，坐在椅子上，似乎非思索一些什么不可。"她也是苦闷，一定！她有婆母，可是能安慰她吗？不能。在一块儿住，未必就能互相了解。"他看了太太一眼，好像为自己的思想找个确实的证据。"夫妇还不能——何况婆媳！"他不愿再往下想，没用。喝着酒，落着泪，跟个知己朋友畅谈一番，多么好！谁是知己？没有。就是有，而且畅谈了，结果还不是没用？睡去！

一夜的大风，门摇窗响，连山墙也好像发颤。纸棚忽嘟忽嘟的动，门缝一阵阵的往里灌凉气。什么也听不清，因为一切全正响。风把一切声音吞起来，而后从新吐出去，使一切变成惊异可怕的叫唤着。刷——一阵沙子，嗷——从空中飞过一群笑鬼。哗啷哗啦，能动的东西都震颤着。忽——忽——忽——全世界都要跑。人不敢出声，犬停止了吠叫。猛孤丁的静寂，院中滚着个小火柴盒，也许是孩子们一件纸玩具。又来了，嗷——呼——屋顶不晓得什么时候就随着跑到什么地方去。老李睡不着。乘着风静的当儿，听一听孩子们，睡得呼吸很匀，大概就是被风刮到南海去也不会醒。太太已经打了呼。老李独自听着这无意识的恼人的风。伸出头来，凉气就像小锥子似的刺太阳穴。急忙缩回头去，翻身，忍着；又翻身，不行。忽——风大概对自己很觉得骄傲，浪漫。什么都浪漫，只有你——老李叫着自己——只有你不敢浪漫。小科员，乡下老，循规守矩的在雾里挣饭吃。社会上最无聊最腐臭的东西，你也得香花似的抱着，为那饭碗；更不必说打碎这个臭雾满天的社会。既不敢浪漫，又不屑于做些无聊的事。既要敷衍，又觉得不满意。

生命是何苦来，你算哪一回？老李在床上觉得自己还不如一粒砂子呢，砂子遇上风都可以响一声，跳一下；自己，头埋在被子里！明天风定了，一定很冷，上衙门，办公事，还是那一套！连个浪漫的兴奋的梦都做不到。四面八方都要致歉，自己到底是干吗的？睡，只希望清晨不再来！

二

"老李，你认什么罚吧？"小赵找寻下来。

不必装傻，认罚是最简截的，老李连说："请吃饭，请吃饭！"

邱先生们的鼻子立刻想象着闻见菜味，把老李围上，正直的吴太极耍了个云手，说："在哪儿吃？"

老李想了会儿："同和居。"心里说："能用同和居挡一阵，到底比叫太太出丑强的多！"

小赵的眼睛，本来不大，挤成了两道缝。"不过，我们要看太太！偷偷的把家眷接来，不到赵老爷这里来报案，你想想吧！"

老李看着吴太极问："同和居怎样？"好像同和居是此时的主心骨似的。

吴太极是无所不可，只要白吃饭，地方可以不拘。可是小赵不干："谁还没吃过同和居？不经我批准，连大碗居谁也不用打算吃上！"吴太极咽了一口气。邱先生——苦闷的象征——和小赵嘀咕了两句，小赵羊灯似的点了点头，然后对老李说："这么办，请华泰大餐馆吧。明天晚六点。吃完了，我们一齐给嫂夫人去请安。这规矩不？有面子不？"

老李连连点头，觉得这一出不至于当场出彩了。

"张顺——给华泰打电话定座！几个？"小赵按着人头数了数，"还有张大哥，就说六七位吧。明天晚六点。提我，不给咱们房间，不搂死贼兔子们！"嘱咐完张顺，拍了老李的肩膀一下："明天见，还得到所长家里去，"然后对大家说："明天晚六点，不另下帖啦。"想了想，似乎没有什么可操心的了，"张顺，找老王去，拉我上所长家里去。"

"没想到小赵能这样轻轻的饶了我，"老李心中暗喜，"大概他也看人行事，咱平日不招惹他，他怎好意思赶尽杀绝！"

三

五点半老李就到了华泰。

六点半吴先生邱先生来到。吴先生还是那么正直："我替约了孙先生，一会儿来。我来的太早了，军人，不懂得官场的规矩。茶房，拿炮台烟。当年在军队里，炮台烟，香槟酒，现在……"吴太极挺着腰板坐下追想过去的光荣。想着想着，双手比了两个拳式子，好像太极拳是文雅的象征，自己已经是弃武修文，摆两个拳式似乎就是做文官考试的主考也够资格。

张大哥和孙先生一齐来了，张大哥说："干吗还请客？"孙先生是努力的学官话，只说了个"干吗"，下半句没有安排好，笑了一笑。

小赵到七点还没来。

邱先生要了些点心，声明：先垫一垫，恐怕回头吃白兰地的时候肚子太空。老李连半点要白兰地的意思也没有，可是已被邱先生给关了钉儿，大概还是非要不可。

"我可不喝酒，这两天胃口又——"张大哥说。

老李知道这是个暗示，既然有不喝的，谁喝谁要一杯好了，无须开整瓶的，到底是张大哥。

外面来了辆汽车。一会儿，小赵抱着菱，后面跟着李太太和英。菱吓得直撇嘴。见了爸，她有了主心骨，拧了小赵的鼻子一把。

"诸位，来，见过皇后！"小赵郑重的向大家一鞠躬。

她不知怎好，把鞠躬也忘了，张着嘴，一手拉着英，一手在胸下拜了拜。小赵的笑往心中走，只在眉尖上露出一点，非常的得意。

"李太太，张罗张罗烟卷。"小赵把烟筒递给她。她没去接，英顺手接过来，菱过来也抢，英不给，菱要哭。拍，李太太给英一个脖儿拐，英糊里糊涂的只觉得头上发热，而没敢哭，大家都要笑，而故意不笑出来。李太太的新围巾还围着，围得特别的紧；还穿着那件蓝棉袍，没沿边，而且太肥。她看看大家，看看老李，莫名其妙。

"李太太，这边坐！"小赵把桌头的椅子拉出，请她入坐。她看着丈夫，老李的脸已焦黄。

救恩又来自张大哥，他赶紧也拉开椅子："大家请坐！"

李太太见别人坐，她才敢坐。小赵还在后边给拉着椅子，而且故意的拉得很远，李太太没留神，差点出溜下去。除了张大哥，其余的眼全盯着她。

大家坐好，摆台的拿过茶单来。小赵忙递给李太太。她看了看，菱——坐在妈旁边——拿过去了。"哟，还有发呢，妈，菱拿着玩吧？"她顺手把茶单往小口袋里放。小赵觉得异常有趣。"开白兰地！"酒到了，他先给李太太斟满一杯，李太太直说不喝不喝，可是立起来，用手拢着杯子。

"坐下！"老李要说，没说出来，咽了口唾沫。

小吃上来，当然先递给李太太，她是座中唯一的女人。摆台的端着一大盘，纸人似的立在她身旁。她寻思了一下："放在这儿吧！"

小赵的笑无论如何忍不住了。

张大哥说了话："先由这边递，茶房；不用论规矩，吃舒服了才多给小账。"他也笑了笑。

菱见大盘子拿走，下了椅子就追，一跤摔在地上，妈妈忙着过来，一边打地，一边说："打地，打，干吗绊我们小菱一跤啊？！"菱知道地该打，而且确是挨了打，便没放声哭，只落了几点泪。

老李的头上冒了汗。他向来不喝酒，可是吞了一大口白兰地。李太太看人家——连丈夫——全端起酒来，也呷了一口，辣得直缩脖子，把菱招得咯咯的笑起来。

菱用不惯刀叉，下了手。妈妈不敢放下刀叉，用叉按着肉，用刀使劲切，把碟子切得直打出溜；爽性不切了，向着没人的地方一劲咽气。

小赵非常的得意。

吴先生灌下两杯酒，话开了河，昔日当军人的光荣与现在练太极拳的成绩，完全向李太太述说一番。她的脸红一阵白一阵，不知说什么好。幸而张大哥问了她几句关于房子与安洋炉的事，她算是能找到相当的答对。孙先生也要显着和气，打着他自己认为是官话的话向她发问，她是以为孙先生故意和她说外国话，打了几个岔，脸红了几阵，一句也答不出。孙先生心中暗喜，以为李太太不懂官话。

老李像坐着电椅，浑身刺闹得慌。幸而小英在一旁问这个问那个，老李爽性不往对面看，用宰牛的力气给英切肉。

小赵要和老李对杯，老李没有抬头，两口把一杯酒喝净。小赵回头向李太太："李太太。先生喝净了，该您赏脸了！"李太太又要立起来。

"李太太别客气，吃鬼子饭不论规矩。"张大哥把她拦住。

她要伸手拿杯子，张大哥又发了话："老吴，你替李太太喝点吧；白兰地厉害，她还得照应着孩子们呢。"

吴太极觉得张大哥是看得起他，"老吴是军人，李大嫂，喝个一瓶两瓶没关系。"一口灌下去一杯，哈了一声，打了个抱虎归山，用手背擦了擦嘴。还觉得不尽兴，"老李，咱替了李太太一杯，咱俩得一对杯，公道不公道？请！"没等老李说什么，他又干了一杯，紧跟着，"开酒！"

老李没说什么，也干了一杯。

四

怎么到了家，老李不知道，白兰地把他的眼封上了。一路的凉风叫他明白过来，他看见了家，也看见了张大哥。看见张大哥，他的怒气借着酒气冲了上来。但是他无论如何不能向张大哥闹气，张大哥不能明白他——没有人能明白他！怒气变为伤心，多少年积蓄下的眼泪只待总动员令。他咧着大嘴哭起来。英和菱吓得不知怎好，都藏在妈妈的身旁。妈妈没吃饱，而且丢了脸，见丈夫哭，自己也不由的落泪。

张大哥由着老李哭，过去劝李太太："大妹妹，不用往心里去，这算不了什么！那群人专会捣坏，没有正经的。再遇上他们的时候，我告诉您，大妹妹，不管三七二十一，和他们嘴是嘴，眼是眼，一点别饶人，他们管保不闹了；您越怕，他们越得意。"

"不是呀，大哥，您看我，我不惯那么着呀，我哪斗得过几个大老爷们呀！"她越想越觉伤心，也要哭出声来。

"大妹妹，别，看吓着孩子们！"

李太太一听吓着孩子，赶紧把泪往肚子里咽。撺了把鼻子，委委屈屈的说："大哥您看，那个姓赵的来了，我不认识他，怎能和他走呢？可是他同丁二爷一块来的，我——"

"噢，丁二爷？"

"是呀，我认识丁二爷，小赵说什么，丁二爷都点头，我干吗再多心呢？他又都说得有眉有眼！他说您大兄弟请了女客，叫我去陪陪，我心里就想，要是不去，岂不叫您大兄弟不愿意？我还留了个心眼，到西屋问了问马老太太，老太太也认识丁二爷，说，去就去吧。及至到了那里，我一看并没有女客，就瞪了眼！没看见过这么坏的人，没看见过！"

张大哥觉得她说了这一片，也当够解气的了，又过来劝老李："老李，你睡去吧，这不算什么，小赵的坏，何必跟他生气？！"

老李连大气也没出，不便于说什么，张大哥不懂。

这个工夫，马老太太进来了。李太太走后，婆媳们又不放心了，念叨了一晚上。可是他们回来了，老李又哭起来，老太太莫名其妙。听见老李住了声才敢过来。"张先生，怎回事呀？"

"老李被同事们起哄灌醉了。您还没歇着哪，老太太？"

"没哪，她们娘儿三个走后，我又不放心了，直提心吊胆的一大晚上！"

"老李呀，你睡去，我该走了，明天见。"张大哥似乎有把这一案交给马老太太撕拉的意思。

老李没有要送出张大哥的意思，可是似乎是出于习惯，不由的立起来。张大哥怕他再恍摇得吐了，拦住了他。

马老太太和李太太说了几句也回到西屋去。李太太抱着菱上床去落泪。

老李坐在火旁，喝了一大壶开水，心中还觉得渴。头发紧，一声不语，心中烧着个没有火苗的闷火。他没有和李太太闹气的意思，虽然她是出了丑。他恨自己。为什么请小赵们吃饭？只为透着和气？不，为是避免太太出丑；可是终于是出了丑，而且是花了许多的钱！为什么怕太太出丑？跟小赵硬硬的，不请客，不请！小赵能把我怎样了？我的太太就是那样，就是那样！干什么想回避藏躲？自己，自己根本是腐朽社会意见的化身，不敢和无聊、瞎闹硬碰一碰，自己不算个人，没有人气！为什么不端起酒杯，对准了泼在小赵脸上？或是捏着小赵的鼻子灌他一杯醋？只会自己生闷气，不敢正眼看自己的太太！老觉得自己是个新人物，有理想，却原来是地道的怯货，不敢向小科员们说半个错字，不敢不给他们做开心的资料！

老李恨小赵不似恨张大哥那么深。对小赵，他只恨自己为什么不当场叫他吃点亏，受点教训，对张大哥，他没办法。这场玩笑，第一个得胜的是小赵，第二个是张大哥。看张大哥多么细心圆到，处处替李太太解围，其实处处是替小赵完成这个玩笑。为什么张大哥不直接的拦阻小赵？或是当场鼓动我或太太和小赵，嘴是嘴，眼是眼？张大哥哪敢那么办！他承认小赵的举动是对的，即使不是完全有分寸的。他承认李太太是该被人戏弄的，不过别太过火。那位二妹妹的丈夫，托人情考中了医生，还要托人情免了庸医杀人的罪名，这是张大哥的办法！任着小赵戏弄英的妈，而从中用好像很圣明的方法给她排解，好叫她受尽嘲笑，这是他的办法！他叫我接来家眷！

张大哥不敢得罪任何人，可是老李——他叫着自己——你自己呢？根本是和他一个模子刻出来的！你自己总觉得比张大哥高明，其实你比他还不济！假如有人戏弄张大嫂？张大哥也许有种不得罪人的办法替她解围。老李你呢？没有任何办法！小赵是什么东西？可是你竟自不敢得罪他。小赵替狗粪样的社会演活动电影，你自己老老实实的给他做演员！还说什么理想，革命，打倒无聊的社会规俗！哈，哈！

太太，自然是不高明。为什么把她接来，那么？谁把她接来的？就不敢像马老太太的儿子那样浪漫，连那样想想也不敢！你一辈子只会吃社会的屎！既然接来，为什么要藏藏躲躲？为什么那件蓝棉袍就不宜于上东安市场？为什么她就见不得小赵？

老李的闷火差不多把自己要烧裂了。越想头越疼，渐渐的他不能再清楚的思想了。

第九章

一

老李醒得很早，不敢再睡。起来，用凉水抹了抹脸，凉得透骨，可是头觉得轻松些。好歹穿齐了衣裳，上了街。街上清冷，有几个行人都缩着脖子，揣着手，鼻子冒着热气，走得很快。上哪里去？随便走吧。不思索什么，张大哥、小赵、吴太极，全不值得一想；在街上走，好了，走到哪儿是哪儿。几片胭脂瓣色的薄云横在东方，颇有些诗意：什么是诗意？噢，到了单牌楼。一家小牛奶铺已经挂出招牌，房沿那溜微微有些不很明的阳光。进去，吃了碗牛奶，半块点心，胃中有些发痛。再绕几步，干脆上衙门去，早早的，倒叫小赵看看我并不怕他。昨天为什么不惩治他一顿？绕了个大圈，腿已有些发酸，到了那个怪物衙门。办公室里还没有升火，坐下等着，老李是不会张顺李顺瞎喊的，好在科员们不喊，工友也不来，正好独自静坐一会儿。

坐了好久，连个鬼魂也没露面。忽然工友们像见了妖精，忙成一团，所长到了。"有人来了没有？有人没有？"所长连喊。

"二科的李先生来了。"七八个嘴一致的回答。

"请，请，到所长室去！"

老李到了所长室，所长似乎并不认识他，虽然老李在他手下已经小二年。所长有件十万火急的公事要顿时办好，他自己带到天津去。老李对公事很熟习，婆婆慢慢的开始动笔。所长在屋里喝茶、咳嗽、擦脸，好像非常的忙，而确是不忙。所长的脸像块加大的洋钱，光而多油，两个小豆眼，一个极大的肚子，小短腿，滚着走似乎最合适。

老李把公事办好，递给了所长，所长看完了公事，用小豆眼像检定钞票似的看了老李一眼。"李先生为什么来这么早？"老李自然不好意思说在家中闹了气，别的话一时也想不起，手心发了汗。工友们平日对老李正如所长对他那么冷淡，今天见李科员在御前办了公事，立刻增了几倍敬意，一个资格较老的代老李回答："李科员先生天天来得很早，是。"

所长转了转小豆眼，点了点头："好吧，李先生回来告诉秘书长，我到天津去，有要事打电话好了，他知道我的地点。"所长说罢，肚子似有动意，工友们知道所长要滚，争着向外飞跑。衙门外汽车嘟嘟的响起来，给清冷的早晨加上一点动力。所长滚出来，爬进车去，呼——一阵尘土，把清冷的街道暂时布下个飞沙阵。

小赵预备着广播李太太的出丑，一路上已打好了草稿，有枝添叶必使同事们笑得鼻孔朝天。哪知道，工友们也预备下广播节目：所长怎么带着星光就来了，而李科员一手承办了天大的公事，所长和李科员谈了好大好大半天，一边说一边转那对豆眼——谁也知道所长转眼珠是上等吉卦。小赵刚一进衙门，他的文章还没开口，已经接到老李的好消息。他登时改了态度，跑到科里找老李。"我说，老李，所长真是带着星星就来了吗？"

"不过早一点罢了。"老李不便于说假话，可是小赵不十分相信，而且觉得老李的劲儿有点傲慢。

"办什么公事来着？"

老李告诉了他，并且拿出原稿给他看。小赵看不出公事有多大重要，可是觉得老李的态度很和平日不同。"说，老李，你和所长怎么个认识？"

"我？所长没到任，我就在这儿，他来了不知为什么没撤我的差。"

"噢！"小赵心里说："天下还有那么便宜的事！单说所长太太手里就还有三百多人，会无缘无故的留下你！老李这小子心里有活，别看他傻头傻脑的。"然后对老李："我说，老李，所长没应下你什么差事呀？"

"办一件公事有什么了不得？"老李心中非常的讨厌小赵，可是到底不能不回答他。

"老李，大嫂昨天回家好呀，没骂我？"

"哪能呢？她开了眼，乐得直并不上嘴！"老李很奇怪自己，居然能说出这样漂亮的话来。

小赵心里更打了鼓，老李不但不傻，而且确是很厉害。同时：他要是和所长有一腿的话，我不是得想法收拾他，就得狗着他点，先狗他一下试试："老李，今天晚上我还席，可得请大嫂子一定到。我去请几位太太们：谁瞎说谁是狗！"

老李讨厌请客，更讨厌被请。不过，为和小赵赌气，登时答应了，心里说："小子，你敢再闹，不剥了你的皮！"

回家和太太一说，她登时瞪了眼。她本来预备着老李回来和她大闹一场，因为虽然自己确是没吃过洋饭，可是出丑到底是出丑。丈夫一清早就出去了！丈夫回来，并没向她闹气，心中安顿了一些，虽然是莫名其妙。听到又有人请客，而且还是小赵，泪当时要落下来——这一定是丈夫想用这种方法惩治我，再丢一回脸，而且还是小赵，泪当时要落下来——这一定是丈夫想用这种方法惩治我，再丢一回脸，而后二归一，和我总闹一回！

老李是不惯于详细的陈说，话总是横着出来，虽然没意思吵嘴。于是两下不来台。

"我不能再去，还是那群人，昨晚上还没把人丢够，再找补上点是怎着？"李太太的脸都气白了。

"正是因为那个，才必须去，叫他们看看到底那些坏招儿能不能把谁的鼻子擦了去！"

"自然不是你的鼻子！"

"我叫你去，你就得去；还有太太们呢！"

"不去定了，偏不去！"

老李知道这非闹一阵不可了。可是有什么意思呢？况且，犯得上和小赵赌气吗？赌过这口气又怎样？算了吧，爱去不去，我才不在乎呢！正在这么想着，小英发了话：

"妈，咱们去！今个要再吃那大块肉啊，我偷偷的拿回把叉子来，多么好玩！"

老李借这个机会，结束了这个纷争："好了，英去，菱去，妈妈也去。"

太太没言语。

"我五点回来，都预备好了。"

太太没言语。

五点，老李回来，心里想，太太准保是蓬着头发散着腿，一手的白面渣儿。还没到街门，看见英、菱，马老太太都在门口站着呢。两个孩子都已打扮好。

"老太太，昨个晚上没——"老李找不到合适的字眼向她致歉。

"没有，"老太太猜着了他应当说什么，"今天又出去吃饭？"

"是，"老李抱起菱来，"没意思！"

"别那么说，这个年头在衙门里做事，还短得了应酬？我那个儿——"老太太不往下说了，叹了口气。

李太太也打扮好了，穿着件老李向来没看见过的蓝皮袍，腰间瘦着一点，长短倒还合适，设若不严格的挑剔。

"马大妹妹借给我的，"李太太说，赶紧补了一句，"你要是不——我就还穿那件棉袍去。"

"那天买的材料为什么还不快做上？"

问题转了弯，她知道不必把皮袍脱下来，也没回答丈夫的发问，大概不是三言两语所能说明的。

她的头梳得特别的光，唇上还抹了点胭脂，粉也匀得很润，还打得长长的眉毛，这些综合起来叫她减少了两岁在乡间长成的年纪。油味，对于老李，也有些特别。

"东屋大妹妹给我修饰了半天。"李太太似乎很满意。

为什么由坚决不去赴宴，改为高高兴兴的去，大概也与大妹妹有关系，老李想到，不便再问。

"马奶奶看家，大婶看家，我们走了。"李太太不但和气，语声都变得温婉了些，大概也是受了大妹妹的传染。

小赵请的是同和居。他们不必坐车，只有那么几步！可是这么几步，英也走了一脚尘土，一边走一边踢着块小瓦片，被爸说了两句，不再踢了，偷偷的将瓦片拾起藏在口袋里。

二

怪不得吴太极急于纳妾。吴太太的模样确是难为情：虎背熊腰，似乎也是个练家子，可是一对改组脚，又好像不能打一套大洪拳——大概连太极都得费事。横竖差不多相等，整是一大块四方墩肉，上面放着个白馒头，非常的白，仿佛在石灰水里泡过三天，把眼皮、鼻尖、耳唇都烧红了，眉毛和头发烧剩下不多。眉眼在脸上的布置就好像男小孩画了个人头轮廓，然后由女小孩把鼻眼等极谨慎的密画在一处，四围还余着很宽的空地，没法利用。眼和耳的距离似乎要很费些事才能测定。说话可是很和气，像石灰厂掌柜的那样。

吴太极不敢正眼看太太，专看着自己的大拳头，似乎打谁一顿才痛快。

邱先生的夫人非常文雅，只是长相不得人心。瘦小枯干，一槽上牙全在唇外休息着。剪发，没多少头发。胸像张干纸板，随便可以贴在墙上。邱先生对太太似乎十分尊敬，太太一说话，他赶紧看众人的脸上起了什么反应。太太说了句俏皮话，他巡视一番，看大家笑了，他赶快向太太笑一笑，笑得很闷气。

孙先生的夫人没来。他是生育节制的热烈拥护者，已经把各种方法试行了三年，太太是一年一胎，现在又正在月子里。做科员而讲生育节制，近于大逆不道。可是孙先生虽"讲"而不伤于子女满堂，所以还被同事们尊敬，甚至于引起无后的人们的羡慕："子女是天赐的，看人家孙先生！"

倒还是张大嫂像个样子，服装打扮都合身份与年纪。

小赵的太太没来——不，没人准知道他有太太没有。他自己声明有个内助，谁也没看见过。有时她在北平，有时她在天津，有时她也在上海，只有小赵知道。有人说，赵太太有时候和赵先生在一块住，有时候也和别人同居；可是小赵自己没这样说，也就不必相信。

有太太们在座，男人们谁也不敢提头天晚上的事，谁也没敢偷着笑李太太一下；反之，大家都极客气的招待她和两个小孩。

老李把各位太太和自己的比较了一下，得到个结论：夫妻们原来不过是那么一回事，"将就"是必要的；不将就，只好根本取消婚姻制度。可是，取消婚姻制度岂不苦了这些夫人，除了张大嫂，她们连一个享受过青春的也没有，都好像一生下来便是三十多岁！

方墩的吴太太、牙科展览的邱太太、张大嫂和穿着别人衣裳的李太太，都谈开了。妇女彼此间的知识距离好似是不很大：文雅的大学毕业的邱太太爱菱的老虎鞋，问李太太怎样做。方墩太太和张大嫂打听北平的酱萝卜属哪一家的好。张大嫂与乡下的李太太是彼此亲家相称。所提出的问题都不很大，可是彼此都可以得些立刻能应用的知识与经验，比苏格拉底一辈子所讨论的都有意思的多。据老李看，这些细小事儿也比吴先生的太极拳与纳妾、小赵的给所长太太当差、张大哥的介绍婚姻更有些价值。而且女人们——特别是这些半新不旧的妇道们——只顾彼此谈话，毫不注意她们的丈夫，批评与意见完全集中在女人与孩子们，决牵涉不到男人身上；男人们一开口就是女的怎样，讨厌！老李颇有些羡慕与尊敬女人的意思，几乎要决定给太太买一件皮袍。

饭吃得很慢，谁也没敢多喝酒，很有礼貌。吴太极虽然与张大哥坐一处，连一个"妾"字也没敢说。孙先生也没敢宣传生育节制的实验法，只乘着机会练习了些北平的俗语，如"猪八戒照镜子，里外不是人"之类。

小赵本想打几句哈哈，几次刚一张嘴，被文雅的邱太太给当头炮顶了回去。邱先生本要给太太鼓掌，庆祝胜利，被太太的牙给吓老实了——邱太太用当头炮的时候，连下边一槽牙也都露出来，颇有些咬住耳朵不撒嘴的暗示。老李觉得生命得到了平衡，即使这几位太太生下来便是三十多岁，也似乎没大关系。

饭后，太太们交换住址，规定彼此拜访的日期，亲热得好似一团儿火。

三

过了两天，老李从衙门回来，看太太的脸上带着些不常见的笑容，好像心中有所获得似的。"吴太太来了。"她说。

他点点头，心里说："方墩！"

"吴太太敢情也不省心呀？"她试着路儿说。

"怎么？"

"吴先生敢情不大老实呢！"

老李哼了一声。男人批评别人的太太，妇人批评自己的丈夫！

"他净闹娶姨太太呢，敢情！吴太太多么和气能干呀，还娶姨太太干吗？"

老李心中说："方墩！"

"你可少和吴先生在一块打联联。"

啊，有了联盟！男人不专制，女人立刻抬头，张大哥的天秤永远不会两边同样分量，不是我高，便是你低，不会平衡！

"我和他有什么关系呢？"

"我是这么说，吴太太说男人们都不可靠。"

"我也不可靠？"

"没你的事，她不过那么说说，你就值得疑心？"话虽然柔和，可是往常她就不敢这样说。

老李想嘱咐她几句，不用这么拉老婆舌头，而且有意要禁止她回拜方墩太太去，可是没说出来。对于尊敬妇女的意思，可是，扫除了个干干净净。男女都是一样，无聊，没意义，瞎扯！婚姻便是将就，打算不将就，顶好取消婚姻制度。家庭是个男女、小孩、臭虫、方墩样的朋友们的一个臭而瞎闹的小战场！老李恨自己没胆气抛弃这块污臭的地方！只是和个知己——不论是男是女——谈一谈才痛快。哪里去找？家庭是一汪臭水，世界是片沙漠！什么也不用说，认命！

四

李太太确是长了胆子。张大嫂，吴方墩，邱太太，刚出月子的孙太太，组成了国际联盟，马家婆媳也是会员国。她说话行事自然没有她们那样漂亮，那样多知多懂，那样有成见，可是傻人有个傻人缘。况且因为她，她们才可充分表示怜爱、辅助、照管、指导的善意，她是弱小国家，她们是国联行政院的常务委员。她们都没有像英和菱这样的孩子，张大嫂的儿女已长大，孙太太的又太小，邱太太极希望得个男孩，可是纸板样的身体，不易得个立体的娃娃；只就这两个小孩发言立论，李太太就可以长篇大论，振振有词。邱太太虽是大学毕业，连生小孩怎样难过的劲儿都不晓得，还得李太太讲给她听。还有，她来自乡间，说些庄稼事儿，城里的太太觉得是听鼓儿词。邱太太就没看见过在地上长着的韭菜。

依着马少奶奶的劝告，李太太剪了发，并没和丈夫商议。发留得太长，后边还梳上两个小辫。吴方墩说，有这一对小辫可以减少十岁年纪，老李至少也得再迟五年才闹纳妾。可是老李看见这对小辫直头疼，想不出怎样对待女人才好；还是少开口的为是，也就闭口无言。可是夫妻之间闭上嘴，等于有茶壶茶碗，而没有茶壶嘴，倒是倒不出茶来，赶到憋急了，一倒准连茶叶也倒出来，而且还要洒一桌子。老李想劝告她几句："修饰打扮是可以的，但是要合身份，要素美；三十多岁梳哪门子小辫？"这类话不好出口，所以始终也没说，心里随时憋得慌。况且，细咂这几句的味道，根本是布尔乔亚，老李转过头来看不起自己。看不起自己自然不便再教训别人。

对于钱财上，她也不像原先那样给一个就接一个，不给便拉倒，而是时时向丈夫咕唧着要钱。不给妻子留钱，老李自己承认是个过错，可是随时的索要，都买了无用的东西，虽然老李不惜钱，可也不愿看着钱扔在河里打了水漂儿。谁说乡下人不会花钱？张家，吴家，李太太常去，买礼物，坐来回的车……回来并不报告一声都买了什么，而拉不断扯不断的学说方墩太太说了什么，邱太太又做了什么新衣裳。老李不愿听，正和不愿听老吴、小赵们的扯淡一样。在衙门得听着他们扯，回家来又听她扯，好像嘴是专为闲扯长着的。况且，老李开始觉到钱有点不富裕了。

更难堪的是她由吴邱二位太太学来些怎样管教丈夫的方法。方墩太太的办法是：丈夫有一块钱便应交给太太十角；丈夫晚上不得过十点回来，过了十时锁门不候。丈夫的口袋应每晚检查一次，有块新手绢也当即刻开审——这个年月，女招待、女学生、女理发师、女职员、女教习，随时随处有拐走丈夫的可能。邱太太的办法更简单一些，凡有女人在，而丈夫不向着自己太太发笑，咬！

果然有一天，老李十一点半才回来，屋门虽没封锁，可是灯息火灭，太太脸朝墙假睡，是假睡，因为推她也不醒嘛！老李晓得她背后有联盟，劝告是白饶，解释更显着示弱，只好也躺下假睡。身边躺着块顽石，又糊涂又凉，石块上边有一对小辫，像用残的两把小干刷子。"训练她？张大哥才真不明白妇女！'我'现在是入了传习所！"老李叹了口气。有心踹她一脚，没好意思。打个哈欠，故意有腔有调的延长，以便表示不困，为是气她。

老李睡不着，思索：不行，不能忍受这个！前几天的要钱，剪发，看朋友去，都是她试验丈夫呢；丈夫没有什么表示，好，叫着抓住门道。今个晚上的不等门是更进一步的攻击，再不反攻，她还不定怎么成精作怪呢！在接家眷以前，把她放在糊涂虫的队伍中；接家眷的时候，把她提高了些，可以明白，也可以糊涂；现在，决定把她仍旧发回原籍——糊涂虫！原先他以为太太与摩登妇女的差别只是在那点浮浅的教育；现在看清，想拿一点教育补足爱情是不可能的。先前他以为接家眷是为成全她，现在她倒旗开得胜，要把他压下去。她的一切都讨厌！半夜里吵架，不必：怕吓住孩子们。但是不能再和这块顽石一块儿躺着。他起来了摸着黑点上灯，掀了一床被子，把所有的椅子全搬到堂屋拼成一个床，把大衣也盖上。躺了半天，屋里有了响动。

"菱的爹，你是干吗呀？"她的声音还是强硬，可是并非全无悔意。

老李不言语，一口吹灭了灯，专等她放声痛哭：她要是敢放声的嚎丧，明天起来就把她送回乡下去！

太太没哭。老李更气了："皮蛋，不软不硬的皮蛋！橡皮蛋！"心里骂着。小说里，电影里，夫妇吵架，而后一搂一吻，完事，"爱与吵"。但是老李不能吻她，她不懂，没有言归于好的希望。爱与吵自然也是无聊，可是到底还有个"爱"。好吧，我不爱，也不吵：顽石，糊涂虫！

"你来呀，等冻着呢！"她低声的叫。

还是不理，只等她放声的哭。"一哭就送去，没二句话！"老李横了心，觉得越忍心越痛快。半夜里打太太的人，有的是，牛似的东西还不该打！

"菱的爹！"她下了床，在地上摸鞋呢。

老李等着，连大气不出。街上过去两次汽车，她的鞋还没找着。

"你这是干吗呢？"她出来了，"我有点头疼，你进来我没听见，真！"

"不撒谎不算娘们！"他心里说。

"快好好的去睡，看冻着呢！洋火呢？"她随问随在桌子上摸，摸到了洋火，点上灯，过来掀他的被子。"走，大冷的天！"

老李的嘴闭得像铁的，看了她一眼。她不是个泼妇，她的眼中有点泪。两个小辫撅撅着，在灯光下，像两个小秃翅膀。不能爱这个妇人，虽然不是泼妇。随着她进了屋里，躺下。等着她说话，她什么也没再说。又睁了半天眼，想不出什么高明招数来，赌气睡了。

第十章

一

旧历年底。过年是为小孩，老李这么想，成人有什么过年的必要？给英们买来一堆玩具，觉得尽了做父亲的责任，新年自然可以快乐的过去。

李太太看别人买东道西，挑白菜，定年糕，心里直痒痒，眉头皱得要往下滴水。

老李看出来，成人也得过年；不然，在除夕或元旦也许有悬梁自尽的。给了太太二十块钱。"你爱买什么就买什么，把钱都给了狗也好。"心里说。

赶上个星期天，他在家看孩子，太太要大举进攻西四牌楼。

马老太太也提着竹篮，带着十来个小罐，去上市场收庄稼。

老李和英们玩开了。菱叫爸当牛，英叫爸当老虎。爸觉得非变成走兽不可，只好弯着身来回走，菱粗声的叫着。

"菱，"窗外细声的叫，"菱，给你这个。"

"哎——"菱像小猫娇声低叫似的答应了声，开开门。

老李急忙恢复了原形。马少奶奶拿着一个鲜红的扁萝卜，中间种好一个鹅黄的白菜心，四围种着五六个小蒜瓣，顶着豆绿的嫩芽。"噢，大哥在家哪？大嫂子呢？"她提着那个红玩意，不好意思退回去。

"她买东西去了，"老李的脸红了，咽了口气，才又说出来，"您进来！"

她不愿进去，可是菱扯住她不放，英也上来抱住腿。

老李这才看明白她，确是好看！不算美，好看。浑身上下没有一处不调匀，不轻巧。小小的身量，像是名手刻成的，肩头、腿肚，全是圆圆的。挺着小肉脊梁，项与肩的曲线自然、舒适、圆美。长长的脸，两只大眼睛，两道很长很齐的秀眉。剪着发，脑后也扎了两个小辫——比李太太的那两个轻俏着一个多世纪！穿着件半大的淡蓝色皮袍，自如，合适，露着手腕。一些活泼、独立、俊秀的力量透在衣裳外边，把四围的空气也似乎给感映得活泼舒服了，像围着一个石刻杰作的那点空气。不算美，只是这点精神力量使她可爱。

老李把她看得自己害了羞！她往前走了两步，全身都那么处处活动，又处处不特别用力的，不自觉而调和的，走了两步。不是走，是全身的轻移。全身比那张脸好看的多。"我把这个挂在哪儿，英？"她高高的提着那个萝卜。"不是拿着玩的，挂起来，赶明儿白菜还开小黄花呢。"她对英们说，可是并没故意躲避着老李。

"叫爸顶着！"英出了主意。

老李笑了。马少奶奶看了看，没有合适的地方，轻轻把萝卜放在桌上："我还有事呢。"说着就往外走。

"玩玩，玩玩！"菱直央告。

老李急于找两句话说，想不出。忽然手一使劲，来了一句："您娘家贵姓呀？"不管是否显着突乎其来，反正是一句话。她没吓一跳，唇边起了些笑意，并说："姓黄。"那些笑意好似化在字的里边，字并不美，好听。

"不常回娘家？"他似乎好容易抓到一点，再也不肯放松。

"永远不回去，"她拍着菱的头发说，"他们不许我回去。"

"怎么？"

她又笑了笑，可是眉头皱上了些："他们不要我啦！"

"那可太——"老李想不出太怎么来。

"菱，来，跟我玩去。"她拉着菱往外走。

"我也去！"英抱起一堆玩物，跟着往外走。

她走到门口，脸稍微向内一偏，微微一点头。老李又没想起说什么好。

他独自看着那个红萝卜，手插在裤袋里，"为什么娘家不要她了呢？"

二

李太太大胜而归。十个手指头没有一个不被麻绳杀成了红印的，双手不知一共提着多少个包儿。鼻尖冻得像个山里红，可是威风凛凛，屋门就好似凯旋门。二十块只剩了一毛零俩子儿，还没打酱油、买羊肉和许多零碎儿。老李不便说什么，也没夸奖她。她专等丈夫发问，以便开始展览战利品，他始终没言语。她叹了口气说："羊肉还没买呢！"他哼了一声。

老李心中直责备自己：为什么不问她两句，哪怕是责备她呢，不也可以打破僵局吗？可是只哼了一声！他知道他的心是没在家，对于她好像是看过两三次的电影片子，完全不感觉趣味。

丁二爷来了，来送张家给干女儿的年礼。英们一听丁二大爷来了，立刻倒戈，觉得马姊娘一点也不可爱了，急忙跑过来，把玩意全放在丁二大爷的怀里。丁二爷在张大哥眼中是块废物，可是在英们看，他是无价之宝。

老李对丁二爷没什么可说的。可是太太仿佛得着谈话的对手。她说的，丁二爷不但是懂得，而且有同情的欣赏。

"天可真冷！"她说。

"够瞧的！滴水成冰！年底下，正冷的时候！"他加上了些注解。

"口蘑怎那么贵呀！"李太太叹息。

"要不怎么说'口'蘑呢，贵，不贱，真不贱！"丁二爷也叹息着。

老李要笑，又觉得该哭。丁二爷是废物，当然说废话，可是自己的妻子和废物谈得有来有去的！打算夫妇和睦，老李自己非也变成个丁二爷不可，可是谁甘于做废物，说废话！"您坐着，我出去有点事，"老李抓起帽子走了出去。他走后，太太把买来的东西全和丁二爷研究了一番，他给每件都顺着她的口气加上些有分量的形容：很好，真便宜，太贵……李太太越说越高兴，以为丁二爷是天下唯一能了解她的人。英们也爱他。英说："二大爷当牛！"二大爷立刻说："当牛，当牛，我当牛！"菱说："二大，举菱高高！"二大立刻把她举起来："举高高，举菱高高！"把二大爷和爸比较起来，爸真不能算个好玩的人。英甚至于提议："二大爷，叫爸当你的爸，你呀当我们的爸，好不好？"二大爷很高兴，似乎很赞成这种安排法。妈妈也不由的这样想：设若老李像丁二爷，那要把新年过得何等快活如意！可惜，丁二爷不会挣钱，而老李倒是个科员——科员自然是要难伺候一些的。

老李没回来吃午饭。太太心中嘀咕上了。莫非他还记恨着那天晚上的碴儿？也许嫌我花银太多，还是讨厌丁二爷？她看见了那个扁红萝卜。

"这是哪儿来的？"

"东屋大婶给送来的，"英说。

"我上街的时候，她进来了？"

菱抢在英的前面："妈去，婶来，爸当牛。"

"噢！"天大的一个"噢"！一日夫妻百日恩，他不能还记恨着我。丁二爷是好人。花钱，男人挣钱不给太太花，给谁？给养汉老婆花？其中有事！人家老婆不在家，你串哪家子门儿呀？你的汉子不要你，干吗看别人的汉子眼馋呀？李太太当时决定，把东屋的野老婆除名，不能再算国联的会员国，而且想着想着出了声："英，菱，"声音不小，含有广播的性质。"英，少上人家屋里去！自己没有屋子吗？听见没有？小不要脸的！撞什么丧，别叫我好说不好听的胡卷你们！"

英和菱瞪了眼，不知妈打哪里来的邪气。

李太太知道广播的电力不小，心中已不那么憋得慌。把种着鹅黄色菜心的红萝卜一摔，摔在痰盂里，更觉得大可以暂告一段落。

三

老李是因为躲丁二爷才出去，自然没有目的地。走到顺治门，看了看五路电车的终点，往回走。走到西单商场又遇上了丁二爷。丁二爷浑身的衣裳都是张大哥绝对不想再留着的古玩，在丁二爷身上说不清怎么那样难过，棉袍似秋柳，裤子像莲蓬篓，帽子像大鲜蘑菇，可是绝对不鲜。老李忽然觉得这个人可怜。或者是因为自己觉得饿与寂寞，他莫名其妙的说了句："一块去吃点东西怎样？"

丁二爷咽了口气，而后吐出个"好"！

在商场附近找了家小饭馆。老李想不起要什么好，丁二爷只向着跑堂的搓手，表示一点主张也没有。

"来两壶酒？"跑堂的建议。

"对，两壶酒，两壶，很好！"丁二爷说。

其余的，跑堂建议，二位饭客很快的通过议案。

老李不大喝酒，两壶都照顾了丁二爷。他的脸渐渐的红上来，眼光也充足了些，腮上挂上些笑纹，嘴唇咂着酒味动了几次，要说话，又似乎没个话头儿。看了老李一眼，又对自己笑了笑，口张开了："两个小孩真可爱，真的！"

老李笑着一点头。

"原先我自己也有个胖男孩，"丁二爷的眼稍微湿了点，脸上可是还笑着，"多年了，"他的眼似乎看到很远的过去，"多年了！"他拿起酒盅来，没看，往唇上送，只有极小的一滴落在下唇上。把盅子放下，用手捣着，愣了半天，叹了口气。

老李招呼跑堂的，再来一壶；丁二爷连说不喝了，可是酒到了，他自己斟满，呷了一口，"多年了！"好像他心中始终没忘了这句。"李先生，谢谢你的酒饭！多年了！"他又喝了一口。"妇女，妇女，"他脸上的笑容已经不见，眼直看着酒盅，"妇女最不可靠，最不可靠，您不恼丁二，没出息的丁二，白吃饭的丁二，这么说？"

老李觉着不大得劲，可是很愿听听他说什么，又笑了笑："我也是那么看。"

"啊！丁二今天遇见知己：喝一口，李先生！我说妇女不可靠，看我这个样，看！都因为一个女人，多年了！当年，我也曾漂亮过，也像个人似的。娶了亲，哼！她从一下轿就嫌我，不知道为什么，很嫌我！我怎么办？给她个下马威，哼！她连吃子孙饽饽的碗都摔了。闹吧，很闹了一场。归齐，是我算底。丁二是老实人，很老实！她看哪个男人都好，只有我不好！谁甘心当王八呢？但是——喝一口，李先生。但是，我是老实人。三年的工夫，我是在十八层地狱里！一点不假，第十八层！打，我打不了，老实，真老实！我只能一天到晚拿这个，”他指了指酒盅，“拿这个好歹凑合着度过一天，一月，一年，一共三年！很能喝点，一斤二斤的，没有什么。”他笑了笑，似乎是自豪，又像是自愧。

老李也抿了一口酒，让丁二爷吃菜，还笑着鼓舞着丁二往下说。

“事情丢了，谁要醉鬼呢？从车上翻出来，摔得鼻青脸肿；把刚开的薪水交给要饭的；把公事卷巴卷巴当火纸用；多了，真多，都是笑话。可是醉卧在洋沟里，也比回家强！强的多！自己的胖小子，就不许我逗一逗，抱一抱；还有人说，那不是我丁二的儿子！她要是把孩子留下，她自己干脆跑了，丁二还能把酒一断，成个人。她不跑，及至她把我人和钱全耗净，我连一件遮身的大衫都没有了，她跑了，带着我的儿子！我还有什么活头呢？有人送给我一件大衫，我也把它卖了，去喝酒。张大哥从小店里，把我掏了出来，我只穿着半截裤子，腊月天，小店里用鸡毛蒜皮烧着火！我忘不了她，忘不了我的儿子。她在哪儿呢？干什么呢？我一天到晚，这么些年了，老盼望有封信来——不管是打哪儿来的——告诉我个消息。邮差是些奇怪的人，成天成年给人家送信，只是没有我的。儿子。唉！完了，我丁二算是完了！妇女要是毁人，毁到家，真的！李先生，谢谢你的酒饭！见了张大哥别说我喝酒来着：从一入他的家门，没喝过一滴酒。李先生，谢谢你！”

“你还没吃饱呢？”老李拦住了他。

"够了，真够了，遇见了知己，不饿。多年了，没人听我这一套。天真、秀真小的时候，还爱听我说，现在，他们长大了，不再愿听。谢谢。李先生！我够了。得上街去溜一溜嘴里的酒味，叫张大嫂闻见，了不得，很了不得！"

四

老李心中堵得慌。一个女人可以毁一个或者不止一个男子，同样的，男人毁了多少妇女？不仅是男女个人的问题，不是，婚姻这个东西必是有毛病。解决不了这样大的问题，只好替自己和丁二爷伤心。丁二爷不那样讨厌了。世上原没讨厌的人，生活的过程使大家不快活，不快活自然显着讨厌，大概是这么事，他想。假如丁二爷娶了李太太，假如自己娶了——就说马少奶奶吧，大概两人的生活会是另一个样子？可也许更坏，谁知道！他上了天桥，没看见一个讨厌的人，可是觉得人人心的深处藏着些苦楚。说书的，卖艺的，唱蹦蹦戏的，呹喝零碎布头的，心中一定都有苦处。或者那听书看戏捧角的人中有些是快活的。可是那种快活必是自私的，家中有几个钱，有个满意的老婆，都足以使他们快活，快活得狭小，没意义，像臭土堆上偶尔有几根绿草，既然不足以代表春天，而且根子扎在臭土堆上，用人生的苦痛、烦恼、不平堆起来的。

回到家中，孩子们已钻了被窝。太太没盘问他，脸上可是带着得意的神气。

李太太确是觉着得意，指槐骂柳的卷了马少奶奶一顿，马少奶奶连个大气也没出。理直的气壮，马少奶奶的理不直，怎能气壮？李太太越想越合理。丈夫回来了，鼻子耳朵都冻得通红，神气也不正，都是马家的小娘们的错儿！丈夫就是有错也可以原谅，那个小不要脸的是坏东西。对丈夫不要说穿，只须眼睛长在他身上，不要叫那个小坏东西得手。况且已经骂了她一顿，她一时也未必敢怎样。保护丈夫是李太太唯一的责任。她想得头头是道，仿佛已经征服了砖塔胡同和西四牌楼一带。对丈夫，所以，得拿出老大姐的气派，既不盘问上哪儿去了一天，并且脸上挂出欢迎他回来的神气，叫他自己去想！

老李以为太太的得意是由于和丁二爷谈得投缘。由她去。可是太太要跟了丁二爷去，自己该怎样呢？谁知道！丁二是可怜的废物。

李太太急于要知道的是马少奶奶有什么表示。设若她们在院中遇见，而马少奶奶的鼻子不是鼻子，眼睛不是眼睛，那便有点麻烦。决不怕她，不过既然住着人家的房，万一闹大发了，叫人家撵着搬家，事儿便闹明，而自己就得面对面的和丈夫见个胜负。虽说丈夫也没什么可怕的，可是男人的脾气究竟是暴的，为这个事挨顿打，那才合不着呢！李太太不怕，稍有点发慌。不该为嘴皮子舒服而惹下是非。再说捉奸要双，哪能只凭一个红萝卜？就是捉奸要双的话，也还没听说过当媳妇的一刀把丈夫和野娘们两个一齐杀死！哪个男人是老实的？可是谁杀了丈夫不是谋害亲夫？越想越绕不过花儿来，一夜没有睡好，两次梦见野狗把年糕偷了走。

第二天，他很想和马少奶奶打个对面。正赶上天很冷，马少奶奶似乎有不出屋门的意思。李太太自己也忙着预备年菜，一时离不开厨房。蒸上馒头之际，忽然有了主意："英，上东屋看看大婶去。"

"昨儿不是妈不准我再去吗？"黑小子的记忆力还不坏。

"那是跟你说着玩呢，你去吧。"

"菱也去！"她早就想上东屋去。

"都去吧。英，好好拉着菱。"

两位小天使在东屋玩了有一刻来钟，李太太在屋门口叫："英啊，该家来吧，别净给大婶添乱，大年底下的！"

"再玩一会儿！"英喊。

"家来吧，啊？"李太太急于听听马少奶奶的语气。

"在这儿玩吧，我不忙。"马少奶奶非常的和气。

"吃过了饭，大妹妹？"李太太要细细的化验化验。

"吃过了，您也吃了吧？"非常的和蔼，好听。

一块石头落了地："莫非她昨天没听见？"李太太心里说。然后大声的说："你们都好好的，不许和大婶讪脸，听见没有？"

看着蒸锅的热气，李太太心里那块小石头又飞来了。"她不能没听见。也许是装蒜呢，嘴儿甜甘心里辣！也许是真不敢惹我？本来是她不对，就是抓破了脸，闹起来，也是她丢人。二十来岁的小媳妇，没事儿上街坊屋里去找男人！"这么一想，心中安顿下去，完全胜利！

五

年底末一次护国寺庙会。风不小，老李想庙上人必不多，或者能买到些便宜花草什么的，买些水仙，或是两盆梅花，好减少些屋中的俗气。所谓俗气，似乎是指着太太而言，也许是说张大嫂送来的那付对联，未便分明的指定。

庙上人并不少，东西当然不能贱卖，老李纳闷人们对过年为什么这样热心。大姑娘、小媳妇、痰喘咳嗽的老头子，都很勇敢的出来进去。有些个并不买东西，仿佛专为来喝风受冻吃土看大姑娘。生命大概是无聊，老李想，不然——刚想到这儿，他几乎要不承认他是醒着了，离他不远，正在磁器摊旁，马少奶奶！他的脸忽的一下热起来。

"走哇，大年底下的别发呆呀！"一个又糟又偏的老头子推了老李一把。

他机械的往前挪了两步，不敢向她走去，又愿走过去。他硬着胆子，迷迷糊糊的，假装对他自己不负责任的，向她走了去。怕他自己的胆气低降，又怕她抽身走开，把怕别的事的顾虑都压下去；不管一切了，去，去，鼓舞着自己；别走，别走，心中对她祷告着！今天就是今天了，打开一切顾忌，做个也还敢自由一下的人！

她仿佛是等着他呢，像一枝桃花等着个春莺。全世界都没有风，没有冷气，没有苦闷了，老李觉得，只有两颗向一处拧绕的心。他们谁也没说什么，一同往庙外走。老李的心跳得很厉害，生命的根源似乎起了颤动，在她的身旁走！她低着头，可是腰儿挺着，最好看的一双腿腕轻移，肩圆圆的微微前后的动，温美的抵抗着、轻视着一切。

他们并没有商议，进了宝禅寺街，比大街上清静一些。老李不敢说话——一半是话太多，不能决定先说哪一句；一半是不肯打破这种甜美的相对无语。

可是她说了话："李大哥，"她的眼向前看着，脸上没有一点笑意。"以后你，啊，咱们，彼此要回避着点。我真不愿说，您知道大嫂子骂了我一顿吗？"

"她——"

"是不是！"她还板着脸，"设若你为这个和她吵架，我就不说了！"

"我不吵架，敢起誓！她为什么骂你？"

"那个红萝卜。好啦，事情说明了，以后我们——噢，我要雇车了。"

"等等！告诉我一件事，为什么你的娘家不要你了？"

她开始笑了笑。"我一气都说了，好不好？'他'是我的家庭教师，给我补习英文算术，因为我考了两次中学都没考上。后来我跟他跑出来，所以家里不准我再回去。其实，央告央告父母，也没有什么完不了的事，不过，求情，不干！婆母对我很好，也不愿离开她。没什么！"她好似是赶着说，唯恐老李插嘴。说完，她紧了紧头纱，向前赶了几步，"我雇车回去了。"她加紧的走，胸更挺得直了些。忽然回过头来，"别吵架！"

她雇上了车。世界依然黑冷多风，而且最恼人。老李整个的一个好梦打得粉碎！他以为这是浪漫史的开始，她告诉他的是平凡而没有任何色彩的话。她没拿他当个爱人，而是老大姐似的来教训他，拒绝他。她浪漫过，她认为老李是不宜于浪漫的人，老李是废物，是为个科员的笨老婆而活着的——别吵架！一枝桃花等着春莺？一只温美的鸽儿躲避着老鹰！老李的羞愧胜过了失望。失望中还可以有希望，自惭，除了移怒于人，只能咒诅自己速死。在庙中用了多少力量才敢走向她去，结果，最没起色的一块破瓦把自己打倒在粪堆上。恨她便是移怒，老李不肯这样办，只好恨自己吧！自己一定是个平庸恰好到了家的人——平庸得出奇也能引人注意，没人注意老李。就是丁二爷大概也比我强，他想。不敢浪漫，不敢浪漫，自己约束了这么些年了；及至敢冒险了，心确是跳了——只为是丢人！两颗心往一处拧绕？谁和你拧绕？老李的头碰在电线杆上，才知道是走错了路。

再说，太太竟自敢骂人，她也比我强！她的坏招数也许就是马少奶奶教给的，而马少奶奶是商鞅制法，自作自受。可是这个小妇人不去反抵，而来警告我；她也许是好意——为维持我的身份。臭科员，老李——他叫着自己——你这一辈子只是个臭科员，张大哥与马少奶奶都可怜你，善意的，惨酷而善意的，想维持你。你只在人们的怜悯中活着，挣点薪水，穿身洋服，脸上不准挂一点血色，目不旁视，以至于死！老李想上城外，跳了冰窟窿，可是身不由己的走回家去。别吵架！

第十一章

一

　　年节到了，很热闹。人人对于新旧岁换班的时节有些神秘的刺激与感应。只是老李觉不出热闹来。太太做年菜，还张大嫂等的礼物，给小孩子打扮。他虽然也有时候帮着动动手，可是手只管动，或是嘴只管吃，心并没在这些上面。在院中遇上马少奶奶两回，他故意的低了头；等她过去，狠命的看她的背影。她是个谜，甚至于是个妖怪；他是个平凡到家的东西；越爱她的高傲独立的精神，越恨他自己的懦弱没出息。吃着太太做的年菜，脸上竟自瘦了些。在无可奈何之中，自己硬找出安慰的药品：这就是爱的滋味吧？脸上瘦，手上烫，心中渺茫，希望做好梦而梦中常是哭泣与乱七八糟？

　　除夕，太太与小孩们都睡了，他独自点起一双红烛，听着街上的人声与爆竹响。街上越乱他越觉得寂寞。似乎听见东屋有些低悲的哭声，可是她正在西屋与老太太做伴呢。

　　炉火的爆炸，烛光的跳动，使他由寂寞而暴躁。他听着西屋里婆媳们说话，想听到一两个字，借此压下他的暴躁去；听不清，心中更不知如何是好了。

　　他由西屋里出来。老太太咳嗽了一阵，息了灯。

　　他隔着窗子看看东屋，今晚也点的是蜡烛，因为窗上的影子时时跳动。他轻轻开了门，立在阶上。天极黑，星星比平日似乎密得加倍。想起幼时的迷信——三十晚上，诸神下界。虽然不再相信这个，可是除夕的黑暗却有一种和平之感，天尽管黑冷，而心中没有任何恐怖；街上的爆竹声更使人感到一点界乎迷信与清醒之间的似悲似欢的心情。他对着星星们叹了口气，泪在眼中。又加了一岁，白活！他觉着有点冷，可是舍不得进去。她的影子在窗上移动了两次，她嗑瓜子呢。街上放了极大的几个麻雷子。他有些摸不清他是干什么呢，这个世界干什么呢。他又看了看星们，越看越远越多，恨不能飞入黑空，像爆竹那样响着，把自己在空中炸碎，化为千万小星！她出来了，向后院走去，大概没有看见他。他的心要跳出来。随着一阵爆竹声，她回来了。门外来了个卖酪的，长而曲转的吆喝了两声。她到了屋门，愣了愣，要拉门，没有拉，走出。他的心里喊了声，去，机会到了！可是他像钉在阶上，腿颤起来，没动。嗓子像烧干了似的，眼看着她走了出去。街门开了。静寂。关街门。微微有点脚步声。她一手端着一碗，在屋前又愣了会儿。屋内透出的烛光照清她手内的两个小白碗。往西走了两步，她似乎要给婆母送去，又似乎不愿惊动了老太太，用脚尖开开了门，进去。

老李始终没动。她进了屋中，他的心极难堪的极后悔的落下去；未泄出的勇气自己消散，只剩下腿哆嗦。他进到屋中，炉火的热气猛的抱住他，红烛的光在满屋里旋转。他奔了椅子去，一栽似的坐下，似乎还听见些爆竹声，可是很远很远，像来自另一世界。

二

老李因为不自贵，向来不肯闹病。头疼脑热任其自来自去。较重的病才报告张大哥，张大哥自有家藏的丸散膏丹——连治猩红热与白喉，都有现成的药。老李总不肯照顾医生。

这次，他觉得是要病。他不怕病，而怕病中泄露了心里的秘密。他本能的体会到，假若要病，一定便厉害——热度假如到四十八，或一百零五，他难免要说胡话。只要一说胡话，夫妻之间就要糟心。

他勉强支持着，自己施行心理治疗。假装不和病打招呼，早晨起来到街上走一遭。街上是元旦样的静寂，没有什么人，铺户还全关着；偶尔有个行人，必是穿着新衣服，脸上带着春联样的笑意。老李刚走出不远便折回来了，头上像压着块千斤石；上边越重，下边越轻，一步一陷，像踩着棉花。他咬着嘴唇，用力的放脚，不敢再往远处去。回到家中，他照了照镜子，眼珠上像刚抹了红漆，一丝一丝的没有抹匀。他不肯声张，穿着大衣坐下了，忽然的立起来，把帽子像练习球队似的一托一接。

"爸，你干什么玩呢？"英问。

他打了个冷战，赶紧放下帽子。他说了话，可是不晓得说什么呢。又把帽子拿起来，赶紧又放下。一直奔了卧室去，一头栽倒在床上。

新年的头几天，生命是块空白。

到了初五，他还闭着眼，可是觉出有人摸他的脑门，他知道那是太太的手，微微睁开眼，她已变了样，像个久病的妇人：头发像向来没有梳过，眼皮干红，脸上又老了二年。她的眼神，可是，带着不易测量的一股深情，注视着他的头上。他又闭了眼，无力思索，也不敢思索。他在生死之际被她战败！他只能自居病人，在她的看护下静卧着，他和婴儿一样的没能力。他欠着她一条性命的人情。

他愿永远病下去，假如一时死不了的话。可是他慢慢的好起来。她还是至少有多半夜不睡。直到他已能起来了，她仍然不许他出去方便。她好似不懂什么是干净，哪里是污浊，只知道有他。她不会安慰他，每逢要表示亲爱的时候只会说："年菜还都给你留着呢，快好，好吃一口啊！"这个，不给老李什么感动。可是有一天夜间，他恰好是醒着，她由梦中惊醒："英的爸！英的爸！"老李推了她一下，她问："没叫我呀？好像听见你喊了我一声。"

"我没有。"

"我是做梦呢！"她不言语了。

老李不能再睡，思想与眼泪都没闲着。

太太去抓药，老李把英叫来："菱呢？"

"菱叫干妈给抱走了。"

"干妈来了？"

"来了，张大哥也来了。"

"哪个张大哥？"老李想不起英的张大哥是谁，刚要这么问，不由的笑了，"英，他不是你的大哥，叫张伯伯。"

"妈老叫他张大哥，嘻嘻。"黑小子找到根据。

老李没精神往下辩论，待了半天："英，我说胡话来着没有？"

"那天爸还唱来着呢，妈哭，我也哭了。"英嘻嘻了两声，追想爸唱妈哭，自己也哭的情景，颇可笑。"菱哭着叫干妈给抱走了。我也要去，妈把我拦住了，嘻嘻。"英想了会儿，说："东屋大婶也哭来着，在东屋里。妈不理我，我就上东屋去玩，看见大婶的大眼睛——不是我说像俩星星吗？——有眼泪，好看极了，嘻嘻。"

"马奶奶呢？"老李故意的岔开。

"老奶奶天天过来看爸，给爸抓过好几次药了。妈妈老要自己去，老奶奶抢过药方就走，连钱也不要妈妈的。那个老梆子，嘻嘻。"

"说什么呢，英？"

"干妈净管张大——啊，伯伯，叫老梆子，我当是老人都叫老梆子呢。"

"不准说。"

黑小子换了题目："爸，你怎么生了病？嘻嘻。"

爸半天没言语。英以为又说错了话，又嘻嘻了两声。

"英，赶明儿你长大了，你要什么样的小媳妇？"老李知道自己有点傻气。

"要个顶好看的，像东屋大婶那么好看。我戴上了大红花，自己打着鼓，咚，咚咚，美不美？"

老李点点头，没觉出英的话可笑。

三

病中是想见朋友的。连小赵似乎也不讨厌了。张大哥是每两天总来望看一次，一来是探病，二来是报告干女儿的起居，好像菱是位公主。丁二爷正自大有用处：与李太太说得相投，减少她许多的痛苦，并且还能帮忙买买东西——丁二爷好像只有两条腿还有些作用，而且他的腿永远是听着别人的命令而动作。老李至少是欢迎丁二爷的腿。丁二爷怎样丢了妻子与职业，怎样爬小店，连英都能背诵了。相距最近的是最难相见的，而是老李最想见的——她。她不肯来，他无法去请，他觉得病好了与否似乎都没大关系。继而一想，他必须得好了，为太太，他得活着；为责任，他得活着，即使是不快乐的活着，他欠着她的情。他始终想不到太太的情分是可以不需要报酬的；也许是因为不自私，也许是因为缺少那么一股热力，叫他不能不这么想。他只能理智的称量夫妻间互相酬报的轻重。东屋的——没有服侍过他，但是，他能想到他能安心的接收她的服务，而不想任何义务与条件，这也许是个梦想，但是他相信。因此，一会儿他愿马上好了，去为太太挣钱，为太太工作；一会儿他又怕病好了，病好了去为太太工作，为太太挣钱——一种责任，一种酬劳。只足证明是不自私，只能给布尔乔亚的社会挣得一些荣誉；对自己的心灵上，全不相干！

他想菱，又怕菱回来更给太太添事，他不肯再给太太添加工作，似乎应当找个女仆来，说："得找个老妈子。"

李太太想了会儿，心中一向没有过这个观念。四口人的事，找老妈子？工钱之外，吃、喝，还得偷点？再说，有了仆人，我该做什么，仆人该做什么？况且，我的东西就不许别人动：我的衣裳叫老妈子粗枝大叶的洗，洗两回就搓几个窟窿？我的厨房由她占据着……她的回答很简单："我不累！"

"我想菱。"他说。

"接回来呀，我也怪想的呢！"

"菱回来，不又多一份事？"

"人家有五六个孩子的呢，没老妈子也没吃不上喝不上！"

"怕你太累！"

"不累！"

老李再没有话说。

"要是找老妈子，"李太太思索了半天，"还不如把二利找来呢。"

二利是李太太娘家的人，在乡下做短工活，会拉吕宋烟粗细的面条、烙饼和洗衣裳，跑腿自不用提。

老李还没对这个建议下批评，小赵来了，找老妈子一案暂行缓办。

小赵很和气，并且给买来许多水果。

所长太太已经知道老李和他的病势，因为小赵的报告。不仅是报告，小赵还和所长太太讨论过——而且是不止一次——对待老李的办法。老李没有得罪过小赵，因此小赵要得罪老李。小赵对所长太太这么说："老李这小子，在所长接任的时候，没被撤差；他硬说和所长没关系，谁信！咱们手里三百多人全挤不上去，他和所长没关系，没一点关系！前者所长单单挑他给办了件要紧的公事，连我和秘书长都不知道！不乘早儿收拾他，他不成精作怪才怪。收拾他！他现在病了。跟所长说，撤他！"

所长太太手心直痒痒，被手里那三百多人给抓弄的。她和所长开了谈判。所长不承认他和老李认识。及至谈到那天早晨老李替他办了件公事，他才想起有这么个姓李的。赶到提及老李生病，所长给了不能撤换老李的理由——晨星不明。撤换谁都可以，晨星是换不得的。可是衙门中人物，除了老李，似乎都直接间接与所长太太和小赵有关系：要撤只能撤老李，而所长决定不肯撤换晨星。所长向来怕太太，现在他要决定是服从太太呢，还是服从吕祖。他觉得服从太太的次数比服从吕祖的次数太不调匀了，这次他应当服从吕祖一回。他竟自和太太叫上了劲。太太告诉了小赵，小赵恨不能揍吕祖一顿。

所长是崇信吕祖的。对于吕祖的教训，他除了财色两项未便遵照办理，其余的是虔守神谕。在上天津的前夕，吕祖下坛，在沙盘上龙飞凤舞的写了四个大字——晨星不明。第二天早晨，所长到了衙门，遇上了老李。李科员必是晨星了！老李请病假，应验了晨星不明。恰巧所长又贪了点赃，虽然只是五六万块，究竟在给吕祖磕头的时候觉得有不大一点难钱过，正好用遵行晨星不明来将功赎罪。保护晨星是种圣职，不惜与太太小有冲突，虽然太太有时候比吕祖还厉害。神与太太都当敷衍，暂时决不撤换晨星。万一太太长期抵抗，决不让步，到时候再说。比如说过两个月再撤换李科员，岂不是吕祖、太太、大家的脸面上都过得去？

小赵要把这颗晨星摘下来，扔在井里。一时既摘不下，不免买些水果祭一祭病星，借机会套套老李的实话。假如老李说了实话，晨星自然不能再有作用，便马上收拾他。假如他自认为是晨星，那就得另想主意，设法运动吕祖，叫吕祖说，比如晨星"过"明一类的话，所长自会收拾他手下过明的星星。小赵非常的和气，亲弟兄似的和老李谈了四十多分钟，不得要领。小赵一出屋门把牙咬上了，一出街门骂上了："不收拾了你不姓赵！"

老李觉得自从一病，人类进步了许多，连小赵都不那么讨厌了。

四

从正月到二月初，胜利完全是李太太的。

张大嫂把菱送回来，好一顿夸奖干女儿。"有什么妈妈，有什么女儿，这个得人心劲儿的，小嘴多么甜甘哪！"

老李向来没觉出太太的嘴甜甘。

吴方墩太太来了，扑过老李去："李先生，多亏大妹妹呀，你这场病！一个失神呀，好——"她闭上了眼，大概是想象老李死去该当什么样式。

邱太太来了，扑过老李去："李先生，还是旧式的夫人！昨天听说，一位大学教授死在传染病医院，他的夫人始终就没去看他一次，怕传染！什么话！"文雅的邱太太有意把李太太加入《列女传》里去。

张大哥又来了，连皱眉带咳嗽都显然的表示出："我叫你接家眷，有好处没有？这场病不幸亏有她？一来闹离婚，两来闹离婚，到底是结发夫妻！"口中虽没这么明说，可是更使人难过，老李只好设法躲着张大哥的眼睛与眉毛。

张大哥近来特别的高兴，因为春天将到，男婚女嫁自应及时举办，而媒人的荣耀也不减于催花的春雨。张大哥说了许多婚姻介绍的趣事，老李似乎全没注意去听，最后张大哥的烟斗指着窗外，说："老李，衙门里这两天要出人命！"老李正欣赏着张大哥的衣裳：净蓝面缎子的灰鼠皮袍，宽袖窄领。浅蓝的薄绸棉裤，散裤角，露着些草黄色的毛袜。黑皮鞋。

"人命？"他重了这两个字，因为只听到这么一点话尾。

张大哥的左眼闭死，声音放低，腔调改慢，似乎要低唱一部史诗："吴太极和小赵！"

"吴太太前两天还来了呢。"老李说。

"她当然不便告诉你。吴太极惹了祸，小赵又不是轻易饶人的人，事情非闹大了不可！"

老李静候着张大哥往下说。

"你知道吴太极没事就嚷嚷纳妾？"

老李点了点头。

"练太极练的，精力没地方发泄！方块太太大概也管束得太严。事情可就闹糟了。你知道小赵常提到太太，可是没人见过赵太太？"张大哥笑了，大概是觉出自己过于热心述说，而说得有点乱了。

正在这个当儿，丁二爷疯了似的跑进来。

"您快回家，天真叫巡警拿去了！"

第十二章

一

无论怎么说，老李是非出去不可。病没全好而冒险出去，是缺乏常识。但是为别人牺牲至少是有意思的。自从生下来到现在，他老是按部就班的活着，他自己是头一个觉到这么活着是空虚的。张大哥虽然是瞎忙，到底并不完全为自己忙。人与人的互助是人生的真实，不管是出于个人情愿，还是社会组织使人能相助相成。谁也再不拦住他到张大哥家中去。他的腿还软着，可是心意非常坚定，雇了辆车去赶张大哥。

张大嫂已哭得像个泪人——天真是被五花大绑捆走的。

没看见过张大哥这么难受，也想不到他可以这么难看。脸上一点血色也没有了，左眼闭着，下眼皮和嘴角上的肉一齐抽动，一声不发，嗓子里咯咯的咽气。手颤着，握着烟斗。

老李进了屋中便坐下了，只觉得自己没有能力，自己是废物，连一句话也说不出。

张大哥看见老李进来，并没立起来，愣了好大半天，他忽然睁开左眼，眨巴了几下，用力咽了口气，猛的立起来，叫了声"老李！"没有再说别的，往外走，到了屋门，看了张大嫂一眼："我找儿子去！"

张大嫂除了说天真是被绑走的，其余一概不知。

丁二爷在院中提着一笼破黄鸟，来回的走，一边走一边落泪："小鸟，小鸟！你叫一声，叫一声！你要是叫一声，天真就没危险！叫！叫！"小鸟们始终不叫。

二

第二天，老李决定上衙门，虽然还病病歪歪。

吴太极已经撤了差，邱先生、张大哥都请假，熟人中只见了孙先生。孙先生是初次到北平，专为学习国语，所以公事不会办，学问没什么，脑子不灵敏，而能做科员，因为学习国语是个人的事，做科员是为国家效劳，个人的事自然比国事要紧的多。孙先生打着自创的国语向老李报告：

"吴太极儿，"他以为无论什么字后加上个"儿"便是官话，"和小赵儿，哎呀，打得凶！压根儿没完，到如今儿没完，哎哟，凶得很！"

"为什么呢？"连慢性的老李也着了急。

"小赵儿呀，有个未婚妻儿，压根儿顶呱呱，呱呱叫！"

"他还没娶过，那么？"

"压根儿没娶过，压根儿也娶过，瘸子的屁股儿，斜门！"孙先生非常得意用上一句，"怎么讲呢？他娶过，娶过之后，哎呀，小赵儿凶得咧，送给别人。那么，压根儿他是娶过，可又压根儿没娶过，凶！你我老老实实，规规矩矩，作勿来，作勿来。小赵儿到处会骗，百八十块，买一个儿来，然后，搽胭脂抹粉儿，送了出去，油滑鬼儿，压根儿的！"孙先生见神见鬼的把声音放低："你晓得，他在所长家里？所长的——是他的人儿，哎哟，漂亮得很！小赵儿和她把所长儿给……怎么说？对，抬起来。将来，小赵儿自己有市长儿的希望，凶！这回又弄了一个儿，刚刚十九岁儿。他想调教好，送出去，送给团长旅长儿，说不定。噢，对，是个旅长儿，姓王的，练得好拳脚儿，猴子拳，梅花掌，交关好。小赵儿，官话有的说，狗熊的舅舅，猩猩儿，精得咧。把她交给了吴太极儿，叫老吴儿教给她点拳术儿，十三妹，凶；旅长儿爱十三妹，凶！"孙先生的唾沫溅了老李一脸，喘了口气，继续说："哎呀，吴太极儿吃了蜜哉！肥猪拱门，讲北平的话，三下两下，噗，十九岁的大姑娘儿！小赵儿正上了天津，压根儿做梦。前几天儿回来了，一看，哎呀，煮熟的——什么，北平的讲话，鹅，还是鸭儿？"

"鸭子！"

"对，煮熟的鸭子儿又飞了！压根儿气得脖子有大腿粗，凶！小赵儿，吴太极儿，是亲戚哟！吴太极儿是吴太急儿。小赵儿哪里放得过，啪，啪，两个嘴巴子，哎呀，打得吴太极儿好不伤心儿！吴，工夫是好的，拳头这么大，可是，莫得还手，羞得咧，没面目！小赵儿打出——什么？嗜好？有了，打出瘾来了。对吴太极讲，姓吴的，你来等着我，我去约一百一千一万人来搂你！可是，方墩儿太太动了手，樊梨花上阵儿，一下子，哎呀，把小赵儿压在底下，压根儿几乎压死，大方墩儿，三百多斤，好家伙的很！要不是吴太极儿拉开，小赵儿早成介大扁杏仁儿。哎呀，小赵儿爬起来，不敢再讲打，压根儿的！不讲武的，讲文的，登报纸，打官司，凶，吴太极儿撤了差！"

"小赵呢？"老李问。

"小赵儿？大家都说他呱呱叫。老吴儿，他们讲，不是东西。"孙先生看了看表，"哎呀，先去一会儿，得闲再讲。"摆好科员的架式，孙先生走了出去。

老李急于打听张大哥的事，可是孙先生走了。科里只剩下他自己，不好意思也出去。他思索开孙先生的一片官话。男人是要不得的，他想：女人的天真是女人自作的陷阱，女人的姿色是自然给女人的锁镣，女人的丑陋是女人的活地狱，女人怎么着也不好，都因为男子坏！

不对，这还不仅是男女个人的事，而是有个更大的东西，根本要不得。老李不便往远处想，衙门里这群人就是个好例子。所长是谁？官僚兼土匪。小赵？骗子兼科员。张大哥？男性的媒婆。吴太极？饭桶兼把式匠。孙先生？流氓兼北平俗语搜集者。邱先生？苦闷的象征兼科员。这一堆东西也可以组成一个机关？

再看那些太太们，张大嫂、方墩、孙太太、邱太太，加上自己的那一位，有一个得样的没有？

这些男女就是社会的中坚人物，也要生儿养女，为民族谋发展？笑话！一定有个总毛病，不然，这群人便根本不应当存在。既然允许他们存在，除了瞎闹，叫他们干什么？

老李闻到一股臭味。他嘱咐自己：不必再为自己那一点点事伤心了。在臭地方不会有什么美满生活，臭地方不会出完好的女子，即使能恋爱自由又能美到哪儿去？他心中有了些力量。往大处看，往大处看，真正的幸福是出自健美的文化——要从新的整部的建设起来：不是多接几个吻，叫几声"达儿灵"就能成的。

他决定不再关心吴太极的事！最自然的事，最值不得大惊小怪的事。吴太极和小赵谁胜谁败有什么关系呢。得杀了小赵们的文化，人生才能开香的花，结真的果。小赵，吴太极，不值一提。

自己那位太太，何必再想，她与千千万万的妇女一样的可怜。东屋的——也不再想，她也不值得一顾，一片烧焦草原上的一棵草。

那么，干什么呢？帮助张大哥把天真救出来？为什么？只为张大哥好娶个儿媳妇，请上一千号人来贺喜？

但是，人情，人情。张大哥到底不是坏人。

假如决定不去管张大哥的事，又该做什么呢？

又到了死葫芦头！这个社会是和老李开玩笑呢，他动也不是，不动也不是。他没法安排自己。他要在一个臭水沟儿里跑圆圈，怎能跑得圆？他的头疼起来，回家！科里只有他一个人：谁管，空三年也没关系。

三

"苦闷的象征"出头给吴赵调解，以便减少苦闷。吴太极依然很正直，怎么说都行。小赵摇头。赶到邱先生和后补十三妹过了话，他知道小赵输了。十三妹愿意跟吴太极！她原来绝对不是孙先生所形容的那个"十九岁的大姑娘"。十九岁，或者还不假；大姑娘，她自己说在十四岁上已变成妇人。从十四到十九，她已经过好几道手，只要一听见洋钱响，她便知道又要改姓。吴太极教她白鹤亮翅的时候，因为教得细腻，连"我永远爱你"也附带着说了，而且起下血誓。她以为跟谁也好，只要不再过手，所以决不再跟小赵去。小赵的头摇得不那么有把握了。他要求赔偿。吴太极没钱。方墩太太手里有点积蓄，她叫小赵亲自去取：小赵没有做大扁杏仁的志愿，不敢去。邱先生非常得意："小赵丢了个人，老吴丢了官，两不饶。大家的面子，何必太认真。"小赵虽不甘心，可是方墩太太确是厉害，况且万一把吴太极逼急了，那一对拳头！邱先生也指破此点：

"小赵，等老吴真还敬你两个嘴巴，你可吃不了兜着走！得了，你打了他，他没还手，他的理短。知道什么时候大家又在一处混事，得留情处且留情，是不是，小赵？"小赵追想自己的手在吴太极脸上啪啪，也总得算过瘾；可是方墩那一压，深幸自己有些骨力，不然……

不过，既不能直接由吴家得到赔偿，设法由别处得些是当然的。吴太极的缺还没补上。想到这里，小赵让步了，不再和老吴捣乱："让他享受去，我慢慢的惩治他。老邱，看你的面子，我暂时不再和他闹气。"邱先生十分高兴，小赵开始计划怎样谋吴太极的缺。

邱先生打着得胜鼓向老李报告。老李看邱先生肯代吴赵调停，灵机一动："邱先生，我们是不是应当联名具保，保天真一下呢？"

"哪个天真？"

"张大哥的少爷，他就这么一个儿子！"老李想打动邱先生的同情心。

邱先生没言语。

老李应当改换题目。可是他把邱先生看得太高了，他又追了一句："你看怎样？"

"什么？"邱先生翻了翻白眼。

老李只听见"什么"，没看见白眼："保天真哪。"

"那，对不起，没我。"

老李的心凉了。等邱先生出去之后，老李的心又热起来：哼，臭事有人管，好事没人做！咱老李做定了！

老李原来并不以为保释天真是好事，或是有什么意义。经邱先生一拒绝，他叫上了劲。平日张大哥是大家的好朋友，一旦有事，大家袖手旁观！吴赵的事比起张家的是臭事，张大哥是丢了儿子！老李马上草了一个呈文，每个字都斟酌了三四遍，然后誊清，拿着去找孙先生，心里说，不能人人都像邱先生吧？

"哎呀，老李儿，好文章，呱呱叫。"孙先生接过保状，一边看一边夸赞。凡是有孙先生不识的字的文章都是好文章，所以他连呼"好文章，呱呱叫！"看完，他递给老李："好，压根儿好！"

"签个字吧？"老李极和气的说。

"我呀？叫我签字呀？哎呀，等下看，等下看。文章是好的，呱呱叫！"

老李拿起笔来，自己签上了名："我先把自己写在前面，等正式誊录的时候，再商量一下谁领衔好。"

"好，好的很。我还等一下，等一下。"

老李在各科转了一遭，还就是邱先生痛快，其余的人全是先夸奖他的文笔，而后极谦恭和蔼的，绕着圈的，不"说"不签字，而不签字。保状被大家已揉得不像样子，上边只有老李一个人的名字。

老李倒不生气了，他恨不能替张大哥哭一场。张大哥的整个生命消磨在维持人，现在，他自己有事了……设若张天真死了，张大哥为他开吊请客，管保还进一千号人情。这群人们的送礼出份子是人情的最高点，送礼请客便是人道。救救天真？退一步说，安慰安慰张大哥的心？出了他们的人道范围！老李对着那张保状发愣。忽然抓起来，撕得粉碎，扔在地上。

四

老李回到家中，方墩太太正和李太太鼻一把泪一把的谈话。见他进来，她的泪更有了富裕："李先生，这些朋友里还只有你这么一个好人，给我出个主意！那个小妖精，我受不了，受不了！"

老李一时想不到小妖精是谁，或者吴宅这两天闹妖精？及至吴太太又说了几句，他才明白过来：十三妹又变成小妖精。也许她还是后补十三妹，不过在方墩的眼中她变了形。老李心中慢慢找到了一条清楚的路线：小赵与方墩太太有亲属的关系，因此吴太极才能在财政所找着个差事。在小赵与老吴吵闹的时节，方墩太太一定是左右为难，帮助娘家人欺侮丈夫，不好；帮助丈夫和小赵干，也不好。赶到小赵动了手，而且声言去班兵征讨，她决定了帮助丈夫，于是把小赵压在地上。打退了小赵，再把那个贱丫头撵出去，吴太太岂不是大获全胜？合计着闹来闹去，只是老吴丢了差事，而她自己毫无损失：差事搁下再去谋，衙门里不出铁杆庄稼。谁知道那个贱人跟定了老吴，又被邱先生这一调停给关了钉，盘大拳头的丈夫，硬被个小妖精缠住！方墩太太脸上减了半斤多肉。

李太太完全同情吴方墩，可是她没好主意，而且没把事情的内容听清楚。她很恨小赵，并不因为这件事。她也恨吴太极：放着好好的方墩不要，单要小妖精，不要脸！

老李把事里的钩套圈全看清楚，但是从心中不爱管这种事，况且刚在衙门里生了一肚子气，更没有心肠安慰吴太太，他三言两语给搪出去了："吴太太，去和老邱要主意，他也许有高明办法。"心里说："什么人会办什么事，老李管不着尊府上的臭事！"然后对她说："要不然，爽性离婚！"老李要不是心中有气，决不肯为别人出这种极端的办法。现在，他是被那口气逼着，他觉得破坏是必需的。老邱会敷衍：要敷衍，找老邱去；咱老李的办法是离婚，要不然，您自己去另找位男人，假如有人愿要块大方墩的话。这个，叫他心中痛快了些，破坏！我老李还不定跟谁跑了呢！

"离婚？"吴太太似乎没想到过，"你是什么话呀，李先生？这还不够丢人的，再闹离婚？"

老李没说什么。

吴太太的眼睛找了李太太去。

李太太一时聪明，想起个主意来："你偷偷的把那个小东西给小赵送回去，不就完了吗？"

"这倒是个主意，大妹妹，是个主意，"方墩因为脖子太粗不能点头，一劲儿眨巴眼。"我回去再想想，啊——想起来了，我找邱太太去，看她有主意没有。"吴太太似乎决定不再向男人们要主意。

五

邱太太赞成离婚："我们没儿没女，丈夫不讲情理，何必一定跟他呢！"

方墩连头带脖子一致的摇了摇："说着容易呀，离婚，吃谁去？"

"难道咱们就不会找个事做？我没结婚的时候就不想出嫁，及至结了婚，事事得由我做主。丈夫向我摇头，好，咱马上还去做事；闲气，受不着！"

"可是你有那个本事，我没有呀！"方墩含着泪说。

邱太太忘了，妇女不都是大学毕业。可是既然这么说了，不便再改口——她是以"个性强"自命的。"那也没关系，叫他给你生活费呀。真凭实据，他是对你不忠，叫他拿钱！"

"他也得有哇！"方墩心里更难过了，"当初他做军官的时候，钱来得容易去得快。军队解散了，他一闲就是二年，大吃大喝的惯了，叫他省俭，不会。入了财政所之后，我是一把死拿，能把过一块是一块，一毛是一毛。可是薪水是有一定的，任凭怎么省吃俭用，还能都剩下？就说都能剩下，一共能有几个钱？哎！都是我命苦，谁叫没个儿子呢！设若有个儿子，他管保不敢闹娶小；我并不是不跟他闹死闹活的吵哇，可是咱们妇人任凭怎么精明，没儿子到底堵不住丈夫的嘴！其实没儿子能都怨我吗？他年青的时候，胡逛八扯。哎，什么也不用说，命苦就结了！"吴太太叹了口长气。

谈到没儿子，邱太太心中也不好受了。可是为显出个性强，不便和方墩一同叹气。"我也没儿子，我也极愿意得个小孩，可是结婚这么几年也没有过喜，没有就没有吧，我才不在乎！我知道邱先生也盼着有个小孩，可是他，他连对我皱下眉也不敢，哼！"

方墩和纸板对坐不语。方墩没得着一点安慰，纸板心中也不十分舒服。

第十三章

一

老李去看张大哥。张大哥已经不像样子了，头发好像忽然白了许多，眼陷在坑儿里。关于媒人的一切职务全交给了丁二爷。丁二爷的办法很简单：有人来找媒人——"没在家。"老李不敢告诉张大哥，同事们怎么拒绝在保状上签字；他只觉得来安慰朋友是一种使心里舒坦的事，因为并没有多少用处。张大哥还始终没见着天真，虽然已跑细了腿。

"老李！"张大哥拉住友人的手，"老李！"嘴唇颤起来，别的话没有说出，只剩了落泪。

老李理会到张大哥是怎样的难过。张大哥在五十来岁丢了儿子，生命已到了尽处。但是他不会安慰人。除了能代张大哥做有效的奔走，再说，安慰的话，即使说得好听，又有什么用。他决定去设法营救天真，只来看看张大哥是没意义的。

以张大哥的人缘与能力，他只打听到：天真是被一个全能的机关捕了去，这个机关可以不对任何人负责而去办任何事。没人知道它在哪里，可是人人知道有这么个机关。被它捕去的人，或狗，很少有活着出来的。张大哥在什么机关都有熟人，除了在这个神秘得像地府的地方。人情托遍了，从众人的口气中他看出来，天真至少是有共产党的嫌疑，说不定已经做了鬼。张大哥已经筋疲力尽，只剩了把自己哭死，微微有点光明，他是不会落泪的；他现在已完全走进雾阵中。设若天真死在他眼前，他只要痛哭一阵就够了。现在他是把自己终身的一切全要哭出来，平生一句得罪人的话没说过，一个场面没落后过，自己是一切朋友的指导师，临完，儿子是共产党！天真设若真这么死了，张大哥没法再往下活。平日，张大哥永远留着神，躲着革命党走，非到革命党做了官，决不给送礼，而儿子……

老李看出来，张大哥只有两条路，除了哭死便是疯了。拿些硬话刺激他？没用。张大哥的硬气只限于狠命的请客，骂一句人他都觉得有负于社会的规法。老李没的说。

衙门的人，他只剩下没见所长与小赵。见所长？或者还不如见小赵。央求小赵是难堪的事，可是为朋友，无法。

找到了小赵。

"啊，老李，"小赵先开了口，"正找你呢！有事没有？洗澡去？"

老李心里说，这小子一定有什么故典。跟他走！

一进澡堂的大门，小赵就解衣裳，好像洗澡与否无关紧要，上澡堂专为脱光眼子。到了客座单间，小赵已经全光，觉得才与澡室内的一切调和。点上香烟，拍着屁股，非常写意。

"老李，抖哇……"小赵的眼珠又在满脸上跳舞了一回，"拿着保状各科走走，真有你的！知道要升头等科员了，叫全衙门的得瞻丰采？有你的，行！"

"什么头等科员？"

"还装傻不是？！老李你也太厉害了，谁不知道吴太极的缺是由你补！还跟我装傻，真有心打你俩脖儿拐！吴是头等科员，我给他运动上的。那小子吃里爬外，咱把他请出了。你和他同科，又是所长的人，又恰好是二等科员，不由你补由谁补？还用装傻！老李，吃点东西好不好？"

小赵在澡堂里什么也想着，除了洗澡。

"我不吃什么。我告诉你，小赵——"

"对了，这就对了，叫我小赵。什么李先生赵先生，官话；小赵，老李，多么痛快，多么自己。还非是小赵老李不行，不信换换个，老赵小李就不大好听。"

老李确是头一次当着小赵管他叫"小赵"，因为讨厌他。"我告诉你，小赵，不用给我造谣言。我与所长没关系，更无意做头等科员。据我看，倒是维持维持老吴有点意思。老吴与我也没关系，他可是你的亲戚，何必——"

"咱们可不准再提吴太极！"小赵的眼珠跳回原位，"亲戚？亲戚霸占人家的未婚妻！我跟他没完！咱小赵是有恩的报恩，有仇的报仇，男子汉大丈夫！就拿你说，老李，自从我一和你见面，心里就说，这是个朋友；猩猩惜猩猩，好汉爱好汉！"眼珠又跳出去："告诉我，老李，吴太极的缺怎样了？要是落在你手里，我没话可讲，你是个朋友。万一落在别人手里，比如说那个老孙，咱小赵就不能好好咽这口气。所长太太手里人还多着呢，不过真落在个好朋友手中，我自有向所长太太给美言几句的，决不给破坏：虽然我'能'从中给破坏！看这像句话不像，老李？"

"我还是那句话，不知道。我今天找你是为求你点事。"

"求？把这个字收起去！你不会说，小赵，给我办点事去！求？什么话！说你的，老李。"

"我说完，只要你痛快的'行'，或是'不行'，不准来绕弯的！"

老李心里舒服了许多，今天可敢和小赵旗鼓相当的干了。"还是那回事，救张天真。衙门里没一个人肯伸伸手，我是有心无力，你怎样？"

"我？行！不为天真，还不为张大哥？行！你说怎办吧？"小赵拍着屁股说。

"我没办法。张大哥连天真拘在哪里也还不知道。你要能给打听出来就是天大的善事，大哥眼看着快疯了。打听出来，咱们再想办法，是不是？"

"一点也不错。我去打听，容易的很；小赵没有别的好处，就是眼皮子杂点儿。"小赵的眼珠改为连跳带转，转了几遭，他的脸板起来，"可有一样，老李，你得答应我一件事！"

"说吧！"

"好！你真没有谋老吴的缺？"

"对天起誓，我没有！"

"好！假如我给你运动，你干不干？"

"没意思！"

"好！你没意思，咱对张家的事也没意思，吹！"

"我干呢？"

"我去营救天真。"

"行了！"

"我的办法与步骤是——"

"不必告诉我！"

"好！我怎办怎好？"

"只要你能帮助张大哥！"

"好！事情都交给我了！"

"都交给你了！对于我，牺牲也好，耍弄也好，对于张大哥，只准帮忙，不准掏一点坏！"

"好！"

二

老李非常的痛快。帮助张大哥，没有什么了不得。跟小赵说得强硬，也算不得什么，小赵原是不要脸的货。可喜的是居然敢把自己押给小赵，任凭他摆布，浮士德！心里说，"看小赵的，看他把我怎样了！"生命开始有些味道。回到家中，不由的想和太太谈一谈。她不懂，衙门里那群人当然也不懂，不懂又有什么关系呢，且自己享受着：大侠，神秘，浪漫。黑暗的社会是悲剧的母亲，在悲剧中敢放胆牺牲的是个人物。老李不知不觉的多吃了一碗饭。

李太太心中，这两天，只有两件事：给孩子们拆洗春衣和惦记着方墩太太。不放心方墩正是不赞成丈夫——给人家出主意离婚！谁说老李老实？老实人叫方墩离婚？她对离婚是怎回事不大清楚，在她的心目中离婚就是散伙，夫妻俩可以散伙？老李厉害！看他不言不语的，心里有数！李太太这两天加工梳脑后的小辫，一边梳着一边想：吴太太要是和丈夫散了伙，第二个就该轮到我了；老李心里要没憋着跟我散伙的意思，怎会给吴太太出那个主意？加工的梳小辫，脸上多拍了半盒儿粉。也不敢再和他要钱，他病那么一场，多花了许多钱，别叫他翻了狗脸说我花张了！本应当上张家去看看，他病着，人家张大哥夫妇跑前跑后，赶到人家出了事，怎好不去看看。她心中的天真被捕和家中有个三天满月是一样，去看看——

至多不过给买点东西——也就够了。可是一出门又得要钱，算了吧，等张家儿子出来再说。

对于马少奶奶似乎应当恢复邦交。马老奶奶可真不错，老李病着，人家给跑东跑西。马少奶奶当然是没和婆婆讲究过我，那么，马少奶奶心眼也不错。也许都是老李的坏，男人哪有老实的，看那位吴先生，四五十岁的人了，霸占小赵的；可是小赵也该，该！得和她套近乎，我越在中间岔糊着，他们越是俩打一个儿。倒得和马少奶奶拉近，把她拉到我这边来，丈夫也得说我好，她也就不好意思再……李太太把乡下的逻辑咂摸一个透。然后，当着丈夫拿起给小菱裁好的一条小裤子："我求马婶给做做去，她会做活，手巧着呢。"

老李点了点头，没说什么。等太太出了屋门，他笑了笑，这也是位女侠。把人生当个笑话看也很有意思。

三

衙门里这几天大家的耳朵都立起来，特别是二三等科员。对于吴赵战争的趣味已经低降得快到零度，大家不提吴太极便罢，提起来便是与他那个"缺"有关系。有希望高升一等的人很多，而且全努力的尽所能为想把这个希望实现，甚至于因为希望相同而引起些暗潮。老李是个最不热衷的，可是自从那天到各科请求为张大哥帮忙以后，人们都用另一种眼神看他。每逢他从外面进来，或是散班后出去，随着他的后影总引起几阵嘀咕。可是对于张大哥，大家这几天连说"几张纸"好似都有改成"几篇纸"的必要。"张"字犯禁！"他的儿子，共产党！"大家都后悔曾经认识这么一个人。因此对于老李越发的觉得神秘不测，甚至于有点可怕："就是准有升头等科员的把握，也无须这么狂呀！"大家偷偷的用手指着老李的脊背说。有的人，极不甘心的看出自己没有高升的希望，为宽心起见，造出一种新消息："共产党的父亲也要搁下！所长还能留着他？"张大哥虽然不是头等科员，可是差事肥，庶务上，回扣……这两种消息与希冀使科员级的空气十二分紧张，好似天下兴亡与这个有极密切的关系。科长与秘书的耳旁也一天到晚是嗡嗡着这个——大家还有个不各显神通的运动？请客的知单总继续在科长室与秘书处巡行。科长们也对老李怀疑，他有多大人情呢，竟自看不见他的帖！

老李反倒接着两三个请帖，而且有人过来预先递个口话：李先生荣升的时候，请分神维持个好友，补您的缺，明天晚上千万请赏光！老李虽然有时候也能欣赏幽默，但是对这种过度的滑稽还不会逢场作戏。他把请帖轻轻的放在纸篓里。

命令下来了，果然是老李。补他的缺的是位王先生。没有人认识王先生。大家一边向老李道喜，一边打听王先生是谁。老李也不认识，大家以为老李太厉害：何必呢，你的人情大，也不必这么狂啊，不告诉我们拉倒！大家一面这样不满意老李，一面希望着张大哥的免职令下来。

"哎呀，老李，恭喜恭喜！"孙先生又得着练习官话的机会。"几时请客？吾来作陪呀，压根儿的。猪八戒掉在泔水桶里，得吃得喝！"

老李决定不请客。大家对他完全失望。"苦闷的象征"特别的觉得老李不懂交情。邱先生本是头等科员，对老李的升级原来不必忌妒，可是心中苦闷，总想抓个碴儿向谁耍耍刺才痛快。他敲着撵着说开了闲话，把公事完全推给老李。原先本来也是老李一个人受累，可是邱先生交过公事来的时候很客气，现在他老嫂子使唤新媳妇似的直接命令老李，鼻子尖上似乎是说，我是老资格！老李的气不打一处来。呆坐了半天，他想出来了："跟这群东西一块儿，要不随着他们的道走，顶好干脆离开他们。"他决定不妥协，跟他们来硬的，反正我已经把自己押给了小赵，知道他的肚子里是闹什么狗油呢？干！他原封的把公事全给邱先生送回："出去看个人，你先办着！"可是他知道他的嘴唇有点颤：不行，到底是没玩惯这种使人难堪的把戏。他去看张大哥。

张大哥免职的谣传是否应当报告呢？谣传，可是在政界里谣言比真实还重要。怎好告诉张大哥呢？他心中正那么难受。不告诉吧，万一成了事实，岂不叫他更苦痛？张大哥不那么难看了，可是非常的倦怠。老李似乎看出些危险来。张大哥是蚯蚓式的运用生命，软磨，可是始终不懈，没看见他放任或懒过。现在他非常的安静，像个跑乏了的马，连尾巴也懒得动。危险！老李非常的难过。不管张大哥是怎样的人，老李看他是个朋友。

"大哥，怎样了？"

"坐下，老李！"张大哥又顾到客套与规矩了，可是话中没有半点平日那种火力，似乎极懒得说话而不得不说。还表示出天真的事是没什么希望，因关切而改成不愿再提。"坐下。没什么消息。小赵来了一次，他正给我跑着，据他说，没危险。"

张大哥只为说这么几句，老李看出来，一点信任小赵的话的意思也没有。

"我托咐他来着，"老李决不是为表功，只为有句话说。

"对了，他眼皮子宽，可不是。"

二人全没了话。

无论说点什么也比这么愣着好，老李实在受不住了："大哥，衙门里有人说——啊——你上衙门看看去。这个社会不是什么可靠的。"

"啊，没什么，"张大哥听出话中的意思，脸上可是没有任何表情，"没什么，老李。"他仿佛反倒安慰老李呢。"什么都没关系了，儿子已经没啦，还奔什么！"他的语声提高了些，可是仍似乎没精神多说，忽然的止住。

"我看不能有危险，"老李善意的敷衍了一句。

"也许。"

张大哥是整个的结束了自己。科员都可以扔弃了！

丁二爷提着一笼破鸟进来："大哥，二妹妹来了。我告诉她，您不见人，她非要进来不可。大概又是为二兄弟的事。"

"叫她快滚，"张大哥猛的立起来，"我的儿子还不知道生死呢，没工夫管别人的臭事，滚！"瞪了丁二爷一眼，坐下了。丁二爷出去，他好像跟自己说："全不管了，全不管了！我姓张的完了，前世造下了什么孽！"

老李也立起来，他的脸白了，在大衣上擦了擦手心的汗，不敢再看张大哥，扭着头说："大哥，明天再来看你。"

张大哥抬起头来："走啊，老李，明天见。"没往外送。

走到门口，丁二爷拉住了他："李先生，明天还来吧，大哥还就是跟你不发脾气，很好。明天来吧，一定来！"

四

老李什么也没想，一直走回衙门。想有什么用呢？他看见张大哥，便是看见小人物的尽端：要快乐的活着得另想办法，张大哥的每根毫毛都是合着社会的意思长的，而今？张大哥，社会，空白，什么也没有，还干吗？再思索。

进了衙门，他想起邱先生。管他呢，硬来，还是硬来；张大哥倒软和呢，有什么用？

邱先生低着头办公呢，眉毛皱得要往下落毛。及至看见老李，他的眉头反倒舒展开了，放下笔，笑着："老李，请不要计较我啊。告诉你实话，我是精神不好，无心中可以得罪了人。不是有意！你看。"他把声音放低了些："邱太太，这就是对你说，不便和别——生人提。她个性太强，太强。一天到晚和我别扭着。我一说，夫妇得互相容让呀。她来了：'当初不是我追求你，是你磕头请安追求我吧？'好了，我就得由性儿爱怎着怎着。老李，你看这像什么话。前几天，我好心好意为吴赵们调解，回家又挨了他一顿：'好哇，不帮助吴太太把那个野丫头赶出去，反助纣为虐！你们男人都没好心眼，再不许你到吴家去！'老李，你看，这是何苦！我也看明白了，逼急了我，跟她离婚。娶谁也别娶大学毕业生，来派大多了。其实，大学毕业生净是些二十八九的丑八怪，可是自居女圣人。你看着，早晚我跟她离婚。"

老李点头说"是"之外不便参加意见。邱先生绕了个大圈，又往回说："因为这个，心中老不痛快，未免有得罪人的地方。老李你不用计较我。朋友就得互助，焉知你不升了科长，或是我做了秘书——要不是家里成天瞎嘈嘈，我也不能到如今还是个科员——到那时节，我们不是还得互相照应吗？"

老李没好意思笑出来。

"老李，我已约好老孙老吴，一同吃个便饭，不是请客。一来为你贺喜，二来为约出老吴谈一谈。准去啊！"邱先生把请帖递过来。

老李不知是哭好，还是笑好。把请帖接过来，爽性和邱先生谈一谈。在张大哥眼中，邱先生是极新的人物。老李要细看看这个新人物。

"老邱，你看咱们这么活着有意思没有？"

邱先生愣了半天，笑了笑："没意思！生命入了圈，和野鸟入了笼，一样的没意思。我少年的时候是个野驴；中年，结了婚，做了事，变成个贼鬼溜滑的皮驴；将来，拉到德胜门外，大锅煮，卖驴肉。我不会再跳出圈外，谁也不能。我现在是冷一会热一会，热的时候只能发点小性，冷的时候请客陪情，发疟子的生活。没办法。我不甘心做个小官僚，我不甘心做个好丈夫，可是不做这个作什么去呢？我早看出，你比我硬，可也没硬着多少，你我只是程度上的差别，其实是一锅里的菜。完了，谈点无聊的吧，只有无聊的话开心。"

老李又摔破了一个人蛋，原来老邱也认识自己。二人成了好朋友，老李没把请帖又放在字纸篓里。

回到家中，李太太正按着黑小子打屁股呢。老李抹回头来又上了街，找个小饭馆要了三十个猪肉韭黄饺子，一碗三仙汤。"我也发回疟子试试！"

第十四章

一

北平春天的生命是短的。蜂蝶刚一出世，春似乎已要过去。春光对于老李们似乎不大有作用：他们只随时的换衣服，由皮袍而棉衣，由棉衣而夹衫，只显出他们的由臃肿而削瘦。他们依旧上衙门，上衙门，上衙门；偶尔上一次公园都觉得空气使他们的肺劳累得慌，还不如凑上手打个小牌。

张大哥每年清明前后必出城扫墓，年中唯一的长途旅行，必定折些野草回来，压在旧书里。今年他没去。天真还在狱里。丁二爷虽然把石榴树、夹竹桃、仙人掌等都搬到院中，张大哥可是没有惠顾它们一点点水，他已与春断绝关系。张大嫂也瘦得不像样了。丁二爷的小黄鸟们似乎受了什么咒诅，在春雨初晴的时节，浴着金蓝的阳光，也不肯叫一声。后院的柳树上来了只老鸦，狂嚓了一阵，那天张大哥接到了免职的公文。他连看也没看。他似乎是等着更大的恶耗。

吴太极为表示同情来看张大哥，张大哥没有见他。

他只接待老李。

老李家中也没有春光，春光仿佛始终就没有到西四牌楼去的意思。除了一冬积蓄下的腥臊味被春风从地下掀起，一切还是那么枯丑。马老太太将几盆在床底下藏了一冬的小木本花搬在院中，虽然不断的浇水，可是能否今年再出几个绿叶便很可怀疑。李太太到了春天照例的脱头发，脑后的一双小辫十分棘手，用什么样的梳子也梳不到一处。黑小子脸上的癣经春风一吹，直往下落鳞片。合院之中，只有马少奶奶不知由哪里得到一些春的消息，脸上虽瘦了些，可是腮上的颜色近于海棠。她已经和李太太又成了好友，老李在家的时候她也肯到屋中来。小菱的春衣都是马婶给做成的，做得非常的合适好看。菱好像是个大布娃娃，由着马婶翻过来掉过去的摆弄，马婶是将领子袖子都在菱的身上绷好，画了白线，而后拆下来再缝成的。袖口上都绣了花。马婶的大眼睛向菱的身上眨巴着，菱的眼睛向马婶的海棠脸蛋眨巴着。

老李看着她们，心中编了一句诗——一点儿诗意孕着春的宇宙。他不敢再看太太那对缺乏资本的小辫，唯恐把这点诗意给挤跑了。

李太太心中暗喜，能把马少奶奶征服。可是还不满意老李，因为方墩太太一趟八趟的来，而口口声声是已快离婚——老李的主意。还有呢，方墩太太虽然与李太太成为莫逆，可是口气中有点不满意老李——他顶了吴先生的缺，不够面子！李太太一点也不晓得丈夫升了官，因为老李没告诉她。升了官多挣钱，而一声不发，一定是把钱私自掖着，谁知道做什么用？！邱太太也常来，说的话虽文雅，可是显然的是说邱先生近来对太太颇不敬。四位太太遇在一块，几乎要把男人们全拴起来当狗养着。大家都把张大嫂忘了。菱几次要看干娘去，李太太也倒还无所不可，可是方墩太太拦住她们："还上张家去呢？共产党！"结果，老李带着菱去看干娘。直到父女平安的回到家中，李太太才放下心去。她以为共产党必是见了小孩就嚼嚼吃了的。

衙门里，吴太极与张大哥的缺都有人补上，大家心里开始安顿下去。可是对于补缺的人，多少心中有点忌恨，特别是对老李。"看他平日那么老实，敢情心里更辣；补吴太极的缺，焉知不是他给顶下去的呢？"起初，大家拿吴太极当个笑话说，现在改成以他为殉难者，全是老李一个人的坏。老李一声不出，在衙门，在家里，任凭那群男女嘈嘈，只在大街上多吸几口气。

二

丁二爷来了："李先生，张大哥请你呢。"

到了张家，大哥正在院中背着手走溜，他的背弯着些。见了老李，他极快的走进屋中，好像又恢复了些素日的精神。老李还没坐下，张大哥就开了口："小赵来了，说天真可以出来。可是我得答应他一件事。"

他愣住，想了会儿："他说，他是听你的话这么办，一切有你负责。"他看着老李。

"我把自己押给了他！"老李心里说，然后对张大哥，"得答应他什么呢？"

张大哥立起来，几乎是喊着："他要秀真！要我的命！"

老李一句话没有。

张大哥在屋中走来走去，嗓子里咯咯的咽气："救出儿子，丢了女儿，要我的命！这是你出的主意？老李！这是你给张大哥出的主意？我的女儿给小赵？强买强卖？你是帮朋友呢，还是要朋友的命呢？"

老李只剩了哆嗦了。他忽然立起来，往外就走："我找小赵去！"刚走到门口，被大嫂给截住了。

"老李，你先别走，"张大嫂命令着他，她眼中含着泪，可是神气非常的坚决，"咱们得把事说明白了。你叫小赵这么办来着？"

"我托他帮助营救天真来着，没叫他干别的。"老李又坐下了。

"我想你也不是那样的人。大哥是急疯了，所以信了小赵的话。咱们商量商量怎办吧。"她向张大哥说，"你坐下，和老李商量个办法。"

"我没办法！"张大哥还是嚷着，可是坐下了，"我没办法！我帮了人家一辈子的忙，到我有事了，大家看哈哈笑！要我的女儿，为什么不干脆要我的老命呢！我得罪过谁？招惹过谁？我的女儿给小赵？也配！"他发泄了一顿，嘴唇倒不颤了，低着头，手扶着磕膝，喘气。

老李等了半天，张大哥没再发作，他低声的说："大哥，咱们有办法。你事事有办法，我就不信办不动这回事。"

张大哥点了点头。

"咱们大家想主意，好不好，大哥？"

张大哥抬起头来，看了看老李，叹了一口气："老李，张大哥完了！一辈子，一辈子安分守己，一辈子没跟人惹过气，老来老来叫我受这个，我完了。真动了心的没工夫再想办法。叫我去杀人放火革命，我不会，只好听之而已。活着为儿女奔忙，儿女完了，我随着他们死。我不能孤孤单单的活到七老八十，没味儿！"

老李知道张大哥是失了平衡，因为他的生命理想根本的被别人毁坏，而自己无从另起炉灶，他只能自己钻入黑暗里，想不起别的方法。但是老李不便和他讨论这个，更不能给他出激烈的主意——张大哥是永远顺着车辙走的人，得设法再把他引到辙迹上去。"大哥，不必伤心了，还是办事要紧。告诉我，小赵说什么来着？"

张大哥的脸上安静了，说："他说，天真并不是共产党，是错拿了。他可以设法把他放出来。"

"咱们自己不能设法，既是拿错了？"老李问。

张大哥摇头："小赵就不告诉我，天真在哪里圈着。我是老了，对于这些新机关的事，简直不懂。假如他是囚在公安局，我早把他保出来了。我平日总以为事事有办法，敢情我已经是老狗熊了，耍不了新玩意！"

"非小赵不行，所以他提出条件？"

"就是。他说，你给他出的主意。"

"我求他来着。"老李很安静的说。"求他的时候，我是这么和他说好的——要牺牲，牺牲我老李，不准和张大哥掏坏。他这么答应了我。"

"为什么单求他？"

老李不能不说了："衙门里可有谁愿意帮助你？再说，谁有他那样眼杂？我早知道他不可靠，所以才把自己押给他。"

"押给他？"

"押给他了。我不知道为什么他恨我，时时想收拾我。也许只因为他看我不顺眼，谁去管。我给他个收拾我的机会，他只要能救出天真来，对我是怎办怎好。"

张大哥的泪在眼圈里，张大嫂叫了声："老李！"

"我不是上这儿来表功，事实既成了这么一步棋，我所没想到的是他又背了约，我还是太诚实。不过，管它呢，先谈要紧的。事情是一步一步的办，先叫小赵把天真放出来。"

"不答应给他秀真，他肯那么办吗？"张大嫂问。

"答应他！"

"什么？"夫妇一齐喊。

"答应他，我自有办法，决不叫秀真姑娘吃亏。就是咱们现在有别人来帮忙，也不行。小赵不是好惹的。假如甩了他，另想方法，他会从中破坏，天真不用想再出来了。不如就利用他，先把天真放出来再讲。"

老夫妇愣了半天，张大哥先开口："老李，你说怎办就怎办吧。我不行了。先把天真放出来。我一共有三处小房，叫小赵挑吧，他爱要哪一处，我双手奉送，只求他饶了秀真！"张大嫂接了下去："老李，我只有那么一个姑娘，不能给个骗子手！不能！能保住我的一对眼珠，他说要什么也行。都给了他，我们娘儿几个要饭吃去，甘心！"

"要饭吃去也甘心！"张大哥重了一句。

张大哥确是下了决心，老李看出来。牺牲房产就是牺牲张大哥一生的心血，可是儿女比什么也更贵重。他还是看不起张大哥，可是十二分的可怜他。"事情也许不至那么坏，放心吧，大哥，我老李拿这条命去换回秀真来。"

"老李，你可别为我们的事动——凶啊！给小赵钱！"张大哥看着老李的脸。

张大哥至死也是软的！老李不便再吓唬他："我瞧事办事，要是钱有用的话，就给他钱。"

"给他钱，老李，给他钱，"张大嫂好像以为事情已经办妥了似的。"你还有一家老小呢，别为我们——"她没说出来，用手弹去一个泪珠。

三

在无聊中寻些趣味，老李很得意，能和小赵干一干。

"喂，小赵，"叫狗似的叫，"张家的事怎样了？"

"有希望，天真不日就可以出来。"

"张大哥问我，怎样酬报你。我来问你，原谅我不会客气一些。"老李觉得自己也能俏皮的讽骂，心里说："谁要是不怕人了，谁就能像耶稣似的行奇迹。"

"要不我怎么爱和你交往呢？"小赵的眉毛转到眼睛底下来，"客气有什么用？给我报酬？怎好意思要老丈人的礼物？半子之劳，应当应分！"

"谁是老丈人？"

"张大哥难道没告诉你？现在的张大哥，过两天就升为老丈人。"

"你答应了我，不和他掏坏！"

"掏坏是掏坏，婚姻是婚姻，张大哥一生好作媒，难道有人要他的女儿，他不喜欢？"小赵指着鼻梁，"看看小赵，现在是科员，不久便是科长，将来局长、所长、市长、部长也还不敢一定说准没我的份儿！将来，女婿做所长，老丈人少不的是秘书，不仅是郎才女貌，连老丈人也委屈不了！"

老李的闷火又要冒烟，可是压制住自己："小赵，说脆快的，假如张大哥送给你钱，你能饶了他的女儿不能？"

"老李，你这怎说话呢？什么饶了饶了的，该打！可是，你说说，他能给多少钱？"

"一所房子。"

小赵把头摇得像风扇："一所小房，一所？把个共产党释放出来，就值一所小房？"

"可是天真并不真是共产党！"

"有错拿没错放的，小赵一句话可以叫他出来，一句话也可以叫他死。随张大哥的便，他的话是怎么说都可以。"

"你要多少呢？"

"我要多少，他也得给得起呀！他有多少？"

老李的脸紫了，咽了一口毒气："他一共有三所小房，一生的心血！"

"好吧，我不能都要了他的，人心总是肉长的，我下不去狠手，给我两所好了。"小赵很同情的叹了口气。

"假如我老李再求你个情，看我的面上，只要他一所，我老李再自己另送给你点钱，怎样？"

"那看能送多少了！"

"我只能拿二百。二百之外，再叫我下一跪也可以！"

"我再说一句，二百五，行不行？"

"好了，张大哥给你一处房，我给你二百五十块钱，你把天真设法救出来，不再提秀真一个字，是这样不是？"

"好吧，苦买卖！小赵不能不讲交情！"

"好了，小赵，拿笔写下来！"

"还用写下来，这点屁事？难道我的话不像话是怎着？"

"你的话是不算话，写下来，签上字！"

"有你的，老李，越学越精，行，怎写？"

"今天收我二百五十元，天真活着到了家那天，张大哥交你一张房契，以后永不许你提秀真这两个字。按这个意思写吧！"

小赵笑着，提起笔来："没想到老李会这么厉害，早就知道你厉害，没想到这么厉害。这点事还值得签字画押，真，不用按斗迹呀？"

字据写好，各存一张。签字的时候，老李的手哆嗦得连自己的名字全写不上来了。他恨不能一口吃了小赵，可是为张大哥的事，没法不敷衍小赵。小赵是当代的圣人，老李，闹了归齐，还是张大哥的一流人物！老李把二百五十元的支票摔在桌上。

小赵拿起支票，前后看了看，笑着放在小皮夹里："银行里放着钱，老李？资本家，早知道，多花你几个！积蓄下多少了，老李？"

老李没理他。

他拿着字据去给张大哥看，张大哥十分感激他，越发使他心中难堪。本想在灰色的生活里找些刺激，做个悲剧里的人物，谁知做来做去，只是上了张大哥所走的辙迹，而使小赵名利兼收的戏弄他！

"为什么小赵这样恨我呢？"只有这一句话在老李心中有点颜色。"莫非老李你还没完全变成张大哥？所以小赵看你不顺眼？即使是这样。还不是无聊？"老李低着头回家，到家里没敢说给了小赵二百五十块钱，对太太也得欺哄敷衍！

四

夏天已经把杏子的脸晒红，天真还是没放出来。端阳是多么热闹的节令，神秘的蒲艾在家家门外陪伴着神符与判官。张大哥的家中终日连一声笑语也听不见，夫妇的心中与墙上的挂钟，日夜响着天真，天真！丁二爷的破鸟们全脱了毛，越发的不大好看。院中的石榴，因为缺水，只有些半干的黄叶，静静的等着下雨。

老李找了小赵几次，小赵的话很有道理："就是人情托到了，也不能顿时出来不是？这么重的案子！我不比你着急？他一天不出来，房子一天到不了我手里！我专等着有了房子好结婚呢！"

老李没有精神再过五月节。李太太心中又嘀咕起来："又怎么了？连节也不过？莫非又——"又钉上了马少奶奶，一眼也不放松。菱和英又成了自用的侦探。

节后，方墩太太带着一太平水桶的泪来给李家洒地："完了，完了，离婚了！我没地方去，就在这块吧！大妹妹，咱俩无仇无怨，我是跟老李！他不叫我好好的过日子，我也不能叫他平安了！"

李太太的脸白了："他怎么了？"

"怎么了？我打听明白了，是他把我的丈夫给顶了，要不是他，我的丈夫丢不了官；我打听明白了，有凭有据！这还不算，他还把自己的缺留着，自己拿双份薪水，找了个姓王的给遮掩耳目，姓王的一月只到衙门两天，干拿十五块钱，其余全是老李的。不信，他前者给了小赵二百五，哪儿来的？你知道不知道？"

"我不知道呀！"李太太直咽气。

"你怎能知道，我的傻妹妹！这还不足为奇，前两天他托小赵给吴先生送了五十块钱来。我本想把小赵打出去，可是既是老李托他去的，我就不便于发作了。小赵一五一十都对我说了。怎么老李要买张大哥的房子，怎么鼓动吴先生和我离婚，怎么老吴要是离了婚，老李好借此吓嚇你，李太太，把你吓嚇住，老李好买个妾。老吴没心肺没骨头，接了那五十块钱，口口声声把我赶出去！他娶了小老婆，我不跟他吵，他反倒跟我翻了脸！都是老李，都是老李！我跟他不能善罢甘休！我上衙门给他嚷去。科员？他是皇上也不行！我不给他的事闹掉了底，我算白活！"

一片话引出李太太一太平水桶的眼泪："吴大嫂，你先别跟他闹，不看别的，还不看这俩孩子？把他的事弄掉，我们吃谁去？你先别跟他闹，看我的，我审问他，我必给你出气！"又说了无数的好话，算是把方墩太太劝了走。

吴太太走后，李太太像上了热锅台的马蚁。想了好大半天，不知怎办好。最后，把孩子托咐给马少奶奶，去找邱太太要主意。

邱太太为是表示个性强，始终不给客人开口的机会，专讲自己的事："老邱是打定了主意跟我过不去，我看出来了！回到家来东也不是，西也不是，脸上就没个笑容。什么又抱一个儿子吧，什么又辞职不干了吧，生命没有意思。这都是故意的指槐说柳。他是讨厌我了，我看的明明白白。早晚我是和他离婚，拿着我的资格，我才不怕！"

李太太乘机会插入一句："老李也不老实呢！"

邱太太赶紧接过来："他们没有老实的！可是有一层，你有儿有女，有家可归。我更困难，我虽然可以独立，自谋生活，可是到底没个小孩；自己过得天好，究竟是空虚，一个人恐怕太寂寞了，是不是？这么一想，我又不肯——不是不敢——和老邱大吵特吵了。困难！可是，我要不和他闹，又怕他学吴先生，硬往家里接姨太太！以我这个身份，叫人说我不能拴系住男人的心，受不了！真离婚吧，他才正乐意。困难！"

"我怎么办呢？"李太太问。

"跟老李吵！你和我就不同了，我被文学士拘束住，不肯动野蛮的。你和他吵，我做你的后盾！"

李太太运足了气回家预备冲锋。

五

不在太太处备案而把钱给了别人，是个太太就不能忍受这一手儿。李太太越想越生气。自己真是一心一意的过日子，而丈夫一给小赵就是二百五十块钱，够买两三亩地的！还帮着吴先生欺侮吴太太！跟他干！邱太太的话虽然不好懂，可是她明明的说了，管我的"后顿"；有人管后顿，前顿还不好说？跟他吵。后盾改成后顿，李太太精神上物质上都有了倚靠。从乡下到大城里来，原想和和气气的过日子，谁想到他会这么坏。他的错，跟他干。一进屋门便把脑后的小辫披散开了，换上了旧衣裳，恐怕真打起来的时候把新衣撕了。饭也不去做，不过了！

老李刚走到院中，屋里已放了声哭起来。哭的虽然是"我的娘呀！"可是骂的都是老李。他看出事儿来得邪。听着她哭，不便生气。可是越听越不是味儿，不由的动了气。揍她！怎好意思？扯着头发，连踢带打？做不出。在屋里转了个圈，想把孩子们带出去吃饭，留下她一个人由着性儿哭。这是个主意。正要往外走，太太哭着过来了："你别走，咱们得说开了！"有意打架。太太把吴邱两位太太所说的，从头至尾质问了一番。老李连哼也没有哼一声，不理。太太下不了台阶，人家不理。两张嘴都动作才能拌嘴，老李阴透了，只叫街坊听她一个人闹，他不言语！阴毒损坏！太太无法，只好自己打自己的嘴巴吧，啪，啪，自己抽了两个好的："你个不知好歹的，没皮没脸，没人答理，你个臭娘们！"啪，啪，自己又找补上两个。

马家婆媳都跑过来，马老太太奔了李太太去："我说，李太太，这是怎么了？别吓住孩子们呀！"

李太太看有人来解劝，更要露一手儿，啪，啪，又自己扯了两个："不过了！不过了！没活头了！"

马少奶奶抱住菱，看了老李一眼。老李向她一惨笑，嘴唇颤着："马婶你给菱点吃的，我带英去。"向来没和她这么说过话，他心中非常的痛快："英，走！"黑小子拉着爸的手，又要落泪，又要笑，吸了两口气。

第十五章

一

早莲初开，桃子刚染红了嘴唇。不漂亮的人也漂亮了些，男的至少有个新草帽，女的至少穿上件花大衫，夏天更自然一些，可以叫人不富而丽。小赵穿上新西服，领带花得像条热带的彩蛇。新黄皮鞋，底儿上加着白牙子，不得人心的响着。绸手绢上洒了香水，头发加了香蜡。一边走一边笑，看见女的立刻把眼珠放风筝似的放出去，把人家的后影都看得发毛咕。他心中比石榴花还红着一些，自己知道是世上最快乐的人。

到了北海。早莲在微风里张开三两个瓣儿，叶子还不密，花梗全身都清洁挺拔，倚风而立，花朵常向晴天绿水微微的点头。小赵立在玉石桥上，看一眼荷花，看一眼自己的领带，觉得花还没有他那么俊美。晴天绿水白莲，没有一样值得他欣赏的，他自己是宇宙的中心。他的西服，特别是那条花领带，是整个人类美与幸福的象征。他永不能静立看花，花是些死东西，看姑娘是最有趣的。你看她，她也看你；不看你也好，反正她不看你也得低低头，她一低头，你的心就痒痒一下！设若只有花没姑娘，小赵的心由哪里痒痒起？

他将全身筋肉全伸展到极度，有力而缓缓的走，使新鞋的声响都不折不扣的响到了家，每一声成了一个不得人心的单位。这样走有点累得慌，可是把新西服的棱角弯缝都十足的展示出去，自觉的脊背已挺得和龟板一样硬，只有这样才配穿西服；穿西服天然的不是为自己舒服，而是为美化社会。走得稳，可是头并不死板：走一步，头要像风扇似的转一圈，把四围值得看的东西——姑娘——全吸在自己眼中去。看见个下得去的，立刻由慢步改成快步，过去细看。被人家瞪一眼，或者是骂一句，心中特别的畅快——不虚此行。

不过，今天小赵的运动头部，确是有一定的目的。虽然也看随时遇见的姑娘，可是到底是附带的。小赵在把一个姑娘弄到手之前，只附带的看别的妇女。"爱要专，"他告诉自己。不过，遇到"可以"同时并举弄两个或三个姑娘的时候，他也不一定固执，通权达变。今天小赵的爱特别的专，因为这次弄的是个纯洁的女学生。往日，他对妇女是像买果子似的，捡着熟的挑；自要熟，有点玷儿也没关系，反正是弄到手又不自己存着，没有烂在手里的危险。今天他的确觉得应当兴奋一些，即使一向不会兴奋。这回是弄个刚红了个嘴的桃。小赵虽然不会兴奋，究竟心中不安定。他立在一株大松树下，思索起来：这回是完全留着自己吃呢，还是送给人？刚红了嘴的桃，中看不中吃，送人不见得合适。特别是送给军人们，他们爱本事好的，小桃不见得有本事。自己留着？万一留个一年半载，被人看见而向我索要，我肯给不肯呢？我会忌妒不会呢？两搭着，自是个好办法，可是万一她硬呢？不能，女人还硬到哪里去！这倒完全看咱小赵的了，"小赵，有人要你自己的太太，不是买来预备送人的，是真正的太太，你肯放手不肯呢？"他不能回答自己。

来了，她从远处走来！连小赵的心也居然跳得快了一些。往日买卖妇女是纯粹的钱货换手，除非买得特别便宜，是用不着动感情的。现在，是另一回事，没有介绍人从中撮合，而是完全白得一件宝贝，她笑着来找他，小赵觉出一点妇女的神秘与脆弱——不花钱买，她也会找上门来！容易！后悔以前不这样办，更微微有些怕这样得来的女子或者不易支配，心里可又有点向来没经验过的欣喜。

她像一朵半开的莲花，看着四围的风景，心里笑着，觉得一阵阵的小风都是为自己吹动的。风儿吹过去，带走自己身上一些香味，痛快，能在生命的初夏发出香味。左手夹着小蓝皮包，蓝得像一小块晴天，在自己的腋下。右手提着把小绿伞。袖只到肘际，一双藕似的胳臂。头发掩着右眼，骄慢的从发下瞭着一切。走得轻俏有力，脚大得使自己心里舒展，扁黑皮鞋，系着一道绊儿。傲慢，天真，欣喜，活泼，胖胖的，心里笑着，腮上的红色润透了不大点的一双笑涡。想着电影世界里的浪漫故事，又有点怕，又不肯怕；想着父母，头一仰，把掩着右眼的黑发——卷得像葡萄蔓上的嫩须——撩上去，就手儿把父母忘掉，甚至于有点反抗的决心。端起双肩，又爱又怕又虑又要反抗的叹了一口气，无聊，可是痛快些。热气从红唇中逃出，似乎空虚，能脸对脸的，另有些热气吻到自己的唇上，和电影世界里的男女一个样，多么有趣！是，有趣！没有别的！一个热吻，生命的溪流中起了个小水花，不过如此，没别的。放出自己一点香味，接收一点男性的热力，至多是搂着吻一下，痛快一下，没别的。别的女友不就是这样么？小说里不是为接吻而设下绿草地与小树林么？电影里不是赤发女郎被吻过而给男人一个嘴巴么？不怕！看着自己的大脚，舒展，可爱，有力气，有什么可怕？

每次由学校回家的时候，总有些破学生在身后追着，破学生，袜子拧着花，一脖子泥！他和破学生不同了，多么有趣，什么也知道，也干净，告诉我多少事！况且，他还和善呢，救出哥哥来，必是哥哥的好朋友。可怜的天真哥哥，在狱里，洋服都破了，没有香烟吸，可怜！他的女朋友到狱里看过他没有？又想起一篇电影，天真在屋里，女的在外边，握着手狠命的吻手背！有趣！

"秀真妹，笛耳！"小赵的脑门与下巴挤到一块，只剩下两只耳朵没有完全扁了，用力纵着鼻子，所以眼珠没有掉出去。"我可以叫你笛耳吧？"

"随便，"秀真笑涡上那块红扩大了一些，撩了一下头发，看了松树上的山喜鹊一眼，向小赵一笑。

"那么，我就再叫一声，"小赵的唇在她耳前腮上那溜儿动，热气吹着了她的笑涡，"笛耳！"

她眼珠横走，打在他的鼻尖上，向自己一笑。

小赵知道不少英国字，在火车饭厅里时常和摆台的讨教，黄油、苏打水、冰激凌等都能不用中国话而要了来。"不用留洋去喝洋墨水，咱也会外国话！"他常向同事们这样说。他的穿西服、吃洋饭，也下过一番工夫，"你必得下工夫，"他劝告四十岁以上的人们，"连跳舞也得学着，这是学问！现在连军官里都有留学欧美的，不会还行？"他所以胜过张大哥就在这一点上。张大哥并不比小赵笨，只是差着这么点新场面。张大哥会的小赵也会，小赵会的张大哥不会。张大哥没有前途，而小赵正自前程远大。秀真虽然不懂什么，也能看到这个：在家里，一切都守旧，拘束，虽然父亲给预备下新留声机片，可是不准跳舞；连买双皮鞋都得闹一场气。小赵呢，新旧都懂，什么事也知道。小赵接过她的小伞，两人并肩沿着"海"岸往北走。秀真的梦实现了一半。还想不到结婚，可是假如能和小赵结婚，大概也不错，什么都懂，多么会说话，笑得多么到家！有点贫气，可是看惯了或者也就觉不出来了。

秀真和小赵的身量差不多，或者还许比他高一点。从身体上看，他是年青的老头儿，她是个身体比年岁大的孩子。秀真还没有长成一定的模像，可是自己愿意显出成年的样子。圆脸，大眼睛，唇和笑涡显出无意的肉感的诱惑。四肢都很大，微微驼着背，大概是怕被人说个子太高。旗袍是按着胡蝶扮演阔小姐时那种风格做的；大扁皮鞋保持着中学生的样子。腿很粗，长于打篮球。头发烫成卷毛鸡，留下一大绺长的挡着右眼。设若天真是女的，秀真是男的，张大哥或者更满意一些。

"天真几时能出来？"她问。

"快，我已经给说妥了；公事不能十分快了，可是也慢不了。他太大意了，为人总得谨慎一点！"小赵郑重的说，"你看我，笛耳，自幼没人管，可是我始终没有堕落，也没给过人机会陷害我，虽然受苦与困难是免不了的。"他眼中含着泪。"少年要浪漫，也要老成。咱们的家庭都是旧式的，咱们自己又都是摩登的，我们就得设法调和这个，该浪漫的浪漫，该谨慎的谨慎，这才能有成功的希望，有真正的快乐。笛耳，以你说吧，还在求学时期，何必穿高跟鞋？你不穿，我一看就明白你有尺寸有见识。我自己，何必说我自己呢，以后你自会知道。"

秀真找不到话讲了，心里只剩了佩服小赵。想起接到男学生们的信，真是可笑，一脖子泥的小鬼们！不讲别的，只夸我几句，然后没结没完的述说他们自己。老说反抗家庭，其实没见过世面！看这个人，新的懂，旧的懂，受过苦，而没堕落！不，她不仅想和他游戏游戏了，她本能的觉到姑娘必有朝一日变成妇人，必定结婚。设若自己想结婚，必是要这么一个可靠的人，不要那一脖子泥专写情书的学生们。她越发觉得自己的大脚可爱了，他说这扁鞋好吗！他多么明白！但是不要和他往下说这个，说不过他，自己连世界上的最简单的事也不知道！学校里学过的功课，怎好说，一点意思也没有。家中的事，又不大知道，没的可说，他大概什么也会说！自己是个会打篮球的学生，他是个人物！嗷，还说天真吧。"我不能再去看哥哥一回呀？"

"上次咱们去已经招他们不愿意，再去，不大合适，反正他快出来了。"

"我想给他送点口香糖去！"

"我设法给他送进去就是了，口香糖，"小赵向天想了想，"再添上点水果？都交给我了，我想法子找人送进去，咱们自己不便于再去。"

二

坐在五龙亭的西头那一间里。小赵要了汽水、鲜藕、鲜核桃。秀真不好意思吃，除了有时吃女同学们的水果，还没吃过男朋友的东西。写情书的小泥鬼们只能送给一个书签，或是把一朵干花夹在信里，没这么大大方方坐在一处过，所以又觉得不好意思不吃。虽然和父母逛过北海，喝过茶，可是那是什么味，这是什么味？这一次的吃东西似乎是有无穷无尽的意味，由这一次也许引起一百次、一千次、一辈子在一块吃喝说笑！平日逛北海，就不愿意到五龙亭来，西边的破大殿里的破神像多么可怕！今天坐在这里也不觉得那么可怕了，赵先生多么殷勤可喜，和他在一块什么也不可怕。捏起块雪白的嫩藕，放在唇边，向他笑了笑，没的可说。

小赵给她个机会："学校快考试了吧？我现在要是在学校里，要命也考不上，功课全忘了！"

她心里舒服了，他也有比不上我的地方！他的功课都忘了，我在这一点上比他强。她说起学校的事来，一边说一边吃东西，顺手的往口中放，也不觉得不好意思了。他又要点心。不，不能再吃点心，应当请一请他。请他什么呢？不知道，也不好开口。不吃点心，不饿！况且，也该回学校了，快考试了！被熟人看见，再说，也不好意思。可是，他是我父亲的好朋友，我来是和他商议天真的事，就是被父母看见，也有的说。又舍不得走了，呆呆的坐着，脸上不由的发热。看着水边上的小蜻蜓，飞了飞，落在莲花瓣上；落了会儿，又飞起来。南边的大桥上，来来往往不断的人马，像张活动的图画。桥下有几只小船，男的穿白色上衣，一躬一躬的摇桨，女的藏在小花伞下面，安静，浪漫，一阵风带着荷香，从面上吹过。她收回神来，看他一眼，他的眼正钉着她的笑涡，两人的眼遇到一块，定了一定，轻轻的移开，茶房来收拾汽水瓶子。

"我们划船去？"

"我该回去了！"

"咱们不赁这小破船，上董事会去借好的！"

她未置可否，可是由他拿着小伞。

船停在柳荫下，她还打着小伞，看水中的倒影，正在自己的面部上浮着几个小鱼。

船上玩了半天，决定回学校去，可是小赵拦住她，非去一同吃饭不可。不好意思。可是赵先生决不拿自己当个小学生看，而是用成人对成人的那种客气劝留，所用的话正是父亲留客吃饭时用的那些。又不好意思拒绝。人家拿成人待我，怎好和人家要孩子脾气。去吧。

要菜要饭，给饭钱与小账，小赵的神气与态度都那么老到，自然，决不像中学生那样羞羞愧愧的从小口袋里掏钱。秀真觉得处处比不上他，他懂得一切。吃完饭，无论怎样该回学校了，赵先生也不再拦阻，并且依着她的主张，二人在园内就分了手，她往南，他往北，他没坚决的要求陪她一同出去。大方，体谅。

一离开他，秀真觉得身上轻了好些，走得很快，似乎由成人又回到欢蹦乱跳打篮球的女学生。可是心里并没忘了他，有点怕他，又说不上他的毛病在哪块。一块儿吃汽水、划船、吃饭，一个梦境的实现，心里确是受了刺动。他不可怕，为什么怕他呢！他没说一句错话，他没偷偷的拉我的手，他不是坏人。他多么温柔！一边走一边思索，走着走着忽然立住，恍忽似乎丢了什么东西。摸了摸身上，想了想，什么也没丢，水里的影儿现出自己的伞；蹲下照了照脸，还是那样，胖胖的，笑涡旋着点红色。跟他在一块是没危险的。妈妈老咐嘱小心男人，那要看是哪个男人。跟好男人一块儿玩玩，有什么损害呢？立起来，向后撩了撩头发。身后走着一对夫妇，男的比女的大着许多，男的抱着个七八个月大的胖娃娃。秀真爱这个胖娃娃，愿意过去把娃娃接过来，抱一会儿。结婚一定是很有趣的。看了看那个女的，不见得比自己岁数大，小细手腕，可是乳部鼓鼓着，小妈妈，胖娃娃，好玩！胖娃娃转过脸向秀真笑了笑，跟着嘴里"不，不"了两声。她又不好意思了，向前抢球似的跑了几步。跑到白塔的土基上，找了块大石，坐下，心里直跳，也有点乱。口中发渴，跑下来，喝了两碗酸梅汤。

三

小赵心中也没闲着，眼珠在心上炒豆儿似的直跳，觉得自己的那颗心确是有用，眼力也不差！"老眼，赶明儿真该给你配付眼镜，真有你的！"可是"太嫩！恐怕中看不中吃！"管它呢，先玩一玩！买熟货起码就得二百出头，还得费工夫调教。这个货太嫩点，可是只费两瓶汽水与一顿饭呢！不用训练，自来美。时代是他妈的变了，女学生是比陈货鲜明：无论妓女怎打扮也赛不过学生们去。白布小衫也好，旗袍也好，总比窑姐儿们好看。小赵你得尝口鲜的，不要落伍，不要辜负了时代！衙门中那群玩意，哪懂得这个？小赵你是聪明，凡事无师自通，买陈货，吊姨太太，你会；玩女学生，你也会了！谁教给你的？妈的，赶明儿不上交民巷钓个洋妞才怪！用心，没有不成的事！

叫老吴玩那个破货去，小子，至多再叫你玩上一月，我要不把你送到五殿阎王那儿去，我是头蒜！我叫你先和方墩离了婚，然后再把那个破货弄回来，卖出去，哪怕赔几块钱卖呢，赌得是口气！你等着，小子，不叫你家破人亡连根儿烂，算小赵白活！

至于老李那小子，比吴太极更厉害点：可是你还能比小赵霸道，我的笛耳？我叫你不和赵先生、赵老爷、赵大人，合作！敢和我碰碰？真，瞎了你的狗眼！敢不在赵科员面前打招呼，而想在财政所做事？真！临完还成心找寻我，不许我弄张秀真？我看看你的！秀真笛耳，已经到了手；你的二百五十元，咱正花着；张大哥的房子，不久也过来！你？叫你吃不了兜着走！先叫方墩上衙门跟你闹个底儿掉，然后叫她上你那儿住个一年半载。你有所长的门子，哼，咱看看到底谁行。等你免了职，咱才和秀真结婚，给你个请帖！跟小赵叫劲？不知好歹！你知道小赵，赵老爷，将来有什么发展哪？就凭秀真一个人，我就能做所长，你大概不信？那么，你也许不知道，市长凭着什么做市长？你哪能知道，我的宝贝！你等着看小赵一手吧！谢谢你的二百五十块钱，专等再谢谢你来送婚礼，别只写副喜联呀，伙计！

小赵去吃了两杯冰激凌，心里和冰一样舒服。

第十六章

一

老李带着英在外面足玩了半日，心中很痛快。也没向衙门里请假，也不惦记着家里，只顾和英各处玩耍。他看明白了：在这个社会里只能敷衍，而且要毫没出息的敷衍，连张大哥那种郑重其事的敷衍都走不通。他决定不管一切，只想和英痛快的玩半天。吃过了晚饭，英已累得睁不开眼。老李不想回家，可是又没法安置英；回去，她爱怎闹怎闹；把小孩子放在家里再说；闹得太不像样，我还可以出来，住旅馆去，没关系。

马少奶奶拉着菱在门口立着呢。太阳落后的余光把她的脸照得分外的亮，她穿着件长白布衫，拉着菱，菱穿着个小红短袖褂子。像一朵白莲带着个小红莲苞，老李心里说。菱跑过来拉爸，英扑过马婶去。"你们上哪儿啦，一去不回头？"她问英，自然也是问老李。他抱起菱来，"我们玩去了，家里不平安，就上外面玩去。"他的语气中所要表示的"我才不在乎"都被眼睛给破坏了。她正看着他的眼睛，他的眼神决不与语气一致。他也承认了这个，不行，不会对生命嬉皮笑脸；想敷衍，不在乎，不会！他知道她也明白这个。"菱，妈妈还闹不闹了？"他问，勉强的笑着，极难堪。

"妈嘴肿，不吃饭饭！"菱用小手打了爸两下，"打爸！菱不气妈，爸气妈！臭爸！臭噢——"菱用小手捂上鼻子。

老李又笑了，可是不好意思进街门。

"您进去吧，没事啦。"马少奶奶淘气的一笑，好像逗着老李玩呢。

老李出了汗，恨不能把孩子放下，自己跑三天三夜去，跑到座荒山去当野人。可是抱着菱进了门。英也跟进来，剩下马婶自己在门外立着。老李回头看了一眼，她脑后的小辫不见了，头发剪得很齐，更好看了些。

李太太在屋里躺着呢。英进去报告一切，妈也不答理。

"爸，你给我买好吃没有？"菱审问着爸。

爸忘了，忽然的想起来："菱，你等着，爸给买好吃去。"放下菱，跑出来。跑到门洞，马少奶奶把门对好，正往里走。

"您又上哪儿？"她往旁边一躲。

"我出去住两天，等她不犯病了我再回来。受不了这个！"

"这才瞎闹呢。"

"怎么？"他的声音很低，可是带着怒气，好像要和她打架似的。

她愣了一会："为我，您也别走。"

"怎么？"这个比它的前人柔和着多少倍。

"马有信来，说，快回来了。一定得吵。"

"怎么？"

"他一定带回那个女的来。"

"信上说着？"

"不是。"

"你——你怎么知道？"

"我心里觉出来，他必把她带回来，还不得吵？"门洞虽然黑，可是看见她笑了——也不十分自然。

"我不走好了，我专等和谁打一通呢！你不用怕。"

"我有什么可怕的？不过院里有个男的，或者不至于由着马的性儿反。"

"他很能闹事？"

她点了点头："好吧，您还出去不？"

"出去给菱买点吃的，就回来。"他开开门，进了些日落后的软光。门外变了样，世界变了样，空气中含着浪漫的颜色与味道。

二

财政所来了位堂客，身子是方块，项上顶着个白球，像刚由石灰水里捞出来，要见所长。传达处的工友问什么事，白球不出声。工友拒绝代为通报，脸上挨了个嘴巴。工友捂着脸去找所长，所长转开了眼珠："叫巡警把她撵开！"继而一想，男女平权的时代，不宜得罪女人，况且知道她是谁？"请赵科员代见。"小赵很高兴的来到会客厅，接见女客，美差！及至女客进来，他瞪了眼，吴太太！

"好了，你叫我来闹，我来了，怎么闹吧？你说！"方墩太太坐下了。工友为是保护科员，在一旁侍立，全听了去。

"李顺，走！"赵科员发了令。

"嗻！"李顺很不愿意出去，可是不敢违抗命令。

"大姐，你算糟到家了！"小赵把李顺送了出去，关上门，对方墩说，"不是叫你见所长吗？"

"他不见我，我有什么法儿呢？"

"不见你，你就在门口嚷啊。姓李的，你出来！你把吴科员顶下去，一人吃两份薪水！还叫我们离婚！我跟你见个高低！就这么嚷呀。嚷完，往门框上就拴绳子，上吊！就是所长不见你，你这么一嚷还传不到他耳朵里去？他知道了，全所的人都知道了；就是所长不免他的职，他自己还不滚蛋？你算糟透了，见我干吗呀？！"

"我没要见你呀！你干吗出来？"

"嘿！糟心！你赶紧走，我另想办法。反正有咱们，没老李；有他，没咱们！走吧。家里等我去。"

小赵笑着，规规矩矩把方墩太太送到大门，极官派的鞠躬："再会，吴太太，回来我和所长详说，就是。"转过脸来："李顺，这儿来！你敢走漏一个字，我要你的命！"

小赵非常的悲观。成败倒不算什么，可气的是人们怎这么饭桶。拿方墩说，就连衙门外嚷嚷一阵都不会，怎么长那身方肉来着呢！头一炮就没响。要不怎么这群人不会成功呢，把着手儿教，到时候还弄砸了锅。小赵很愿意想出一种新教育来，给这群糟蛋一些新的训练。"你等着，"他告诉自己，"等小赵做了教育总长再说！"

三

老李和太太没正式宣战而断绝了国交。三天，谁也没理谁。他心中，可是，并没和太太叫劲。他一心一意的希望着马先生回来，看看人家这会浪漫的到底是长着几个鼻子。心中有所盼望，所以不说话也不觉得特别的寂寞。除了这件事，他还惦记着张大哥。到底小赵是卖什么药呢？天真还没有放出来！张大哥太可怜了，整天际把生命放在手里捧着，临完会像水似的从指缝间漏下去！单单的捉去他的儿子，哪怕一把火烧了他的房呢，连硬木椅子都烧成焦炭呢，张大哥还能立起来，哪怕是穿着旧布衫在街上去算命合婚呢，他还能那么干净和气，还能再买上一座小房；儿子，另一回事。奇怪，那么个儿子会使张大哥跌倒不想往起爬——假如英丢失了，我怎样？老李问自己。难过是当然的，想不出什么超于难过的事。时代的关系？夫妻间的爱不够？张大哥比我更布尔乔亚？算了吧，看看张大哥去。

自迁都后，西单牌楼渐渐成了繁闹的所在，虽然在实力上还远不及东安市场一带。东安市场一带是暗中被洋布尔乔亚气充满，几乎可以够上贵族的风味。西单，在另一方面，是国产布尔乔亚，有些地方——像烙饼摊子与大碗汁麻酱面等——还是普罗的。因此，在普通人们看，它更足以使人舒服，因为多着些本地风光。它还没梦想到有个北京饭店，或是乌利文洋行。咖啡馆的女招待，百货店的日本货，戴一顶新草帽或穿一双白帆布鞋就可以出些风头的男女学生，各色的青菜瓜果，便宜坊的烧鸭，羊肉馅包子，插瓶的美人焦与晚香玉，都奇妙的调和在一处，乱而舒服，热闹而不太奢华，浪漫而又平凡。特别是夕阳擦山的前后，姑娘们都穿出夏日最得意的花衫，卖梅汤的冰盏敲得轻脆而紧张，西瓜的吆喝长而多颤；偶尔有一阵凉风；天上的余光未退，铺中的电灯已亮，人气车声汗味中裹着点香粉或花露水味，使人迷惘而高兴，袋中没有一文钱也可以享受一些什么。真正有钱的人们只能坐着车由马路中心，擦着满是汗味的电车，向长安街的沥青大路驰去，响着车铃或喇叭。

老李永不会欣赏这个。他最讨厌中等阶级的无聊与热闹，可是在他的灵魂的深处，他有点贵族气。他沿着马路边儿走，不肯和两旁的人群去挤。快到了堂子胡同，他的右臂被人抓住。丁二爷。

"啊，李先生！"丁二爷的舌头似乎不大利落，脸上通红，抓住老李的右臂还晃了两晃，"李先生，我又在这儿溜酒味呢！又喝了点，又喝了点。李先生，上次你请我喝酒，我谢谢你！这是第二次，记得清楚，很清楚。还能再喝点呢，有事，心中有事。"他指了指胸口。

老李直觉的嗅出一点奇异的味道，他半拉半扯的把丁二爷架到一个小饭铺。

又喝了两盅，丁二爷的神色与往日决不相同了，他居然会立起眉毛来。"李先生，秀真！"他把嘴放在老李的耳边，可是声音并没放低，震得老李的耳朵直嗡嗡。"秀真！"

"她怎么了？"老李就势往后撤了撤身子，躲开丁二爷的嘴。

"我懂得妇女，很懂得。我和你说过我自己的事？"

老李点了点头。

"我会看她们的眼睛和走路的神气，很会看。"他急忙吞了一口酒。"秀真回来了，今天。眼睛，神气，我看明白了。姑娘们等着出阁是一样，要私自闹事又是一个样，我看得出。秀真，小丫头，我把她抱大了的，现在——"丁二爷点着头，不言语了，似乎是追想昔年的事。

"现在怎样？"老李急于往下听。

"哎！"丁二爷的叹气与酒盅一齐由唇上落下。"哎！她一进门，我就看出来，有点不对，不对。她不走，往前摆，看着自己的大脚微笑！不对！我的小鸟们也看出来了，忽然一齐叫了一阵，忽然的！我把秀真叫到我的屋里，多少日子她没到过我屋里了！小的时候，一天到晚找丁叔，小丫头！我盘问她，用着好话，她说了，她和小赵！"

"和小赵怎着？"老李的大眼似乎永远不会瞪圆，居然瞪圆了。

"一块儿出去过，不止一次了，不止。"

"没别的事？"

"还没有，也快！秀真还斗得过他？"

"嘿！"

"哎！妇女，"丁二爷摇着头，"妇女太容易，也太难。容易，容易得像个熟瓜，一摸就破；难，比上天还难！我就常想，这不没事吧，没事我就常想，我的小鸟们也帮着我想，非到有朝一日，有朝一日男女完全随便，男女的事儿不能消停了。一个守一个，非捣乱不可。我就常这么想。"

老李很佩服丁二爷，可是顾不及去讨论这个。"怎办呢？"

"怎办？丁二有主意，不然，丁二还想不起喝酒。咱们现在男女还不能敞开儿随便。儿女一随便，父母就受不了。咱们得帮帮张大哥。我准知道，秀真要是跟小赵跑了，张大哥必得疯了，必得！我有主意，揍小赵！他要是个好小子，那就另一回事了，秀真跟他就跟他。女的要看上个男的，劝不来，劝不来，我经验过！不过，秀真还太小，她对我说，她觉得小赵好玩。好玩？小赵？我揍他！廿年前我自己那一回事，是我的错，不敢揍！我吃了张大哥快廿年了，得报答报答他，很得！我揍小赵！"

"揍完了呢？"老李问。

"揍就把他揍死呀！他带着口气还行，你越揍他，秀真越爱他，妇女吗！一揍把他揍回老家去，秀真姑娘过个十天半月也就忘了他，顶好的法儿，顶好！劝，劝不来！"

"你自己呢？"老李很关切的问。

"他死，我还想活着？活着有什么味！没味，很没味！这廿年已经是多活，没意思。喝一盅，李先生，这是我最后的一盅，和知己的朋友一块儿喝，请！"

老李陪了他一盅。

"好了，李先生，我该走了。"丁二爷可是没动，手按着酒盅想了会儿，"啊，我那几个小黄鸟。等我——的时候，李先生，把它们给英养着玩吧。没别的事了。"

老李想和他用力的握握手，可是愣在那里，没动。

丁二爷晃出两步去，又退回来："李先生，李先生，"脸更红了，"李先生，借给我俩钱，万一得买把家伙呢。"

四

老李不想去看张大哥了。丁二爷的言语像胶粘在他的脑中，他不知道是钦佩丁二爷好，还是可怜他好。可是他始终没想起去拦阻丁二爷，好像有人能去惩治小赵是世上最好的一件事。他觉得有点惭愧，为什么自己不去和小赵干？唯一的回答似乎是——有家小的吃累，不能舍命，不是不敢。但是，就凭那样一位夫人，也值得牺牲了自己，一生做个没起色、没豪气的平常人？自己远不如丁二爷，自己才是带着口气的活废物。什么也不敢得罪，连小赵都不敢得罪，只为那个破家，三天没和太太说话！他越看不起自己，越觉得不认识自己，"到底会干些什么？"他问自己。什么也不会。学问，和生活似乎没多大关系。在衙门里做事用不着学问。思想，没有行动，思想只足以使人迷惘。最足以自慰的是自己的心好，可是心好有什么标准？有什么用处？好心要是使自己懦弱，随俗，敷衍，还不如坏心。他低着头在暮色中慢慢的走，街上的一切声音、动作只是嘈杂紊乱，没有半点意义。一直走到北城根，看见了黑糊糊的城墙，才知道他是活着，而且是走到了"此路不通"的所在。他立住，抬头看着城墙上的星们。四外没有什么人声了，连灯光也不多。垂柳似乎要睡，星非常的明。他入了另一个世界，一个没有人、没有无聊的争执，连无聊的诗歌也没有的世界：只有绿柳伴着明星，轻风吹着小萍，到静到连莲花都懒得放香味的时候，才从远处来一两声鸡鸣，或一两点由星光降下的雨点，叫世界都入了个朦胧的状态。呆立了许久，他似乎醒过来。叹了口气，坐在地上。

地上还有些未散尽的热气，坐着不甚舒服，可是他懒得动。南边的天上一团红雾，亮而阴惨。远处，似乎是由那团红雾里，来的一些声音，沙沙的分辨不清是什么，只是沙沙的，像宇宙磨着点儿什么东西，使人烦恼而又有些希冀，一些在生死之间的响声。他低下头不再看。想起幼年在乡间的光景。麦秋后的夏晚，他抱着本书在屋中念，小灯四围多少小虫，绿的、黄的、土色的，还有一两个带花斑的蛾子，向灯罩进攻。别人都在门外树下乘凉。"学生"，人们不提他的名字，对他表示着敬意。十四五岁进城去读书，自觉的是"学生"了，家族，甚至全国全世界的光荣，都在他的书本上：多识一个字便离家庭的人们更远一些，可是和世界接近一点。读了些剑侠小说也没把他的"学生"的希冀忘掉了，虽然在必不得已的时候也摩仿着剑侠和同学打一架，甚至于被校长给记过一次，"学生"的耻辱。

到北平去！头一次见着北平就远远看见那么一团红雾，好像这个大城是在云间，自己是往天上飞。大学生，还是学生，可是在云里，是将来社会国家的天使，从云中飞降下来，把人们都提起，离开那污浊的尘土。

结了婚，本想反抗父母不回家结婚，可又不肯，大学生的力量是伟大的，可以改革一切。一个乡下女子到自己手里至少也会变成仙女，一同到云中去。毕了业，戴上方帽子照了相，嘴角上有点笑意，只是眼睛有点发呆。找事做了，什么也可以做，凭着良心作，总会有益于人的。只是不能回乡间去种地，高粱与玉米至高不过几尺高，而自己是要登云路的。有机会去革命，但是近于破坏；流血也显着太不人情，虽然极看不起社会上的一切。我不入地狱，谁入地狱？于是入了地狱，至今也没得出来，鬼是越来越多，自己的脸皮也烧得乌黑。非打破地狱不可！可是想打破地狱的大有人在，而且全是带走一批黑鬼，过了些日子又依旧回来，比原前还黑了三倍，再也不想出去。管自己吧，和张大哥学。张大哥是地狱中最安分的笑脸鬼。接来家眷，神差鬼使的把她接来，有了女鬼，地狱更透着黑暗，三天谁也不理谁！就着鬼世界的一切去浪漫吧，胆子不知为什么样小，或者是傲慢不屑？谁知道！又看见了那团红雾，北平没在天上，原来是地狱的阴火，沙沙的，烧着活鬼，有皮有肉的活鬼，有的还很胖，方墩，举个例说。

不敢再想！没有将来，想它作甚？将来至好不过像张大哥——闭门家中坐，祸从天上来。地狱的生活本是惩罚。小赵应当得意；丁二爷是多事，以鬼杀鬼，钢刀怎会见血？！自己抓不到任何东西，眼前是那团红雾，背后是城墙，幸而天上有星——最没用的大萤火虫们！好像听见父亲叱牛的声音。父亲抓住了一块地，把一生的汗都滴在那里。可是父亲那块地也保不住，假如世界是地狱的话。收庄稼的时候，地狱的火会烧得更痛快，忽，一阵风，十里百里一会儿燎尽！连根麦秸也剩不下！

极慢的立起来，四围没有一个人，低着头走。向东沿着河沿走，地上很湿软，垂柳像摇篮似的轻摆，似乎要把全城摇入梦境。柳树后出来一个黑影，极轻快的贴住他的肩，一股贱而难过的香味。"家去坐坐，不远，茶钱随意。"一个女的声音，可是干裂、难听，像是伤风刚好的样子。老李本能的躲了躲，她紧往前跟。他摸了摸袋中，只剩了几角钱的票子，抓了出来，塞在她的手中。"不家去呀？"她说着把手放下去。他的嗓中堵块石子，深一脚浅一脚的快走。又找到大街，他放慢了脚步。"地狱里的规矩人！"他叫着自己。回去，她一定还没走呢，把手表也给了她。没敢回去。一个手表救不了任何人。借着路灯看了看，已经十二点半。

五

　　他两天没到衙门去，一来是为在家中等着那个浪漫的马先生，二来是打不起精神去做事。连丁二爷都能成个英雄，而老李是完全被"科员"给拿住，好像在笼里住惯的小鸟，打开笼门也不敢往出飞；硬不去两天试试，散了就散了，没关系！在他心的深处，他似乎很怕变成张大哥第二——"科员"了一辈子，以至于对自己的事都一点也不敢豪横，正像住惯了笼子的鸟，遇到危险便闭目受死，连叫一声也不敢，平日的歌叫只为讨人们的欢心。他怕这个。他知道他已经被北平给捆起来，应当设法把翅膀抽出来，到空中飞一会儿。绝对的否认北平是文化的中心，虽然北平确是有许多可爱的地方。设若一种文化能使人沉醉，还不如使人觉到危险。老李不喜欢喝咖啡，一小杯咖啡便叫他一夜不能睡好。现在他决定要些生命的咖啡，苦涩、深黑，会踢动神经。北平太像牛乳，而且已经有点发酸。

　　跟太太还不过话，没关系。"科员化"的家庭，吵嘴都应低声的，不出一声岂不更好？心中越难过，越觉得太太讨厌。她不出声，正好，省得时时刻刻觉到她的存在。将来死了埋在一处，也不过是如此，一直到俩人的棺材烂了，骨头挨着骨头，还是相对无言，至于永久。好吧，先在活着的时候练习练习这个。就怕有朋友来，被人家看破，不好意思，"科员"！管它呢，谁爱来谁来，说不定连朋友也骂一顿，有什么可敷衍的？

邱太太来了。纸板似的，好像专会往别人家的苦恼里挤。老李想把她撵出去，可是不敢，得陪着说话，无论如何无聊！

"李先生，我来问你，你看邱真有意学学吴先生吗？"两槽牙全露出来。

"不知道。"

"哼！你们男人都互相的帮忙，有团体！我才不怕，离婚，正好！"

"干吗再说，那么？"老李心中说。

邱太太到屋里去找李太太。老李看出，自己应该出去溜溜，科员不便和另一科员的太太起什么冲突，拉着英出去了。

上哪儿去？想起北城根那个女人。哪能那么巧又遇上她。遇上，也不认识呀，在半夜里遇见的。可怜的姑娘，也许是个媳妇。她为什么不跳在河沟里？谁肯！老李你自己肯把生命卖给那个怪物衙门，她为什么不可以卖？焉知她不是为奉养一个老母亲，或是供给一个读书的弟弟？善良与黑暗遇上便是悲剧。

找张大哥去？不愿意去，也不好意思去，天真还没出来。到底小赵是怎回事？为什么不去提着小赵的耳朵，把实话揍出来？饭桶，糟蛋，老李！

买了个极大的三白香瓜，堵上英的嘴，没目的而又非走不可的瞎走。

第十七章

一

半夜里，张大哥把大嫂推醒："我做了个梦，我做了个梦。"他说了两遍，为是等她醒明白了再往下说。

"什么梦？"她打了个哈欠。

"梦见天真回来了。"

"梦是心头想。"

张大哥愣了一会儿。"梦见他回来了，顶喜欢的。待了一会儿，秀真也来了。秀真该来了，不是应当放暑假了吗？"

"七月一号才完事呢，还有两三天了。"

"啊！我梦见她回来了，也挺喜欢的。待了一会儿，仿佛咱们是办喜事，院子里搭起席棚，上着喜字的玻璃，厨子王二来了，亲友也来了，还送来不少汽水。秀真出门子，给的是谁？你猜！"

"我怎会猜着你的梦？"

张大哥又愣了一会儿。"小赵！给的是小赵！他穿着西服，胸前挂着大红花，来亲迎。我恍忽似乎看见吴太极、邱先生、孙先生们都在西屋外边立着，吸着烟卷。他们的眼睛，我记得清楚极了，都盯着我，好像在万牲园里看猴子那样，脸上都带着点轻视我的笑意。我看见小赵进来，又看见他们大家那样笑我，我的心要裂了。我回头看了看，秀真在堂屋立着呢，没有打扮起来，还穿着学校的制服。她不哭也不笑，就是在那儿立着，像傀儡戏里的那个配角，立在一旁，一点儿动作没有。我找你，也找不到。我转了好几个圈。你记得咱们那条老黄狗？不是到夏天自己咬不着身上的狗蝇就转圈，又急又没办法？我就是那个样。我想揍小赵，一生没打过架，胳臂抬也抬不起，净剩了哆嗦了。小赵向我笑了。我就往后退，挡住了秀真。我想拉起她往外跑，小赵正堵住门。吴太极们都在他身后指着我笑。我拉着她往后退。正在这个当儿，门外咚——响了一声，震天震地的，像一个霹雳。我就醒了。什么意思呢？什么意思呢？"

"没事！横是天真快出来了。我明个早晨给他的屋子收拾出来。"张大嫂安慰着丈夫，同时也安慰着自己。

"梦来得奇怪，我不放心秀真！"

"她，没事！在学校里正考书，还能有什么事？"大嫂很坚决的说，可是自己也不大相信这些话。

张大哥不言语了。帐子外边有个蚊子飞来飞去的响着。待了好大半天，他问："你还醒着哪？"

"睡不着了，蚊子也不是在帐子里边不是？"

他顾不到蚊子的问题："我说，万一小赵非要秀真不可呢？"

"何必信梦话呢！不是老李和他说好了吗？"

"梦不梦的，万一呢？老李这两天也没来！"

"衙门也许事儿忙，这两天。"

"也许。我问你，万一小赵非那么办不可，你怎着？"

"我？我不能把秀儿给他！"

"不给他，天真就出不出来呢？"张大哥紧了一句。

"那——"

"哎！"张大哥又不言语了。

夫妻俩全思索着，蚊子在帐子外飞来飞去的响。

大嫂先说了话："我的女儿不能给他！"

"儿子可以不要了？"

"我也不是不爱儿子，可是——"

"他要是明媒正娶的办，自然这口气不好受，可是——"

"命中没儿子就是没儿子，女儿是可以不——"

"不用说了，"张大哥有点带怒了，"不用说了！命该如此就结了！我姓张的算完了，拿刀剁小赵个兔崽子！"

多少年了，张大哥没用过"兔崽子"。"拿刀剁？"只能说说。他不能再睡。往事一片一片的落在眼前。自己少年时的努力，家庭的建设，朋友的交往，生儿女的欣喜，作媒的成功，对社会规法的履行，财产购置……无缘无故的祸从天降！自从幼年，经过多少次变乱，多少回革命，自己总没跌倒，财产也没损失，连北京改成北平那么大的变动都没影响到自己，现在？北京改名北平的时节，他以为世界到了末日，可是个人的生活并没有摇动。现在！不明白，什么也不明白，小赵比他小着二十多岁。小赵是飞机，张大哥是骡车；骡车本不想去追飞机，可是飞机掷下的炸弹是没眼睛的。骡车被炸得粉碎。他想起前二年在顺治门里，一辆汽车碰死一匹老驴。汽车来到跟前，老驴双腿跪下了，瘫了，两只大眼睛看着车轮轧在自己的头上，一汪血，动也没动，眼还睁着！那匹老驴也许是在妙峰山的香会上，白云观神路上，戴着串铃，新鞍鞯，毛像缎子似的，鼻孔张着，飞走，踢起轻松的尘沙，博得游人的彩声。汽车来了，瞪着眼，瘫在那里！张大哥听见远处的鸡鸣，窗纸微微发青，不能睡，不能！自己是那个老驴，跪到小赵的身前，求他抬手，饶了他，必不得已，连秀真饶上也可以，儿子的价值比女儿高。大嫂也没睡。

二

大嫂来找老李，到底小赵是怎回事？她拿出有小赵签字的纸条，告诉老李，张大哥做了个恶梦。

李太太看见亲家来了，不得不和丈夫一同接见。丈夫的眼神非常的可怕，像看见老鼠的猫，全身的力量都运到眼上。老李还不到话来。大嫂的脸，虽然勉强笑着，分明带着隔夜的泪痕。她不但关心天真，而且问老李：“秀儿是不是准没危险？”老李回答不出。他的唇白了，脑门上出了热汗，眼睛极可怕。生平不爱管闲事，虽然心中愿意打个抱不平，一旦自动的给人帮忙，原来连半点本领也没有，叫小赵由着性戏弄，自己是天生来的糟蛋！什么事都由着别人，自己就没个主张？穿衣服，结婚，接家眷，生，死，都听别人的。连和太太大声嚷几句都不敢。地道糟蛋。只顾了想自己的事，张大嫂又说了什么，没听见。自己要说点什么，说不出，嘴唇只管自张自闭，像浅木盆里的挣扎性命的鱼！

大嫂还勉强笑着逗一逗干女儿，摸着菱的胖葫芦脸。摸着摸着哭起来，想起秀真幼时的光景。李太太也陪着落泪，自己一肚子的冤屈还没和大嫂诉说。丈夫的眼神非常的可怕，不敢多哭，而且得劝住张大嫂。

正在这个时节，吴太太来了，进了屋门就哭。方墩的脸上青了好几块，右眼上一个大黑圈。"我活不成了，活不成了！"看见张大嫂也在这里，更觉得势力雄厚些："老李，你不叫我活着，我也叫你平安不了。吴小子虽然厉害，向来没打过我。现在，你看看，看看！"她指着脸上的伤。"都是你，你把他顶下来，你叫他和我离婚。今天就是今天了，咱们俩上当街说去！"

李太太为这个自己打过一顿嘴巴，可是始终没和丈夫闹破。自然哪，丈夫心里有病，不说，他自己还不明白？他心里明白，假装糊涂，好几天不理我！吴太太来得好，跟他闹，看他怎样！白给小赵二百五十块钱，够买两三亩地的！

老李莫名其妙，一句话没有。嘴一张一闭，汗衫贴在背上，像刚被雨淋过的。

张大嫂问了方墩几句。把自己的委屈暂放在下层，打住了泪，为老李辩护。"这是小赵写的，我不都认识，我明白其中的意思。老李为我们给了他二百五十块钱。为我们把他自己押给小赵。老李会顶了吴先生？老李会叫吴先生跟你离婚？我家里闹了事，你们连问也不问，就是老李是个好人，我告诉你吴太太！买房子？老李买我们的房子？小赵要的报酬！小赵是你们家的人，不是个东西！"大嫂把几个月的怨气恨不能都照顾了方墩，心中痛快了些。

方墩不言语了，可是泪更多了："反正我挨了打！"心里头说："不能这么白挨！"

李太太瞪了眼，幸而没向大嫂说这回事。丈夫的眼神非常的可怕，吴先生可以揍吴太太，焉知老李不拿我杀气？

老李一声也不响，虽然大嫂把方墩说得闭口无言，可是心中越发觉得无聊。这群妇人们，小赵！自己是好人，没用！

张大嫂又给方墩出了主意："找小赵去！跟他拼命，你要是治服了他，吴先生再也不敢打你。我的当家子的也把差事搁下了，难道也是老李的坏？"

"小赵还叫我上衙门闹去呢！"方墩心里说。待了会儿对两位太太说："我谁也不怨，只怨我不该留下那个小妖精！我没挨过打，没挨过！"她觉得一世的英名付于流水。"没完，我家去，我死给他们看看，我谁也不怨，"她设法张开带黑圈的眼看了老李一下，似乎是道歉，"我走了。我死后，只求你姐们给我烧张纸去！"

方墩走后，李太太乘着张大嫂没走，设法和丈夫说话，打开僵局。有客人在座，比较的容易些，可是老李还是没理她。

三

小赵第一没有任何宗教信仰，第二没有道德观念，第三不信什么主义，第四不承认人应有良心，第五不向任何人负任何责任，按说他可以完全无忧无虑，而一人有钱，天下太平了。不过，人心总是肉长的，小赵的心不幸也是肉长的，这真叫他无可如何的自怜自叹自恨。对于秀真，他居然有一点为难！本来早就可以把她诱到个地方，使她变成个妇人，可是不知为了什么，他还没下手。人的心不能使人成为超人，小赵恨自己。她比别的妇人都容易弄到手，别的妇女得花钱，定计，写契证；她完全白来，一瓶汽水，几声笛耳，带她看了趟天真，行了。可是他不敢下手，他不认识了自己。

他向来不为难，定计策是纯粹理智的，用不着感情。成功与失败是凭用计的详密活动与否，也不受良心的责备与监视。成功便得点便宜，失败就损失点，失败了再干，用不着为难。秀真有点与众不同，简单得像个大布娃娃，不用小赵费半点思想。也许是理智清闲起来，感情就来作怪，小赵像拿惯了老鼠的猫，这回捉住了个小的，不肯一口吞下，而想逗弄着玩，明知道这是不妥，甚至于是不对，可是不肯下手。假如这么软弱下去，将来也许有失去捕鼠能力的可能！小赵没了主意。她的眼睛、鼻子、笑涡，连那双大脚，都叫他想到是个"女子"，不是"货物"。他常想他的母亲和他的父亲也不过是那么一回事，但是他不肯随便骂自己的亲娘。对于秀真也有这么点。他觉得秀真应当和他有点人与人的关系，不是人与货物的关系。一向他拿女的当作机器，或是与对不很贵的磁瓶有同等的作用与价值。秀真会使他的心动了动。他非常奇怪的发现了自己身上有种比猫捕鼠玄虚一些的东西。他要留着秀真，永远满足他的肉欲，而不随手的扔了她。这便奇怪的很。这是要由小赵而变成张大哥——张大哥有什么出息？这是要由享受而去负责任，由充分的自由而改成有家有室，将来还要生儿养女。因此得留着秀真的身子，因为小赵是要为自己娶太太。他觉着非常的可笑，同时又觉着其中或者另有滋味，她确是与众不同。但是，为了这点玄虚的东西而牺牲了个人的事业，上算不上算？把秀真送出去，至少来几千，先不用说升官。小赵为了难。思想还是清楚的，不过这一回每当一思索就有点别的东西来裹乱。性欲的问题，在小赵本不成问题。现在生要为这个问题而永远管一个女子叫笛耳，太不上算；吃着他，喝着他，养了孩子他喂着，还得天天陪上几声笛耳，糊涂！可是秀真有股子奇怪的劲，叫他想到，老管她叫笛耳是件舒服事，有一个半个小小赵，她养的，也许有趣味。他是上了当，不该钩搭这么个小妖精。后悔也不行，他极愿意去和她一块走走逛逛，看看她的一双大脚。那双大脚踩住了他的命，仿佛是。妇女本来都是抽象的，现在有一个成为具体的，有一定的笑涡、大脚、香气，贴在他的心上，好像那年他害肚子疼贴的那张回春膏。虽然贴着有些麻烦，可是还不能不承认那是自己身上的一部分，它叫肚皮发痒，给内部一些热气，一贴膏药叫人相信自己的肚子有了依靠。一块钱一贴，在肚子上值一万金子，特别在肚子正疼的时候。秀真是张贴心房的膏药。可是小赵不承认心中有什么病。为难！

丁二爷找到小赵。

"赵先生，"丁二爷叫，仿佛称呼别人"先生"是件极体面的事，"赵先生！"

"丁二吗？有什么事？"小赵是有分寸的，丁二爷只是"丁二"，无须加以客气的称呼。

"秀姑娘叫我来的。"

"什么？"

"秀姑娘叫我来的。"

"哪个秀姑娘？"小赵的眼珠没练习着跳高，而是死鱼似的瞪着丁二爷。他最讨厌别人知道了自己的事。

"秀真，秀真，我的姪女秀真。"丁二爷好像故意的讨厌。

"你的姪女？"小赵真似乎把秀真忘了，丁二的姪女，哼！

"我把她抱大了的，真的，一点儿不假。我的事她知道，她的事我知道。您和她的事我也知道。她叫我找您来了。"

小赵非常的不得劲，很有意把丁二枪毙了，以绝后患。"找我干吗？

啊，别人知道不知道？"

"别人怎能知道，她就是和我说知心话，我的嘴严，很严，像个石头子。"

"不要你的命，你敢和别人说！"

"决不说，决不说，丁二都仗着你们老爷维持。那回您不是赏了我一块钱？忘不了，老记着。"

"快说，到底有什么事？"小赵减了些猜疑，可是增加了些不耐烦，丁二是到梆到底的讨厌鬼。

"是这么回事！"

"快着，三言两语，别拉锯，赵先生没工夫！"

"秀真一半天就搬回家来，出入可就不大方便了，叫您快想主意。她说，顶好您设法先把天真放出来，然后您向张大哥要求这回婚事。成也得成，不成也得成。秀姑娘说了，她自己也和父亲母亲要求，父母不答应，她就上吊。可是天真得先出来，不然她没话向父母说。"

"好啦，去你的，我快着办。给你这块钱，"小赵把张钱票扔在地上，"留神你的命，只要你一跟别人提这个，噗，一刀两断，听见没有？"

丁二爷把票子拾了起来，说："谢谢，赵先生，谢谢！决不对别人说！您可快着点！秀姑娘真不坏，真不坏。郎才女貌！赵先生，丁二等吃喜酒！以后您有什么信传给秀姑娘，找我丁二，妥当，准保妥当！"

小赵心里怎么也不是味，不肯承认自己是落在情网中：赵先生被个蜘蛛拿住？赵先生像小绿蝇似的在蛛网上挣扎？没有的事！可是丁二的末几句话使他心中痒了痒——吃喜酒，郎才女貌！人还不易逃出人类的通病，小赵恨自己太软弱。可是洞房花烛夜，吻着那双大脚，准保没被别人吻过的，她脸上红着，两个笑涡像两朵小海棠花！以前经历过的女人都像木板似的，压在她们身上都觉不出一点弹性！小赵没办法，没法把心掏出来，换上块又硬又光的大石卵。

四

丁二爷一辈子没撒过谎，这是头一次。他非常的兴奋，说了谎，而且是对大家所不敢惹的小赵说的！还白捡了一块钱，生命确是有趣的。大概把小赵揍死，也许什么事没有？谁知道！天下的事只怕没人做，做出来不一定准好或是准坏，就怕不做。丁二爷想起过去的事：假如少年的时候，遇上事敢做，也许不至成为废物？他有点后悔。好吧，现在拿小赵试试手。小赵一点也没看起咱，给他个冷不防！丁二爷没想到自己是要做个英雄，他自己知道自己，英雄与丁二联不到一处。只是要试试手。试好了便算附带的酬报了张大哥，试不好——谁知道怎样呢！过去是一片雾，将来是一片雾，现在，只有现在，似乎在哪儿有点阳光。秀真，小丫头，也确是可爱！要是自己的儿子还跟着自己，大概还许和她订婚呢！儿子哪儿去了？那个老婆哪儿去了？他看着街上的邮差，终年的送信，只是没有丁二的！去喝两盅，谁叫白来一块钱呢！

第十八章

一

　　老李的苦痛实在是有苦而没地方去说。李太太不是个特别泼辣的妇人，比上方墩与邱太太，她还许是好一些的。可是她不能明白老李。而老李确又不是容易明白的人。他不是个诗人，没有对美的狂喜；在他的心中，可是，常有些轮廓不大清楚的景物：一块麦田，一片小山，山后挂着五月的初月。或是一条小溪，岸上有些花草，偶然听见蛙跳入水中的响声……这些画境都不大清楚，颜色不大浓厚，只是时时浮在他眼前。他没有相当的言语把它们表现出来。大概他管这些零碎的风景叫作美。对于妇女，他也是这样，他有个不甚清楚的理想女子，形容不出她的模样，可是确有些基本的条件。"诗意"，他告诉过张大哥。大概他要是有朝一日能找到一个妇女，合了这"诗意"的基本条件，他就能像供养女神似的供养着她，到那时候他或者能明明白白的告诉人——这就是我所谓的诗意。李太太离这个还太远。

　　那些基本条件，正如他心中那些美景，是朴素、安静、独立，能像明月或浮云那样的来去没有痕迹，换句话说，就是不讨厌，不碍事，而能不言不语的明白他。不笑话他的迟笨，而了解他没说出的那些话。他的理想女子不一定美，而是使人舒适的一朵微有香味的花，不必是牡丹、芍药，梨花或是秋葵就正好。多咱他遇上这个花，他觉得他就会充分的浪漫——"他"心中那点浪漫——就会通身都发笑，或是心中蓄满了泪而轻轻的流出，一滴一滴的滴在那朵花的瓣上。到了这种境界，他才能觉到生命，才能哭能笑，才会反抗，才会努力去做爱做的事。就是社会黑得像个老烟筒，他也能快活，奋斗，努力，改造，只要有这么个妇女在他的身旁。他不愿只解决性欲，他要个无论什么时候都合成一体的伴侣。不必一定同床，而俩人的呼吸能一致的在同一梦境——一条小溪上，比如说——里呼吸着。不必说话，而两颗心相对微笑。

现在，他和太太什么也不能说。几天没说话，他并不发怒，只觉得寂寞，可不是因为不和"她"说笑而寂寞。她不是个十分糊涂的妇人；反之，她确是要老大姐似的保护着他，监督着他，像孤儿院里的老婆婆。他不能受。她的心中蓄满了问题，都是实际的，实际得使人恶心要吐。她的美的理想是梳上俩小辫，多擦上点粉，给菱做花衣裳。她的丈夫会挣钱，不娶姨太太，到时候就回家。她得给这么个男人洗衣服，做有肉的菜。有客人来她能鞠躬，会陪着说话，送到院中，过几天买点礼物去回拜，她觉得在北平真学了些本事。跟丈夫吵不起来的时候自己打嘴巴，孩子太闹或是自己心中不痛快，打英的屁股；不好意思多打菱，菱是姑娘，急了的时候只能用手指戳脑门子。她的一切都要是具体的。老李偏爱做梦。她可是能从原谅中找到安慰：丈夫不爱说话，太累了；丈夫的脸像黑云似的垂着，不理他。老李得不到半点安慰。越要原谅太太越觉得苦恼，他恨自己太自私，可是心中告诉自己——老李你已经是太宽容，你是整个的牺牲了自己。

马少奶奶有些合于他的条件，虽然不完全相合；她至少是安静，独立，不讨厌。她的可怜的境遇补上她的缺欠。可是她也太实际，她只把老李看成李太太的丈夫。老李已经把心中的那点"诗意"要在她的身上具体化了，她像门外小贩似的，卖什么吆喝什么，把他的梦打碎。无论怎么说，可是老李不能完全忘了她，她至少是可以和他来得及的。

老李专等着看看她怎样对付那位逃走的马先生。衙门不想去，随便，免职就免职，没关系！张家的事，想管，可是不起劲，随便，大家都在地狱里，谁也救不了谁。

李太太有点吃不住了。丈夫三四天不上衙门，莫非是……自己不对，不该把事不问清楚了就和丈夫吵架。她又是怕，又是惭愧，决定要扯着羞脸安慰他，劝告他。

"今天还不上衙门呀？"好像前两天不去的理由她晓得似的。"放假吧？"把事情放得宽宽的说，为是不着痕迹。

他哼了一声。

二

下了大雨。不知哪儿的一块海被谁搬到空中，底儿朝上放着。老李的屋子漏得像漏杓，菱和英头上蒙着机器面口袋皮，四下里和雨点玩捉迷藏，非常的有趣。刚找着块干松地方，头上吧哒一响，赶紧另找地方，最后，藏在桌儿底下，雨点敲着桌上的铜茶盘，很好听，可是打不到他们的头上。"爸！这儿来吧！"爸的身量过大，桌下容不开。

一阵，院中已积满了水。忽然一个大雷，由南而北的咕隆隆，云也跟着往北跑。一会儿，南边已露出蓝天；北边的黑云堆成了多少座黑山，远处打着闪。跑在后边的黑云，失望了似的不再跑，在空中犹疑不定的东探探头，西伸伸脚，身子的四围渐渐由黑而灰而白，甚至于有的变成一缕白气无目的的在天上伸缩不定。

院中换了一种空气，瓦上的阳光像鲜鱼出水的鳞色，又亮又润又有闪光。不知道哪儿来的这么些蜻蜓，黄而小的在树梢上结了阵，大蓝绿的肆意的擦着水皮硬折硬拐的乱飞。马奶奶的几盆花草的叶子，都像刚琢过的翡翠。在窗上避雨的大白蛾也扑拉开雪翅，在蓝而亮的空中缓缓的飞。墙根的蜗牛开始露出头角向高处缓进，似乎要爬到墙头去看看天色。来了一阵风，树上又落了一阵雨，把积水打得直冒泡儿；摇了几次，叶上的水已不多，枝子开始抬起头来，笑着似的在阳光中摆动。英和菱从桌下爬出来，向院中的积水眨巴眼——嗷！

并没有商议，二位的小手碰到一处，好像小蚁在路上相遇那么一触，心中都明白了。拉着手，二位一齐下了海。英唱开了"水牛，水牛，先出犄角后出头。"菱看天上的白云好像一群羊，也唱着"羊，羊，跳花墙……"把水踢起很高。英的大拇指和二指一捻，能叫水"花啦"轻响一声，凑巧了还弄起个水泡。菱也得那么弄，胖脚离了水皮，预备捻脚指头；立着的那只脚好像有人一推，出溜——脊背也擦了水皮；英拉不住她，爽性撒了手，菱的胖脊背找着了地，只剩了脑袋在外边，"妈！"英拼命的喊。菱要张口，水就在唇边，一大阵眼泪都流入海里。"妈！妈——"

全院下了总动员令。爸先出来了，妈在后边。东屋大婶是东路司令，西路马奶奶也开开了门。爸把小葫芦捞出来，像个穿着衣服的小海狗。大红兜肚直往下流水，脊背上贴了几块泥。脸也吓白，葫芦嘴撇得很宽，可是看着妈妈，不敢马上就哭出声来。"不要紧的，菱，快擦擦去！"马奶奶知道菱是不敢哭，不是不想哭。马婶也赶紧的说："不要紧的，菱！"
菱知道是不能挨打了，指着红兜肚，"新都都，新都都！"哭起来，似乎
新兜肚比什么也重要。或者是因为这样引咎自责可以减少妈妈的怒气。妈
妈没生气，可是也没笑着，"看看，摔着了没有吧！"菱有了主心骨，话
立刻多了："没摔着！菱没动，水推菱，吧唧！"她笑了，大家都笑了。
妈把菱接过去。英早躲到南墙去，直到妈进了屋才敢过来，拉住了马婶，
一劲的嘻嘻，他的裤子已湿了半截。

　　马奶奶夸奖雨是好雨，老李想起乡下——是，好雨；可是暴雨浇热
地，瓜受不了。马婶不晓得瓜也是庄稼，她总以为菜园子才种瓜呢，可是
不便露怯，没言语。老李想起些雨后农家的光景，有的地方很脏，有的地
方很美，雨后到日落的时候，在田边一伸手就可以捏着个蜻蜓。"英，咱
们出西直门看看去！"很想闻闻城外雨后新洗过的空气，可是没说，因为
英正和马婶在墙根找蜗牛。马婶没穿着袜子，赤足穿着双小胶皮靴，看不
见脚，可是露着些腿腕。阳光正照着她的头发，水影在她头上的窗纸上摇
着点金光，很像西洋画中的圣母像。英不怕晒，她也似乎不怕，跟着英在
阶上循着墙根找蜗牛，蹲着身，白腿腕一动一动往前轻移。马奶奶进了
屋。老李放胆的看着她的背影，她的白腿腕，她的头发，她头上的水光。
他心中的雨后村景和她联在一气，晴美，新鲜，安静，天真，他找到了那
个"诗意"。

　　菱换好了干衣服，出来拉住爸的手，"英，给我一水牛！"英没答
应。菱看了看爸的鞋，"爸，鞋湿！爸鞋湿！"爸始终也没觉鞋湿，笑了
笑，进屋去换鞋。

三

院中的水稍微下去了些，风一点也没有了，到处蒸热，蝉像锥子似的刺人耳鼓。屋中的潮味特别难闻，似乎不是屋子了，而像雨天的磨房，在哪儿有些潮马粪似的。老李想出去走走，又怕街上的泥多。这在这个当儿，英和菱又全下了水，因为在阶上看见丁二爷进来，俩孩子在水中把他截住，一边一个拉住他的手。丁二爷的脚上粘着不晓得有几斤泥，旧夏布大衫用泥点堆起满身的花，破草帽也冒着蒸气，好像刚从水里捞出来。他拉着两个孩子一直的闯进来，仿佛是在海岸避暑的贵人们在水边上游戏呢。

"李先生，李先生，"丁二爷顾不得摘帽子，也不管鞋上带进来多少水。"天真回来了，天真回来了！张大哥找你呢！"他十分的兴奋，每个字仿佛是由脚根底下拔起来的，把鞋上的水挤出，在地上成了个小小的湖。

老李本想替张大哥喜欢喜欢，可是不知道为什么非常的冷淡，好像天真出来与否没有半点意义。

"李先生，去吧，街上不很难走！"丁二爷诚恳的劝驾。

老李只好答应着："就去。"

英看出了破绽："二大，街上不难走？你看看！"指着地上的小湖。

"噢，马路当中很好走；我是喜欢得没顾挑着路走，我一直的蹚，哗啦，哗啦！"丁二爷非常的得意，似乎是做下一件极浪漫的事。

"二大，"英的冒险心被丁二爷激动起，"带我上街蹚水去！咱们都脱了光脚丫？"

"今天可不行，丁二还有事呢，还得找小赵去呢！"他十二分抱歉，所以对英自称"丁二"。

英撅了嘴。老李接过来问："找他干吗？"

"请他到张家吃饭，明天，明天张大哥大请客。"

"啊，"老李看出来，张大哥复活了。可是丁二爷有些神秘，他不是要揍小赵吗？他的神气一点儿不像去揍人的，难道……管他们呢，一群糟蛋，没再往下问。

丁二爷往外走，孩子们都要哭，明知丁二爷是淌水玩去，不带他们去！

"英，我带你们去！"爸说了话。

"脱了袜子？"英问。

"脱！"爸自己先解开了皮鞋。

"脱鸭鸭来脱鸭鸭，"英唱着，"菱，你不脱肥鸭？"

"妈——菱脱鸭鸭！"

老李一手拉着一个，六只大小不等的光脚蹚了出去，大家都觉得痛快，特别是老李。

四

第二天早晨，天晴得好像要过度了似的。个个树叶绿到最绿的程度，朝阳似洗过澡在蓝海边上晒着自己。蓝海上什么也没有，只浮着几缕极薄极白的白气。有些小风，吹着空地的积水，蜻蜓们闪着丝织的薄翅在水上看自己的影儿。燕子飞得极高，在蓝空中变成些小黑点。墙头上的牵牛花打开各色的喇叭，承受着与小风同来的阳光。街上的道路虽有泥，可是墙壁与屋顶都刷得极干净，庙宇的红墙都加深了些颜色。街上人人显着利落，轻松，连洋车的胶皮带都特别的鼓胀，发着深灰色。刚由园子里割下的韭菜、小白菜，带着些泥上了市，可是不显着脏，叶上都挂着水珠。

老李上衙门去。在街上他又觉出点渺茫的诗意，和乡下那些美景差不多，虽然不同类。时间还早，他进了西安门，看看西什库的教堂、图书馆、中北海。他说不上是乡间美呢，还是北平美。北平的雨后使人只想北平，不想那些人马住家与一切的无聊，北平变成个抽象的——人类美的建设与美的欣赏能力的表现。只想到过去人们的审美力与现在心中的舒适，不想别的。自己是对着一张，极大的一张，工笔画，楼阁与莲花全画得一笔不苟，楼外有一抹青山，莲花瓣上有个小蜻蜓。乡间的美是写意的，更多着一些力量，可是看不出多少人工，看不见多少历史。御河桥是北平的象征，两旁都是荷花，中间来往着人马；人工与自然合成一气，人工的不显着局促，自然的不显着荒野。一张古画，颜色像刚染上的，就是北平，特别是在雨后。

老李又忘了乡间，他愿完全降服给北平。可是到了衙门，他的心意又变了。为什么北平必须有这样怪物衙门呢？想想看，假如北京饭店里净是臭虫与泔水桶！中山公园的大殿里是厕所！老李讨厌这个衙门。他不能怨北平把他的生命染成灰色，是这个衙门与衙门中的无聊把他弄成半死不活——连打小赵一个嘴巴，或少请一回客，都不敢，可怜！

同事们逐渐的来到，张大哥在他们的唇上复活了。张家已不是共产的窝穴，已不是使人血凝结上的恐怖。大家接到了张大哥的请帖——天真原来不是共产党。大家开始讨论怎样给大哥买礼物压惊，好像几个月里他没惊过一回似的。买礼物总得讨论，讨论好大半天，一个人独自行动是可怕的，一定要大家合作，买些最没有用的东西，有实用的东西便显着不官样，不客气。礼物庄上的装着线似的半根挂面的锦匣，和只有点杏仁粉味儿而无论如何也看不见一钉星杏仁粉的花盒子，都是理想的礼品。讨论完礼物，大家开始猜测张大哥能否官复原职。意见极不一致。张大哥，有的说，到处有人，不必一定吃财政所。可是，另一位提出驳议，不回到财政所来，为什么请财政所的人们吃饭？那是因为小赵是首座，不能不请旧同事作陪，第三位自觉的道出惊人的消息。假如，假如他回来，是回原缺呢，还是怎样？讨论的热烈至此稍为低减。人人心中有句："可别硬把我顶了呀！"不能，不能再回财政所，也许到公安局去，张大哥的交往是宽的。这样决定，大家都心中平静了些。

老李听着他们咕唧，好像听着一个臭水坑冒泡，心中觉得恶心。

孙先生过来问："老李儿呀，给张大哥送点什么礼物儿呢？想不起，压根儿的！"

"我不送！"老李回答。

"噢！"孙先生似乎把官话完全忘了，一句话没再说，走了出去。

老李心中痛快了些。

五

儿子到了家。张大哥死而复活，世界还是个最甜蜜的世界，人种还是万物之灵，因为会请客。请客，一定要请客。小赵是最值得感激的人，虽然不能把秀真给他，可是只就天真的事说，他是天下最好的人。请小赵自然得请同事们作陪。他们都没看过他一趟，可是不便记恨他们，人缘总要维持的。况且，也难怪他们，设若他家中有共产党，张大哥自己也要躲得远远的，是不是？无论怎说吧，儿子是回来了，不许再和任何人为难作对。儿子是一切，四万万同胞一齐没儿子，中国马上就会亡的。

几个月的愁苦使张大哥变了样，头发白了许多，脸上灰黄，连背也躬了些。可是一见儿子，心力复原了，张大哥还是张大哥，身体上的小变动没关系；人总是要老的，只怕老年没儿子，很想就此机会留下胡子。灰黄的脸上起了红色，背躬着，可是走得更快，更有派儿，赶紧找出官纱大衫，福建漆的扇子，上街去订菜。还得把二妹妹找来帮忙：前者得罪了她，没关系，给她点好饭吃，交情立刻能恢复的。天气多么晴，云多么蓝！做买卖的多么和气！北平又是张大哥的宝贝了。订了菜，买了一挑子鲜花，给儿子加细的挑了几个蜜桃，女儿也回来了，也得给她买些好吃的，鲜藕和鲜核桃吧，女儿爱吃零碎儿。没有儿子，女儿好像不存在；有了儿子，儿女是该平等待遇的。回到家中，官纱大衫已湿了一大块，天气热得可以，老没出去。腿也觉得累得慌，可是心中有劲，像故宫里的大楠木柱子，油漆就是剥落了些，到底内里不会长虫。叫理发的，父子全修容理发，女儿也得烫头。花吧，有能力再挣去。挣钱为谁，假如没有儿子？剪下的头发有不少白的，没关系，做大官的多半是白胡子老头。天真将来结了婚，有了子女，难道做祖父不该是个慈眉善目的白发翁？

二妹妹来了，欢迎。"大哥您这场——可够瞧的！"

"也没什么！"张大哥觉得受了几个月的难，居然能没死，自己必是超群出众，"二兄弟呢？"

"我上次不是找您来吗，您不是——正——没见我吗？"二妹妹试着步说，"他出来是出来了，可是不能再行医，巡警倒没大管哪，病人不来，干脆不来。您说叫他改行吧，他又手不能提篮，肩不能担担，做个小买卖都不会，这不是眼看着挨饿吗？他净要来瞧您，求求您，又拉不下脸来。大哥，您好歹给他凑合个事儿，别这么大睁白眼的挨饿呀！您看，他急得直张着大嘴的哭！"二妹妹的眼泪在眼眶里转。

"二妹您不用着急，咱们有办法，有人就有事。我说，您的小孩呢？正闹着天真的事，我也没给您道喜去！"

"俩多月了，奶不够吃的，哎！"

张大哥看了看她，她瘦了许多，没饭吃怎能有奶？没奶吃怎能养得起儿子？决定给二兄弟找个事做；不看二兄弟，还不看那个吃奶的孩子？

"好吧，二妹妹，您先上厨房吧。"结束了二妹妹。

几个月的工夫耽误了多少事？春际结婚的都没去贺，甚至于由自己为媒的也没大管，太对不起人了！逐家得道歉去。不过，这是后话，先收拾院子，石榴会死了两棵！新买来的花草摆上，死了的搬开，院子又像个样子了，可惜没有莲花，现种是来不及了，买现成的盆莲又太贵。算了吧，明年再说，明年的夏天必是个极美的，至少要有三五盆佛座莲！

六

西房的阴影铺满了半院。院中的夜来香和刚买来的晚香玉放着香味，招来几个长鼻子的大蜂，在花上颤着翅儿。天很高，蝉声随着小风忽远忽近。斜阳在柳梢上摆动着绿色的金光。西房前设备好圆桌，铺着雪白的桌布。方桌上放着美丽烟、黑头火柴、汽水瓶，桌下两三个大长西瓜，擦得像刚用绿油漆过的。秀真拿着绿纱的蝇拍，大手大脚的在四处瞎拍打，虽不一定打着苍蝇，可确有打翻茶杯的危险。她的脸特别的红，常把瓜子放在唇边想着点什么，鼻子上的汗珠继续把香粉冲开，于是继续扑扑的去拍，拍的时候特意用小圆镜多照一会儿笑涡——向左偏偏脸，向右偏偏脸，自己笑了。

张大哥躬着点背，一趟八趟的跑厨房，嘱咐了又嘱咐，把厨子都嘱咐得手发颤。外面叫来的菜，即使菜都新鲜，都好，也不能随便的饶了厨子。自己打来的"竹叶青"，又便宜又地道，看着茶房往壶里倒，不能大意，生活是要有板有眼，一步不可放松的，多省一个便多给儿子留下一个。沏上了"碧螺春"，放在冰箱里镇着，又香又清又凉，省得客人由性开汽水：汽水两毛一瓶，碧螺春，喝得过的，才两毛一两，一两茶叶能沏五六壶！汽水，开瓶时的响声就听着不自然！

张大嫂的夏布半大衫儿贴在了脊背上，眼圈还发红，想起儿子所受的委屈，还一阵阵的伤心，可是看着丈夫由复活而加紧的工作，自己也不愿落后，虽然很想坐在没人的地方再痛哭一场。女儿大手大脚的只会东一拍西一拍的找寻苍蝇，别的什么也不能帮忙。谁叫女儿是女学生呢，女学生的父母就该永远受累的，没法子，而且也不肯抱怨，不为儿女奔，为谁？姑娘的头烫了一点半钟，右眼上还掩着一块，大热的天。时兴，姑娘岂可打扮得像老太太。幸而有二妹妹来帮忙，可是二妹妹似乎只顾发牢骚，干事有些心不在焉，没法子，求人是不能完全如意的。二妹妹也的确是可怜，有上顿没下顿的，还奶着个孩子！偷偷的给了二妹妹一块钱，希望孩子赶快长大，能孝顺父母，好像一块钱能养起个孩子似的。

客人来了。都早想来看张大哥，可是……都觉得张大哥太客气，又请客，可是……都觉得买来的礼物太轻，可是……都看出张大哥改了样，可是……结果：张大哥到底是张大哥，得吃他，得求他做点事，有用的人，值得一交往，况且天真不是共产党。瓜子的皮打着砖地，汽水扑扑的响着，香烟烧起几股蓝烟，一直升到房檐那溜儿，把蚊阵冲散。讲论着天气，心中比较彼此的衣料价格，偷眼看秀真的胳臂。

孙先生许久没和张大哥学习官话，一见面特别的亲热，报告孙太太大概又有了，没办法。生育节制压根儿是"破表，没准儿"！

邱先生报告吴太极近来穷得要命，很想把方墩太太撵出去，以便省些粮食。十三妹还好，一心一意的跟老吴，就是有一样毛病，敢情吸白面！关于邱先生自己，语气之中带出已经不怕牙科展览的太太，而她反有点怕他。自然邱先生的话不免有些夸大，可是有旁人作证，他确是另有了个人，而邱太太以离婚恫吓他，她自己又真怕离婚。恐怕要出事，大家表面上都夸赞邱科员的乾纲大振，可是暗中替他担忧。大家摇头，家庭是不好随便拆散的，不好意思！

其他的朋友陆续来到，都偷眼看着天真，可是不便问他究竟为什么被捕，不好意思。

天真很瘦，对大家没话可讲，勉强板着脸笑，自以为是个英雄，坐过狱。就凭这坐过一次狱，白吃父亲一辈子总可以说得下去了。为什么被捕？不晓得。为什么被释？不知道。可怕是真的。五花大绑捆了走！真可怕！可是对这群人应当骄傲，他们要是五花大绑捆了走，说不定到不了狱里就会吓死。不过，自己也真得小心点，暂时先不要出去，五花大绑可别次数多了。父母看着好似老了许多，算了吧，也不用挤钱留学去了，留着钱在北平花也不坏。父亲一定是有不少财产，还把房子送给小赵一所呢！对父亲得顺从一些，这回误被当作共产党拿去，大概是平日想共父亲的产的报应。摩登孝子也许和"妹妹我爱你"可以联成一气的。想法得讨老头——把资本老头的"资本"特意的免去，表示自己决非共产党——的欢心，好死吃他一口。当着父亲把桌上的空汽水瓶挪开了两个，表示极愿和父亲合作。对妹妹也和气了许多，哥哥坐过狱，妹妹懂得什么，所以得格外的善待她。

大家都到齐，只短小赵和老李，大家心中觉得不安。小赵是首座，大家理当耐心的等着，老李怎么也不来？凭什么不来？近来大家对老李很不满意，于是借着机会来讨论他，嘴都有些撇着。

"老李儿是不想来的，"孙先生撇着嘴说。"昨天我对他讲，送张大哥什么礼物，哎呀，'我不送！'他说的。狂，狂得不成样儿！莫名其妙！"

张大哥想叫丁二爷去请他们，丁二爷也不见了。

第十九章

一

政治的变动，对于科员们，是饭碗又要碎破的意思；无力制止，可是听着头疼。也有喜欢换一换局面的，假如风儿是向着自己吹来，而且吹得带着喜气，可是这究竟是极少数的。小赵是永远察看风向的人。但是每逢他特别的喜欢，别人不免就害头疼。

他两天没露面，大家心中又打开了鼓。"小赵上哪儿啦？张大哥请客他都没到！"大家不但心中这么嘀咕着，也彼此的探问。有的更进一步的猜测："听说市长又要换人。小赵准是又上了天津。说不定，他还许来个局长呢！"老李也许晓得，问他去。"老李，张大哥请客怎么没去？小赵也没去！"给老李一个暗示。自从吴太极免职，老李和小赵很那个。老李没说什么，大家越觉得他知道。好厉害的老李，嘴和蛤壳似的那么严紧！

小赵没影儿了，可是有人看见张大哥上科长家里去。大家又有点不安。所里是没有缺的，张大哥回来就得有人出去。大家都很不满意那个顶了张大哥的人。张大哥到底是老资格，那个新来的科员懂得什么？可是他既能顶了张大哥，他的力量一定不小，张大哥未必就能再顶下他去。那么，不定谁被顶呢！

张大哥确是下了决心恢复地位，自己定好期限，一个月内要接到委任状。好吗，丢了一所房子，不赶紧抓弄抓弄还行？对于媒人的事业也开始张罗着，男人当娶，女的当聘，不然便没有人生。再说，张大哥要是放弃说媒的工作，不亚于把自己告下来——张某不行了，头发白了，没用了！这根本和谋差事有关系，被人认识为老朽无能还能找到差事？不，张大哥不能服这口气——"叫你们看看姓张的，至少还能跳动二十来年！"去看看老李，请吃饭他怎没来呢？老李是好人，够个朋友，不过，对于谋差事，老李并没有多少用处。老李都好，就是差事当得太死板，太死板。也别说，他升了头等科员，大概也有点劲，可是，别人要是有他那点学问，那笔文章，还早做了科长呢，到底是太死板。

老李没在家，张大哥和李太太谈起来，婆婆慢慢的谈得十分相投，张大哥仿佛是有点女性。李太太自从自己打了顿嘴巴之后，脸上由肿而削瘦，心里老憋着一大下子眼泪。见了张大哥好像见了叔公，把委屈都倒了出来。张大哥像慰劳前线将士似的，只夸奖她的好处，并不提老李有什么缺欠。激起她的勇气比咒骂敌人强的多。李太太能来到北平，原是张大哥的力量与主张，自然不能因为帮助李太太而说老李不好；老李要真是不好，张大哥岂不担着把她接到虎口里来的"不是"？李太太听了一片奖励自己的话，不由的高兴起来，觉得自己到底是比丈夫大着两岁，应当容让他，虽然想起丈夫的一天到晚撅着嘴，徐庶入曹营一语不发，也确是心里堵得慌。李太太决定留张大哥吃饭，张大哥决定不吃，可是觉得李太太已经受了"教育"，北平的力量！

二

羊肉西葫芦馅的饺子，李太太原想用以款待张大哥。大哥不肯赏脸，李太太有点失望。可是大哥刚走了不大一会儿，丁二爷来了。三句话过去，李太太抓住吃饺子的主儿。

"很好，很好，丁二爷最爱吃羊肉馅！"说着，他脱了那件不大有灵魂的夏布衫，就要去和面。

当然不能叫客人去和面，李太太拦住了他，两个孩子也抱住他的腿。他把夏布衫很郑重的又穿上，然后举了菱高高，给他们开始说他早年的故事，两个孩子对这个故事已能答对如流。

"听着，英，我从头儿说。"

"打摔碗说吧，什么碗来着？"英问。

"子孙饽饽的碗，就由这儿说吧。她一下轿子就嫌我，很嫌我！给她个下马威，哼！她——"

"她连子孙饽饽的碗都摔了！"英接了下去。

"啪，摔了！"菱的嘴慢，赶不上英，只好给找补上点形容，俩手拍了一下。

"闹吧，很闹了一场；归齐，是我算底，丁二——"

"是老实人，很老实！"因为句子简单，这回菱也赶上了。

"你们说的一点也不错，真对！"丁二爷以为英们非常的聪明。"丁二是老实人——"

英们极注意的等插嘴的机会，忽然丁二爷加了一个旁笔："我说，英，有酒没有哇？要是没有，叫妈妈给咱们钱，咱们打点去。喝点酒，我能说得更好听！"

英和妈要来一毛钱，丁二爷挑了个大茶杯："咱们走呀！"一齐上了街。

一出胡同东口，遇上了老李，英幌着手里的毛钱票儿喊："爸，我们打酒去，跟妈要的一毛钱。"

老李笑了。丁二爷拉着菱，拿着茶碗，黑小子拿着一毛钱，不知为什么很可笑。

"我正给他们讲故事，想喝点酒——"

英又接了过去，"喝完了酒，讲得更好听。我们刚说到摔了——什么饽饽来着？"他拉了丁二爷夏布衫一下。

老李不笑了。他觉得他也须喝点酒。他跟着他们走，到了油酒店，他拦住了英："上那边买去。"

进了商店，他买了一瓶莲花白、几个桃和两把极绿可是没很长足的莲蓬。把酒交给丁二爷。菱看准了莲蓬，非抱着不可。英没张罗着拿什么，只看着手里的一毛钱。出了店门，他奔了香瓜挑子去："拿一毛钱的香瓜，要好的！"蹲下了，大黑眼珠围着瓜们乱转。老李过去挑了三个，又添了一毛钱，英乐得不知怎好，又拉了丁二爷一把："二大，我也得喝点酒。"

妈妈看见大家都拿着东西回来，乐了，加劲的包饺子。菱无论如何也不放下莲蓬，谁要也不给。老李出了主意，爬在菱的耳根说了些话。菱还是不放手，可是忽然似乎明白过来，放下一把，告诉英："别动菱绿——"说不上这些绿玩意叫什么。然后抱着一把儿，鼓着肚子走了。一出屋门："马婶——给你这绿——"马婶跑出来："给我送来的，菱？"

"爸说给婶这绿——"还抱着不肯放手。

"留着给菱吃吧。婶不要。"马婶笑着。

菱眨巴了半天眼睛，又把莲蓬抱回来了。

全院的人忽然的都笑了，只有李太太在厨房里不知怎回事。老李已把瓜洗了一个，给菱一大块，算是把"绿——"换过了来。他拿着莲蓬出来，马老太太也在屋门口笑呢。他左右看了看，心中一狠，还是送到东边去，马婶笑着接了过去。马老太太发了话："留着给孩子们吃吧！"老李答了句："还有呢。"彼此都笑着。他心中十二分痛快。

"你们喝酒吧，饺子就得。"李太太也很喜欢，看着她创造的那群白饺子，好像一群吃圆了肚子的小白猫。

英和菱拿着瓜，和妈要了块生面，一边吃瓜一边捏小鸡玩。

老李和丁二爷喝着酒，丁二爷的夏布衫还不肯脱。老李还没喝多少，脸已经红了，头上一劲儿冒汗。丁二爷喝过了三杯，嘴唇哆嗦上了，咽了好几口气才说上话来：

"李先生，李先生，事情办妥了，敢情很容易，很容易！李先生，原来事情就怕办，一办也不见得准不成。"

老李猜出是什么事，他看看丁二爷，那件夏布大衫好像忽然变得洁白发光。"原来事情就怕办"这几个字在他耳中继续的响着，轻脆有力，像岩石往深潭里落的水珠。小赵是生是死，他倒不大注意，他只觉出丁二爷是个奇迹。连丁二爷都能做出点异于吃饭、喝茶、上衙门的事！他拿起酒杯来，本想大大的吞一口，不行，还是呷了一点，在嗓子上贴住不往下走！

"李先生，"丁二爷的手伸入夏布大衫，摸了半天，手有点颤，摸出张折着的厚桑皮纸，递给老李，"这是那张房契。张大哥不容易，很不容易，请你交给他吧。咱们喝一杯。小赵打算娶秀姑娘，得下辈子了！请！"

老李看着丁二爷灌下一杯去，自己只举了举盅儿。

丁二爷辣得直仰脖子，可是似乎非常的得意："小赵算完了。您看，很容易。我约他上后海，说秀姑娘在那儿等他。他来了，不用提多么喜欢了。妇人有多么大能力！我懂得。天并不十分黑，可巧四下就没一个人。我早在苇子里藏好了，蚊子真多，咬得我身上全是大包，我一动也不敢动。他来了，越走越近，嘿，我的心要跳出来，真的！容他走过一步去，我就像拉替身的鬼，双手对准他的脖子一锁。我似乎要昏过去，我只知道我有两只手，没有别的。他，我听见了，听得真真的，小狗睡着了有时候嗷嗷两声，他就是那么嗷了两声。没有别的。他连踢踢土都没顾得，很老实，比丁二还老实！我一拉，就把他拉进苇子里去。搜了搜他身上搜到这张房契、钱包、表，我没敢动。完了事，我软了，不敢出来了。连迈步都不能了。他仰着身，虽然看不清他的脸，可是我知道他是看着我呢，怕极了！苇叶一动，我一惊，以为有人来掐我的脖子！"丁二爷又吞了一口酒，摸一摸脖子，似乎很怀疑脖子的完整。"一耗，耗了一个多钟头，身上就像水洗过的一样，汗很多。我急了，往外迈了一步，正迈在他的腿上！我跳了，什么也不顾了，跳出来，头也没回，我一直走到天桥！为什么？不知道！天桥是枪毙人的地方。枪毙丁二，我似乎听见！在天坛的墙根我忍了一夜，没睡，一会儿没睡，星星一劲儿对我眨巴眼，好像是说，明天就枪毙丁二！"他又端起酒盅来。

李太太把饺子端来，两大盘，油汤挂水的冒着热气。他们俩都没动筷子。

三

市长换了。各局各所的空气异常紧张。市长就职宣言，不换人，不用私人。各局各所的空气更加紧张。谁都知道市长是对报纸说的那几句话，"一朝天子一朝臣"是永不能改的真言。第二天教育局换了局长，连听差的一律更换。财政所的胖所长十万火急的找小赵，秘书科长们找小赵，科员们找小赵，夫役们找小赵，找不到。大家因急而疑，暗中嘀咕：莫非小赵要把胖所长顶了？这一嘀咕，小赵的价值增高了十倍。在另一方面，就是所长最亲信的人也觉得倒戈的必要。于是大家分头去奔走，没有两个人守一路战线的，全是各自为战，能保持住个人的地位什么事也可以做。老李是大家的眼中钉。只有他，不慌不忙，好像心中有个小冰箱——"这小子真他妈的有准！"大家不能不骂了。孙先生虽然心里也吃了凉柿子似的，可是不招大家妒恨，人家孙先生走哪路门子，自己就和大家声明，不像老李那么骄傲厉害，听人家孙先生："哎呀，新市长儿是乡亲哟！老孙是猪八戒掉在泔水桶里，得其所哉！说不定，还来个秘书儿当当。"孙先生多么直爽可爱！孙宅接到了多少礼物，单说果藕和莲花就是三挑子！

　　小赵尸身被个粪夫找到了。报纸上用小碟子大小的字登出来，把尸身的臭味如何强烈都加细的描写。疑案。因为是疑案，所以人们各尽想象的所能猜测与拟构其中的故典。财政所的人们立刻也运用想象，而且神速的想出：政治作用。小赵，据他们想，是要顶胖所长的，所以他必定与新任市长有深切的关系。市长到任声言不更动各局的人，可是教育局连个夫役也没留下。小赵必定已经运动好重要的地位，自然另一批人又要失业，所以……这个逻辑的推断在科员们看是极合理而大快人心的。科员们杀只鸡都要打哆嗦，现在居然有位剑侠——至少会飞檐走壁的——把要使一批人失业的小赵杀死！小赵活着的时候是个人物，可是这一死使他的价值减到零度。因为这样的推测，慢慢的胖所长变成了谋杀的主使人。虽然没人敢明说，可是意思是那样。说到归齐，大家谁不晓得所长太太与小赵的关系，谁不知道所长是又倚仗而又怕小赵，谁看不出小赵要是不谋阔事则已，要是想干的话能不谋财政……越想越对！大家这样想，慢慢的思想也不知怎么在言语上表现出来，虽然都不敢首先这样宣传。及至说出来了，正是英雄所见略同，于是在低声交换意见的工夫，已像千真万确的果有其事，成了政界一段最惊人最有色彩的历史。一个衙门里这样相信，别的衙门里也跟着低声的吵吵。这一吵吵使新任的教育局长将已免职的陈人又叫回来几个，因为事情闹到局长们的耳朵里，杀人的已不是剑侠或刺客，而是有组织的暗杀团。局长们身高树影儿大，不能不谨慎一些，明哲保身是必须遵守的古训。消息传到市长的耳朵里，暗杀团不但是有组织，而且里面有流氓浪人。市长太太登时上了天津。一来是为避难，二来是为跳舞去。市长没法不和各局所的长官妥协了：市长交派下一批人，由各局所分用，不便全体更动。各局所的领袖暂不更换，可是市长给大家一个暗示——接任的花销太大。于是各局所的经费收支报告又都改造了一次。

张大哥的奔走，连天真都动了心："得包个车吧？天太热！"张大哥很感激儿子，儿子自从狱里出来确是明白多了。可是，"包车干吗？走得差不离，再搭点脚，一天我也花不过八十子儿的车钱！"张大哥大概至死也想不起论"毛"雇车的。他的奔走确是不善，已经有了眉目：新市长手下一位秘书先前与他同过事，而且这位秘书的弟妇是张大哥给说的，秘书不但答应了给他帮忙，而且问他愿到哪个机关去。平日维持人，好交往，你看到时候有多大用处，多大面子，由自己指定机关！张大哥几乎得意的要落泪。只要家里不出共产党，事情是不难的。人心不古，谁说的？秘书叫我自己挑定机关！到底哪个机关好呢？这倒为了难。在哪儿做事也是一样，事在人为，不过，既有自选的机会，也别辜负了人家秘书的善意。闭死了左眼，吸了两袋烟，决定了，还是回财政所。人熟地灵，衙门又比较的阔绰。

张大哥随着一批新人，回了财政所，所里的陈人其实是没有什么变动，因为所长是讲面子的人，而且各位都有人给说情，所以旧人没十分动，而硬添上一批新人。羊毛出在羊身上，有的是老百姓纳供，多开点薪水也用不着所长自己掏腰包。况且市长与局长们的妥协究竟是暂时的，知道哪时就搁车，干吗裁员得罪人！于是所里十分热闹，新旧交欢，完全是太平景像。连夫役也又添了两名，因为打手巾把和沏茶的呼唤接二联三，已无法应付。张大哥利用机会把爱用石膏的二兄弟荐上，暂时当着夫役，等空气变换了些再去行医；不过，再行医的话可千万"少"下——不是不可以下——石膏。此外，张大哥对于新到的一群山南海北的科员们特别的照应：有的不会讲官话，张大哥教；有的不会吃西餐，张大哥带着去练习；有的要娶亲，张大哥吃了蜜。

四

老李又没被撤差，他自己也笑了。衙门更像怪物了，他想逃都逃不了。混吧！大家都是混，不过别人混得兴高彩烈，他混得孤寂无聊。对新同事们他不大招呼，旧同事们对他非常不满意，孙先生已经把刚学来的一句加在老李的身上——"乡下人不认识仙人掌，青饼子！"

把房契给张大哥送了去。张大哥愣了。老李想吓嚇张大哥一下，不好意思，没说什么。张大哥似乎不大敢收那张契纸，看见它，也就看见了小赵，这是玩的？！

"大哥把它收起来好了，没事！"

张大哥想起《七侠五义》来，没有除暴安良的侠义英雄，这是不可能的！

"把丁二爷那笼子小鸟给我吧，"老李岔开了话。

"丁二在哪儿呢，好几天没见他的面，家里越忙，他越会耍玄虚，真正的废物！"张大哥不满意丁二爷。

"他在我那儿呢，啊——帮几天忙。"老李没敢说丁二爷天天梦见天桥枪毙人，不敢出来。

"噢，在你那儿呢，那我就放心啦。"张大哥为客气起见，软和了许多。可是丁二在老李家帮什么忙呢？

老李提着一笼破黄鸟走了。张大哥看着房契出神，怎回事呢？

第二十章

一

老李唯一值得活着的事是天天能遇到机会看一眼东屋那点"诗意"。他不能不承认他"是"迷住了，虽然他的理智还强有力的管束着一切行动。既不敢——往好了说，是不肯——纯任感情的进攻，他只希望那位马先生回来，看她到底怎样办，那时候他或者可以决定他自己的态度。设若他不愿再欺哄自己的话，他实在是希冀着——马回来，和她吵了，老李便可以与她一同逃走。逃出这个臭家庭，逃出那个怪物衙门，一直逃到香浓色烈的南洋，赤裸裸的在赤道边上的丛林中酣睡，做着各种颜色的热梦！带着丁二爷。丁二爷天生来的宜于在热带懒散着。说真的，也确是得给丁二爷想主意——他一天到晚怕枪毙，不定哪天他会喝两盅酒到巡警局去自首！带他上哪儿？似乎只有南洋合适。他与她，带着个怕枪毙的丁二爷，在椰树下，何等的浪漫！

"小鸟儿，叫吧！你们一叫，就没人枪毙我了！"丁二爷又对着笼子低声的问卜呢！

逃，逃，逃，老李心里跳着这一个字。逃，连小鸟儿也放开，叫他们也飞，飞，飞，一直飞过绿海，飞到有各色鹦鹉的林中，饮着有各色游鱼的溪水。

他笑这个社会。小赵被杀会保全住不少人的饭碗，多么滑稽！

二

正是个礼拜天，蝉由天亮就叫起来，早晨屋子里就到了八十七度，英和菱的头上胸前眼看着长一片一片的痱子，没有一点风，整个的北平像个闷炉子，城墙上很可以烤焦了烧饼。丁二爷的夏布衫无论如何也穿不住了；英和菱热得像急了的狗，捉着东西就咬。

院子里的砖地起着些颤动的光波，花草全低了头，麻雀在墙根张着小嘴喘气，已有些发呆。没人想吃饭，卖冰的声音好像是天上降下的福音。老李连袜也不穿，一劲儿扑打蒲扇。只剩了苍蝇还活动，其余的都入了半死的状态。街上电车铃的响声像是催命的咒语，响得使人心焦。

为自己，为别人，夏天顶好不去拜访亲友，特别是胖人。可是吴太太必须出来寻亲问友，好像只为给人家屋里增加些温度。

老李赶紧穿袜子，找汗衫，胳臂肘上往下大股的流汗。

方墩太太眼睛上的黑圈已退，可是腮上又加上了花彩，一大条伤痕被汗淹得并不上口，跟着一小队苍蝇。

"李先生，我来给你道歉，"方墩的腮部自己弹动，为是惊走苍蝇。"我都明白了，小赵死后，事情都清楚了。我来道歉！还有一件事，我得告诉你。吴先生又找着事了。不是新换了市长吗，他托了个人情，进了教育局。他虽是军队出身，可是现在他很认识些个字了，近来还有人托他写扇面呢。好歹的混去吧，咱们还闲得起吗？"

老李为显着和气，问了句极不客气的："那么你也不离婚了？"

方墩摇了摇头："哎，说着容易呀，吃谁去？我也想开了，左不是混吧，何必呢！你看。"她指着腮上的伤痕，说："这是那个小老婆抓的！自然我也没饶了她，她不行，我把她的脸撕得紫里套青！跟吴先生讲和了，单跟这个小老婆干，看谁成！我不把她打跑了才怪！我走了，乘着早半天，还得再看一家儿呢。"她仿佛是练着寒暑不侵的工夫，专为利用暑天锻炼腿脚。

　　老李把她送出去，心里说"有一个不离婚的了！"

　　刚脱了汗衫，擦着胸前的汗，邱太太到了，连像纸板那样扁的她，头上也居然出着汗珠。

　　"不算十分热，不算，"她首先声明，以表示个性强。"李先生，我来问你点事，邱先生新弄的那个人儿在哪里住？"

　　"我不知道，"他的确不知道。

　　"你们男人都不说实话，"邱太太指着老李说，勉强的一笑，"告诉我，不要紧。我也想开了，大家混吧，不必叫真了，不必。只要他闹得不太离格，我就不深究，这还不行？"

　　"那么你也不离婚了？"老李把个"也"字说得很用力。

　　"何必呢，"邱太太勉强的笑，"他是科员，我跟他一吵，不能吵，简直的不能吵，科员！你真不知道他那个——"

　　老李不知道。

　　"好啦，乘着早半天，我再到别处打听打听去。"她仿佛是正练着寒暑不侵的工夫，利用暑天锻炼着腿脚。

　　老李把她送出去，心里说"又一个不离婚的！"

　　他刚要转身进来，张大哥到了，拿着一大篮子水果。

"给干女儿买了点果子来。天热得够瞧的！"随说随往院里走。

丁二爷听见张大哥的语声，慌忙藏在里屋去出白毛汗。

"我说老李，"张大哥擦着头上的汗，"到底那张房契和丁二是怎回事？我心里七上八下的不得劲，你看！"

老李明知道张大哥是怕这件事与小赵的死有关系，既舍不得房契，又怕闹出事来。他想了想，还是不便实话实说，大热的天，把张大哥吓晕过去才糟！"你自管放心吧，准保没事，我还能冤你？"

张大哥的左眼开闭了好几次，好像困乏了的老马。他还是不十分相信老李的话，可是也看出老李是决定不愿把真情告诉他："老李，天真可是刚出来不久，别又——"

老李明白张大哥，张大哥、方墩、邱太太和……都怕一样事，怕打官司。他们极愿把家庭的丑恶用白粉刷抹上，敷衍一下；就是别打破了脸，使大家没面子。天真虽然出来，到底张大哥觉得这是个家庭的污点，白粉刷得越厚越好；由这事再引起别的事儿，叫大家都知道了，最难堪，张大哥没有力量再去抵挡一阵。你叫张大哥像老驴似乎戴上"遮眼"去转十年二十年的磨，他甘心去转；叫他在大路上痛痛快快的跑几步，他必定要落泪。"大哥，你要是不放心的话，我给你拿着那张契纸，凡事都朝着我说，好不好？"

"那——那也倒不必，"张大哥笑得很勉强，"老李你别多心！我是，是，小心点好！"

"准保没错！丁二爷一半天就回去，你放心吧！"

"好，那么我回去了，还有人找我商议点婚事呢。明天见，老李。"

老李把张大哥送出去，热得要咬谁几口才好。

丁二爷顶着一头白毛汗从里间逃出来："李先生，我可不能回张家去呀！张大哥要是一盘问我，我非说了不可，非说了不可！"

"我是那么说，好把他对付走，谁叫你回张家去？"老李觉得这样保护丁二爷是极有意义，又极没有意义，莫明其妙。

三

张大哥走了不到五分钟，进来一男一女，开开老李的屋门便往里走。老李刚又脱了袜子与汗衫。

"不动，不动！"那个男的看见老李四下找汗衫，"千万不要动，同志！马克同，马克司的弟弟。这是……"他介绍那位女的"高同志，与马同志同居。记得这屋是妈同志的，同志你为何在此？"

老李愣了。

马同志提着个皮包，高同志提着个小竹筐，一齐放在地上，马同志坐在皮包上，高同志自己找了把椅子坐下。

老李明白过来了，这是马老太太的儿子。他看着他们。

马同志也就是三十多岁，身量不高，穿着黄短裤，翻领短袖汗衫，白帆布鞋。脸上神气十足，一条眉毛挑着天，一条眉毛指着地，一只眼望着莫斯科，一只眼瞭着罗马。鼻孔用力的撑着，像跑欢了的马那样撑着，嘴顺势也往上兜着，似乎老对自己发笑，而心里说着，"你看我！"

高同志也就是三十多岁，身量不高。光脚穿着大扁白鞋，上身除了件短袖白夏布衫，大概没什么别的东西，露着一身的黑肉。脸上五官俱全，嘴特别的大，不大有精神，皱着眉，似乎是有点头疼。

丁二爷、李太太、英、菱都来参观，把两位同志围得风雨不透。马同志顺手把丁二爷的芭蕉扇夺过去扇着，高同志拿起桌上一个青苹果——张大哥刚给送来的——刚要放嘴里送，被英一把抢回去。

"看这个小布尔乔亚！"马克同指着英说，"世界还没多大希望！"

李太太看丈夫不言语，挂了气："我说，你们俩是干吗的呀？"

"我俩是同志，你们是干吗的？"马同志反攻。

李太太回答不出。有心要给他个嘴巴，又不肯下手。

屋门开了，马老太太进来："快走，上咱们屋去！"

"妈同志！"马克同立起来，拉住老太太的手，"就在这儿吧，这儿还凉快些。"

马老太太的泪在眼里转，用力支持着："这是李先生的屋子！"然后向老李："李先生，不用计较他，他就是这么疯疯颠颠的。走！"她朝着高同志："你也走！"

马同志很不愿意走，被马老太太给扯出来。丁二爷给提着皮箱。高同志皱着眉也跟出来。老李看见马少奶奶立在阶前，毒花花的太阳晒着她的脸，没有一点血色。

四

大家谁也没吃午饭，只喝了些绿豆汤。老李把感情似乎都由汗中发泄出来，一声不出，一劲儿流汗。他的耳朵专听着东屋。东屋一声也没有。他佩服马婶，豪横！因为替她使劲，自己的汗越发川流不息。他想象得到她是多么难堪，可是依然一声不出。

丁二爷以为马同志是小赵第二，非和李太太借棒槌去揍他不可，她也觉得他该揍，可是没敢把棒槌借给丁二爷。

英偷偷的上东屋看马婶，门倒锁着呢，推不开，叫马婶，也不答应。英又急了一身的痱子。

西屋里喀啰喀啰的成了小茶馆，高声的是马同志，低声的是老太太，不大听见高同志出声。

马老太太是在光绪末年就讲维新的人，可是她的维新的观念只限于那时候的一些，五四以后的事儿她便不大懂了。她明白，开通，相当的精明，有的地方比革命的青年还见得透澈，有的地方她毫不退步的守旧。对于儿女，她尽心的教育，同时又很放任。马与黄的自由结婚，她没加半点干涉。她非常疼爱马少奶奶。可是，儿子又和高同志同居了，老太太不能再原谅。她正和马同志谈这个。儿子要是非要高同志不可呢，老太太愿意自己搬出去另住，马少奶奶愿跟着丈夫或婆婆，随便，儿子要是可以牺牲了高同志呢，高同志马上请出。老太太的话虽然多，可是立意如是，而且很坚决。

马同志是个不得意的人，心中并没有多少主意，可是非常的自傲。他愿意做马克司的弟弟，可是他的革命思想与动机完全是为成就他自己。对于富人他由自傲而轻视他们，想把他们由天上拉到尘土上来，用脚踩住他们的脸。对于穷人他由自傲而要对他们慈善，他并不了解他们，看不出为他们而革命的意义。他那最好的梦是他自己成为革命伟人，所以脸上老画着那个"你看我！"他没有任何的成功。对于妇女，他要故意的浪漫，妇女的美与妇女的特性一样的使他发迷。对于黄女士，他爱她的美；可是她太老实，太安静，他渐渐的不满意了。对于高女士，他爱她的性格活泼好动敢冒险；可是她又太不美了，太男性了，他渐渐的不满意了。可是，他不能决定要哪个好，他自己说，"我掉在两块钢板中间！"他也不要解决这个，他以为一男多妻，或是一妻多男，都是可以的，任凭个人的自由，旁人不必过问。况且他既摆脱不开已婚的黄女士，又摆脱不开同居的高同志，而她们俩又似乎不愿遵行他的一男多妻的办法，就是想解决也解决不了。他没主意。

他还有个梦想——现在已证实了是个梦想：他以为有了心爱的女子在一块，能使他的事业成功。娶了一个自己心爱的，没用。再去弄个性格强而好动的，还是没用。他以为女子是男人成功的助手，结果，男人没成功，而女子推不开撵不掉，死吃他一口。不错，高女士能自己挣饭吃，可是自己挣饭与帮助他成功离得还很远。况且两个常吵架，她有时候故意气他。自从与她同居，他确是受了许多苦处，他不甘于受苦，根本就没想到受苦。他总以为革命者只须坐汽车到处跑跑，演说几套，喝不少瓶啤酒，而后自己就成了高高在上的同志。结果，有时候连电车也坐不上。由失望而有些疯狂，他只能用些使普通人们打哆嗦的字句吓嚇人了，自傲使他不甘心失败。"你看我！到底比你强点！四十岁以上的都要杀掉！"使老实人们听着打战，好像淘气的孩子故意吓嚇狗玩。

西屋的会议开了两点多钟。马克同没办法。老太太不能留高同志。最后，高同志提起小竹筐，往外走。马同志并没往外送她。

老太太上了东屋。东屋的门还倒锁着。"开开吧，别叫我着急了！"老太太说。屋门开了，老太太进去。

老太太进了东屋，马同志溜达到北屋来。英与菱热得没办法，都睡了觉。三个大人都在堂屋坐着，静听东西屋的动静。马同志自己笑了笑。

"你们得马上搬家呀，这儿住不了啊！你革过命没有？"他问老李。"你革过命没有？"他问丁二爷。"你革过命没有？"他问李太太。

大家都没言语。

"啊！"马同志笑了。"看你们的脑袋就不像革命的！我革过命，我得住上房，你们赶快滚！"

李太太的真正乡下气上来了，好像是给耕牛拍苍蝇，给了马同志的笑脸一个顶革命的嘴巴——就恨有俩媳妇的人！

"好！很好！"丁二爷在一旁喝彩。

马同志捣着脸，回头就走，似乎决定不反抗。

五

李太太的施威，丁二爷的助威，马同志的惨败，都被老李看见了，可是他又似乎没看见。他的心没在这个上。他只想着东屋：她怎样了？马老太太和她说了什么？那个高同志能不能就这么善罢干休？他觉不到天气的热了，心中颤着等看个水落石出。马同志的行为已经使他的心凉了些，原来浪漫的人也不过如此。浪漫的人是以个人为宇宙中心的，可是马同志并没把自己浪漫到什么地方去，还是回到家来叫老母亲伤心，有什么意义？自然，浪漫本是随时的游戏，最好是只管享受片刻，不要结果，更不管结果。可是，老李不能想到一件无结果的事。结果要是使老母亲伤心，不能干！

到了吃晚饭的时候，他的心已凉了一半：马少奶奶到西屋去吃饭！虽然没听见她说话，可是她确是和马家母子同桌吃的！

到了夜晚，他的心完全凉了：马同志到东屋去睡觉！老李的世界变成了个破瓦盆，从半空中落下来，摔了个粉碎。"诗意"？世界上并没有这么个东西，静美，独立，什么也没有了。生命只是妥协，敷衍，和理想完全相反的鬼混。别人还可以，她！她也是这样！或者在她眼中，马同志是可爱的，为什么？忌妒常使人问呆傻的问题。

起初，只听见马同志说话，她一声不出。后来，她慢慢的答应一两声。最后，一答一和的说起来。静寂。到夜间一点多钟——老李始终想不起去睡——两个人又说起来，先是低声的，渐渐的语声越来越高，最后，吵起来。老李高兴了些，吵，吵，妥协的结果——假如不是报应——必是吵！可是他还是希望她与他吵散了——老李好还有点机会。不大的工夫，他们又没声了。老李替她想出她的将来。高同志一定会回来的。马少奶奶既然投降了丈夫，就会再投降给高同志，说不定马少奶奶还会被驱逐出去。他看见一朵鲜花逐渐的落瓣，直到连叶子也全落净。恨她呢，还是可怜她呢？老李不能决定。世界是个实际的，没有永远开着的花，诗中的花是幻想！

老李的希望完了，世界只剩了一团黑气，没有半点光亮。他不能再继续住在这里，这个院子与那个怪物衙门一样的无聊，没意义。他叫醒了丁二爷，把心中那些不十分清楚而确是美的乡间风景告诉了丁二爷。

"好，我跟你到乡下去，很好！在北平，早晚是枪毙了我！"丁二爷开始收拾东西。

六

张大哥刚要上衙门，门外有人送来一车桌椅，还有副没上款的对联和一封信。

　　他到了衙门，同事们都兴奋得了不的，好像白天见了鬼："老李这家伙是疯了，疯了！辞了职！辞！"这个决想不到的"辞"字贴在大家的口腔中，几乎使他们闭住了气。

　　"已经走了，下乡了，奇怪！"张大哥出乎诚心的为老李难过。"太可惜了！"太可惜的当然是头等科员，不便于明说。

　　"莫名其妙！难道是另有高就？"大家猜测着。不能，乡下还能给他预备着科员的职位？

　　"丁二也跟了他去。"张大哥供献了一点新材料。

　　"丁二是谁？"大家争着问。

　　张大哥把丁二爷的历史详述了一遍。最后，他说："丁二是个废物！不过老李太可惜了。可是，老李不久就得跑回来，你们看着吧！他还能忘了北平？"

附 我怎样写《离婚》

老 舍

也许这是个常有的经验吧：一个写家把他久想写的文章撂在心里，撂着，甚至于撂一辈子，而他所写出的那些倒是偶然想到的。有好几个故事在我心里已存放了六七年，而始终没能写出来。我一点儿也不晓得它们有没有能够出世的那一天。反之，我临时想到的倒多半在白纸上落了黑字。在写《离婚》以前，心中并没有过任何可以发展到这样一个故事的"心核"，它几乎是忽然来到而马上成了个"样儿"的。在事前，我本来没打算写个长篇，当然用不着去想什么。邀我写个长篇与我临阵磨刀去想主意正是同样的仓促。是这么回事：《猫城记》在《现代》杂志登完，说好了是由良友公司放入《良友文学丛书》里。我自己知道这本书没有什么好处，觉得它还没资格入这个《丛书》。可是朋友们既愿意这么办，便随它去吧，我就答应了照办。及至事到临期，现代书局又愿意印它了，而良友扑了个空。于是良友的"十万火急"来到，立索一本代替《猫城记》的。我冒了汗！可是我硬着头皮答应下来；知道拼命与灵感是一样有劲的。

这我才开始打主意。在没想起任何事情之前，我先决定了：这次要"返归幽默"。《大明湖》与《猫城记》的双双失败使我不得不这么办。附带的也决定了，这回还得求救于北平。北平是我的老家，一想起这两个字就立刻有几百尺"故都景象"在心中开映。啊！我看见了北平，马上有了个

"人"。我不认识他，可是在我廿岁至廿五岁之间我几乎天天看见他。他永远使我羡慕他的气度与服装，而且时时发现他的小小变化：这一天他提着条很讲究的手杖，那一天他骑上自行车——稳稳的溜着马路边儿，永远碰不了行人，也好似永远走不到目的地，太稳，稳得几乎像凡事在他身上都是一种生活趣味的展示。我不放手他了。这个便是"张大哥"。

叫他做什么呢？想来想去总在"人"的上面，我想出许多的人来。我得使"张大哥"统领着这一群人，这样才能走不了板，才不至于杂乱无章。他一定是个好媒人，我想。假如那些人又恰恰的害着通行的"苦闷病"呢？那就有了一切，而且是以各色人等揭显一件事的各种花样，我知道我捉住了个不错的东西。这与《猫城记》恰相反：《猫城记》是但丁的游"地狱"，看见什么说什么，不过是既没有但丁那样的诗人，又没有但丁那样的诗。《离婚》在决定人物时已打好主意：闹离婚的人才有资格入选。一向我写东西总是冒险式的，随写随着发现新事实；即使有时候有个中心思想，也往往因人物或事实的趣味而唱荒了腔。这回我下了决心要把人物都拴在一个木桩上。

这样想好，写便容易了。从暑假前大考的时候写起，到七月十五，我写得了十二万字。原定在八月十五交卷，居然能早了一个月，这是生平最痛快的一件事。天气非常的热——济南的热法是至少可以和南京比一比的——我每天早晨七点动手，写到九点；九点以后便连喘气也很费事了。平均每日写两千字。所余的大后半天是一部分用在睡觉上，一部分用在思索第二天该写的二千来字上。这样，到如今想起来，那个热天实在是最可喜的。能写入了迷是一种幸福，即使所写的一点也不高明。

在下笔之前，我已有了整个计划；写起来又能一气到底，没有间断，我的眼睛始终没离开我的手，当然写出来的能够整齐一致，不至于大嘟噜小块的。匀净是《离婚》的好处，假如没有别的可说的。我立意要它幽默，可是我这回把幽默看住了，不准它把我带了走。饶这么样，到底还有"滑"下去的地方，幽默这个东西——假如它是个东西——实在不易拿得稳，它似乎知道你不能老瞪着眼盯住它，它有机会就跑出去。可是从另一方面说呢，多数的幽默写家是免不了顺流而下以至野调无腔的。那么，要紧的似乎是这个：文艺，特别是幽默的，自要"底气"坚实，粗野一些倒不算什么。Dostoevsky（陀思妥夫斯基）的作品——还有许多这样伟大写家的作品——是很欠完整的，可是他的伟大处永不被这些缺欠遮蔽住。以今日中国文艺的情形来说，我倒希望有些顶硬顶粗莽顶不易消化的作品出来，粗野是一种力量，而精巧往往是种毛病。小脚是纤巧的美，也是种文化病，有了病的文化才承认这种不自然的现象，而且称之为美。文艺或者也如此。这么一想，我对《离婚》似乎又不能满意了，它太小巧，笑得带着点酸味！受过教育的与在生活上处处有些小讲究的人，因为生活安适平静，而且以为自己是风流蕴藉，往往提到幽默便立刻说：幽默是含着泪的微笑。其实据我看呢，微笑而且得含着泪正是"装蒜"之一种。哭就大哭，笑就狂笑，不但显出一点真挚的天性，就是在文学里也是很健康的。唯其不敢真哭真笑，所以才含泪微笑；也许这是件很难作到与很难表现的事，但不必就是非此不可。我真希望我能写出些震天响的笑声，使人们真痛快一番，虽然我一点也不反对哭声震天的东西。说真的，哭与笑原是一事的两头儿；而含泪微笑却两头儿都不站。《离婚》的笑声太弱了。写过了六七本十万字左右的东西，我才明白了一点何谓技巧与控制。可是技巧与控制不见得就会使文艺伟大。《离婚》有了技巧，有了控制；伟大，还差得远呢！文艺真不是容易做的东西。我说这个，一半是恨自己的藐小，一半也是自励。